살아 있는 날의
소망

박완서
산문집
4

살아 있는 날의 소망

문학동네

차례

3부 언제 다시 고향에 돌아가리

4부 슬픈 웃음거리

일러두기

* 이 책은 1982년 출간된 『살아 있는 날의 소망』(주우)을 재편집하였습니다.
* 『표준국어대사전』 및 『고려대 한국어대사전』을 기준으로 한글 맞춤법
을 통일하였으나, 많은 부분에서 저자의 표현을 최대한 살렸습니다.

1부

반할 만한 사람

반할 만한 사람

　요즘 며칠째 나는 외손자란 녀석한테 반해서 어쩔 줄 모르며 살고 있다. 처음 본 손자니까 사랑스럽기야 갓 낳을 때부터였지만 반한다는 건 사랑스럽다는 것하곤 또다른 느낌인 것 같다.

　어떤 대상에 정신없이 열중하는 것을 반한다고 하는데 나는 무엇에고 반할 때가 가장 살맛이 날 때이다. 반할 만한 것이 없을 때 세상은 참으로 쓸쓸하다. 요 며칠 손자놈이 나를 반하게 한 것은 손자 녀석 역시 어떤 일에 열중해 있었기 때문이다. 그 녀석은 아직 8개월밖에 안 됐는데.요새 한창 무엇을 짚고 일어서는 것을 익히는 중이다. 누가 시켜서 하는 일이 아닌 자연스러운 성장 과정일 텐데도 그 연습이 그렇게 격

렬하고 처절할 수가 없다. 소반, 문갑, 책상, 문지방, 남의 무릎 등 닥치는 대로 잡고 일어서는데 일어서기까지의 힘이 아직은 부치는지라 사뭇 온몸으로 용을 쓰고 입에선 저절로 끙끙대는 소리가 새어나온다.

이럴 땐 저의 엄마 미소도, 먹을 것도 눈에 보이지 않는 모양이다. 오로지 그 일만 한다. 그 일이 성공해서 일어서면 잠깐 손을 놓고 따로 서 보이면서 득의의 미소를 짓는다. 그러나 때로는 너무 높은 걸 짚고 일어서려다 소반이 뒤집어지기도 한다. 그래서 녀석의 얼굴은 요새 시퍼런 멍이 가실 날이 없다. 그렇건만 녀석은 그 일을 멈추지 않는다.

모든 사람이 두 발로 서서 다닌다. 아무리 못난 사람도, 제 아무리 잘난 사람도, 그러나 두 발로 서서 다니기 위해 그런 처절한 노력이 있었으리라곤 미처 몰랐었다. 하긴 네발 중 두 발로는 땅을 딛고, 나머지 두 발로 하여금 연장을 쓸 수 있는 손으로 길들이기 시작한 게 인간이 짐승으로부터 갈려나와 만물의 영장이라고 뽐내기 시작한 시초였음을 생각할 때 어찌 그 정도의 어려움이 따르지 않았으랴.

내가 손자의 일어서기 노력에 반한 것도 인간 속에 본능처럼 감추어진 한 단계 높은 것을 향한 도전의 의지인 싱싱한 원초적인 모습을 보았기 때문이었다.

작년 겨울에 나는 우리 동네 청소부 아저씨한테 반했었다. 우리 동네는 아직 연탄 때는 집이 많다. 집집마다 문밖에 커다란 쓰레기통을 놓고 산다. 연탄재로 꽉 채워진다. 만일 청소부 아저씨가 이틀만 쓰레기 치기를 거른다면 골목이 어떻게 될까 상상만 해도 그 구질구질한 모습에 질리고 만다. 서민들이 사는 협소한 주택가를 지나다보면 흔히 산적한 채 오래 방치된 쓰레기더미 때문에 심란해지는 수가 있다. 그러나 우리 동네는 그런 일이 한 번도 없었다. 크리스마스라든가 섣달그믐 같은 명절날엔 나는 아저씨가 안 올 것 같아 마음이 조마조마했었다. 그러나 아저씨는 영락없이 왔다. 이른 새벽 덜커덕덜커덕 아저씨의 손수레 바퀴가 언 땅을 구르는 소리를 따뜻한 이불 속에서 들으면, 나의 아저씨에 대한 감사는 이 세상 밑바닥에 질서가 엄존하고 있다는 것에 대한 신뢰감으로까지 확대됐다.

작년 겨울처럼 정치적 사회적으로 세상이 불안할 때 그런 신뢰감은 얼마나 소중한 것인지 모른다. 나는 부리나케 일어나 마당을 쓸러 나갔다. 아저씨를 보기 위해서였다. 동트기 전 박명 속에서도 아저씨의 눈썹은 연탄재가 앉아서 뽀얗게 보였다. 씩씩하고 날렵한 동작과 흰 눈썹은 이상하도록 잘 어울렸다. 아저씨는 잘 웃지도 않았지만 무뚝뚝한 얼굴은 아니었다. 온몸에 그가 하고 있는 일에 대한 투철한 사명감이 배어 있었다.

"청소부라 기쁘다"라고 자신 있게 얘기하는 아저씨의 모습은 차라리 철인에 가까웠고, 그런 철인다움은 나를 반하게 만들었다. 학문 높은 학자나 이름을 일세에 풍미한 예술가, 나는 새도 떨어뜨린 권력가에게서도 좀처럼 찾기 힘든 철인다움을 청소부에게서 찾았음을 나는 조금도 이상하게 생각하지 않는다.

자기 일에서 단순한 밥벌이 이상의 깊은 뜻을 발견하고 거기서 도道를 이루었을 때 누구나 철인이 될 수 있다고 생각되지만 철인은 참으로 드물다.

그 밖에도 나는 살아가면서 무수히 많은 사람들한테 반해 왔고 나는 내가 반한 그들을 내가 발견한 보석처럼, 아름다운 꽃처럼 자랑스럽고 대견하게 생각한다. 그들로 해서 나는 이 세상에 태어나길 참 잘했다고 감사하는 마음을 가질 수 있었던 것 같다. 그런 사람들을 만날 수 있었던 것은 나의 큰 복이다.

직장을 새롭게 가지려는 분들께 부디 당부하고 싶은 것은 상사나 동료가 반할 만한 일꾼이 되라는 말밖에 없다. 자기 일에 창의성을 발휘함으로써, 한 단계 높은 일에 도전함으로써, 자기 일에 열중함으로써, 또한 아름다운 몸가짐이나 상냥한 말씨로써, 그 밖에도 자기 개발에 따라 남을 반하게 할 여지는 얼마든지 있을 것이다.

미니 감나무의 월동

지난여름에, 잎은 고춧잎 같은데 꽈리같이 생긴 열매가 달린 작은 나무를 두 그루 사다가 마당가에 심은 일이 있다. 하나에 5백 원씩 하는 흔한 싸구려였다. 화분에 심지 않고 땅에다 심어서 그런지 잎이 청청하게 퍼지면서 열매가 홍싯빛으로 익어갔다. 쓸모를 알 수 없는 열매였지만 보기에 예쁘고 앙증맞아 차츰 식구들의 귀여움을 받았다. 꽃이 진 가을 마당을 그 작은 나무는 흡사 등불을 잔뜩 켜든 것처럼 열심히 밝혀주고 있었다. 이름을 몰라 우리 아이들은 그것을 우리집 '미니 감나무'라는 애칭으로 불렀다. 그러나 서리나 오고 나면 딴 한해살이 화초와 함께 그놈도 뽑아버릴 작정이었다.

서리는커녕 그 혹독한 첫추위를 넘기고도 그 미니 감나무는 여전히 청청했고 홍싯빛 열매는 터질 듯이 싱싱했다. 뿐만 아니라 새로운 가지에선 고추꽃같이 생긴 작고 흰 꽃이 피고 지면서 연방 새파랗게 새로운 열매를 맺고 있는 게 아닌가. 나는 딱하기도 하고 한편 심란스럽기도 해 혀를 차면서도 그걸 화분에 옮겨 심을 수밖에 없었다. 그러나 방마다 해마다 들여놓은 화분이 제자리를 차지하고 있어 그건 겨우 마루 차지였다. 나는 그 미니 감나무 때문에 몇 가지 우울한 겨울 계획을 새로 세우지 않으면 안 되었다. 우선 마루에 잠깐잠깐씩 켜는 석유난로 대신 붙박이 연탄난로를 놓아야 할 것 같고 또 쥐약도 놓아야 할 것 같다.

쥐가 극성을 부리기 시작한 건 벌써부터였다. 딴 집에선 밤이면 쥐들이 부스럭댄다는데 우리집은 그 반대였다. 온종일 나 혼자 있는 날이면 쥐도 나를 업신여기는지, 천장이나 벽장 속에서 대소란을 피우지를 않나, 애완동물처럼 발끝에 거치적대지를 않나 가뜩이나 휑한 고가를 저희들 세상으로 만들었다. 언제고 한번 대섬멸작전을 펴야지 벼르기만 했었는데 그 예쁜 열매에까지 함부로 이빨 자국을 내놓기도 하고 따버리기도 하는 건 참을 수가 없었다.

홧김에 당장 쥐약을 사오긴 했는데 막상 놓는 일은 또 하루하루 미루고 있다. 독약을 만지는 일, 그걸 쥐가 보기에 먹음직스럽게 보이게끔 버무릴 일, 그리고 밤늦게 놓았다가 아침 일찍 거둘 일, 쥐의 주검을 찾아다니고 즉시 거둘 일 등은 참으로 난감하다. 특히 식구가 다 잠든 깊은 밤 요소요소에 독을 놓고 다니는 내 모습을 상상하면 우울할뿐더러 섬뜩하기조차 하다. 그러나 매일 밤 살의를 품고만 있는 일은 더욱 우울하다. 살해해야 할 대상이 비록 백 가지로 해로울 뿐 한 가지도 취할 게 없는 쥐일지라도 살의를 품기도 괴롭고, 실행은 마냥 미룰 것처럼 지지부진하다.

이러고도 이 어려운 세상을 살 자격이 있겠나 싶다. 정말 우울한 까닭은 거기에 있는지도 모르겠다.

그러나 올겨울을 위해 우울한 계획만 세워놓고 있는 건 아니다. 아들과 더불어 정처 없이 긴 겨울여행을 떠날 작정이다. 실은 그 생각은 계획이라기보다는 즉흥적인 발상이었다. 대입 예비고사를 무사히 치르고 난 아들을 보고 있으려니 그동안의 노고가 허망한 것 같기도 하고 대견하기도 해 위로하고 싶은 마음과, 앞으로 있을 긴 겨울방학을 허탈에 빠지지 않고 뜻있게 보내도록 해주고 싶은 마음 간절해서 불쑥 한다는 소리가 "방학하면 엄마하고 여행하지 않을래?"였다. 아들은 쾌히 승낙해주었고, 이 즉흥적인 발상은 하루하루 즐거운 계획이 되어 나를 들뜨게 했다.

아들과 더불어 이름 없는 어촌에서 겨울 바다 소리를 들으리라. 눈 깊은 겨울 산에 마냥 갇혀 산속의 목소리에 시름을 달래리라. 오랜만에 중앙선 완행열차도 타보리라.

이런 계획에 마음 설레지 않을 엄마가 어디 있으랴. 나는 내 아들이 엄마와 여행을 함께 가주길 승낙해준 걸 행복해하다못해 흥분까지 하고 있었다. 곰곰 생각해보면 이런 기회는 아마 다신 없을 것 같다. 곧 아들은 대학생이 될 테고, 그러면 좋은 벗도, 아리따운 연인도 생길 테니 말이다.

그러나 아무리 그게 절호의 기회라고 해도 서두르진 않겠다. 다만 그것을 계획하는 것만으로도 올겨울의 나의 그 숱한 우울을 달랠 수 있는 거라면 내년 입춘쯤으로 그 실행을 미룬들 어떠리.

솔잎에 깃든 정취

추석이 가까워오고 있다. 아이들이 다 자라고 나니 명절이 돼도 도무지 신명이 안 난다. 지나가는 말로 차례에 쓸 송편을 떡집에다 맞출까, 집에서 빚을까? 아이들한테 의논을 했더니 맞출 것도 할 것도 없이 한 접시만 사서 쓰잔다.

한 가족이 둘러앉아 도란도란 옛이야기를 나누며 밤늦도록 송편을 빚는 것을 운치스럽게 생각하기보다는 번거롭게 여기는 게 요즈음 아이들인 것 같다. 또 요즈음 아이들이 무엇보다도 질색인 건 집에서 하면 아무래도 그 분량이 사는 것보다 넉넉해서 남은 떡이 오래도록 굴러다니다가 결국은 얼마간은 버리게 되는 낟알의 낭비인지도 모른다.

아이들이 기꺼이 협조를 하든 안 하든 올해도 아마 나는 송편을 집에서 빚게 될 것이다. 딴 떡은 몰라도 송편만은 파는 게 도무지 진짜 같지를 않다. 송편의 정수라고 할 솔내가 빠져 있기 때문이다.

1951년이든가, 52년이든가 추석에 솔내를 위해 대단한 모험을 한 적이 있다. 사변중이라 서울은 텅 빈 폐허였는데 우리 식구는 피난살이여서 자리를 잡지 못하고 남보다 먼저 돌아와 허물어진 옛날 집이나마 내 집인 것만 속 편해, 쓸고 닦고 엉구어 겨우 안정을 되찾고 나서 첫 추석이었다. 그나마의 집까지 없어진 작은댁 식구들과 같이 살고 있어서 대식구였는데 담가놓은 서너 됫박가량의 떡쌀은 우리 식구를 오랜만에 축제 분위기에 들뜨게 했다.

그런데 솔잎이 빠져 있었다. 어머니는 솔잎 없이도 베 보자기를 깔고 송편을 얼마든지 찔 수 있다고 말씀하셨지만 우린 도무지 성이 차지 않았다. 오랜만의 축제 분위기를 완벽하게 하고 싶었다.

나는 사촌들과 함께 큰 소쿠리를 가지고 몰래 집을 빠져나갔다. 그때 우리집은 삼선교였는데 아리랑고개를 넘어 정릉까지는 걸어서 한참이었다. 더군다나 그때 정릉 숲은 출입금지 구역이었다. 전시라 지뢰가 묻혀 있을지도 모르고 공비가 숨어 있을 가능성도 있었기 때문이다. 우린 그런 모든 위험과 두려움을 무릅쓰고 검문소를 피해 숲속에 도달해 대소쿠리가 넘치게 솔잎을 땄다.

운치를 위해 목숨을 건 대모험을 하기는 아마 그때가 처음이자 마지막이었을 것이다.

친절이란 오고가는 것

우리집 앞 골목은 언제나 아이들이 모여 장난치는 소리로 시끌시끌한 장소가 되어 있다. 별로 넓은 골목은 아니지만, 차의 왕래가 빈번한 큰길에서 꺾여들어온 곳이라 우선 안전하고, 평지가 드문 산동네에서 가깝고, 동네에 어린이 놀이터가 없기 때문일 게다.

아이들 놀이처럼 시속을 잘 타는 것도 없다. 요새처럼 무슨무슨 기旗 쟁탈 야구대회가 한창일 때는 아이들의 놀이도 단연 야구다.

얼마 전 '프랑크푸르트 팀'과 함께 차범근 선수가 귀국해서 그의 묘기가 장안의 축구 팬을 열광시켰을 때, 그애들의 놀이도 축구였던 건 말할 것도 없다.

이렇게 아이들이 주로 활발한 구기球技를 즐기기 때문에 유리창이고 기왓장이고 남아나는 게 없다. 드높고 견고한 2, 3층의 슬래브 집 사이에 끼어서 이런 피해를 도맡고 있는 구식 기와집인 우리집 처지를 동네 분들은 여간 딱해하는 게 아니어서 아이들한테 좀 무섭게 굴라는 충고의 말을 자주 듣는다. 유리창이나 기와를 깨뜨린 아이를 잡아서 호되게 꾸짖고, 변상을 시키면 아이들이 안 모여들 거라고 하지만, 그렇게 쫓겨난 아이들이 갈 만한 놀이터가 있어야 그 짓도 할 게 아닌가. 한창 자라나는 아이들에게 놀이터 하나 못 마련해준 어른의 불친절이 부끄러워서도 차마 그렇겐 못하고 내버려두니까 이제 아이들이 되레 나에게 저들의 공 시중을 시킨다. 초인종이 울려 나가보면 아이들이 한 떼 모여서서 마당이나 뒤꼍으로 날아들어온 공을 꺼내달라고 제법 당당하게 요구하는 일이 하루에도 몇 번씩이다.

일전엔 연탄광의 깨진 유리창 틈으로 날아든 공을 찾아주느라 혼이 난 적이 있다. 연탄뿐 아니라 온갖 잡동사니를 다 처넣어둔 어두운 광 속이라 대낮에 플래시까지 비춰가며 시커먼 먼지를 뒤집어쓰고 가까스로 공을 찾아 내준 나에게 아이들은 '고맙습니다' 소리 한마디를 안 했다.

나는 섭섭하다못해 아이들이 싫고 밉기까지 했다. 정말 쫓아버릴까도 싶었다. '배우지 못한 녀석들 같으니……' 하는 욕이 저절로 나왔다. 아이들을 향한 어른의 친절이 고작 그 정도였다.

성자가 아닌 보통 사람인 우리네끼리의 친절이란 결국 상호적인 게 아닐까.

진정한 사랑과 불행한 사랑

요새 아이들은 못생긴 아이가 없다. 다 예쁘고 다 잘생기고 다 토실토실하다. 모두 예쁘고 질긴 옷을 입었고 머리털은 정갈하고 손톱은 짧다.

백화점 같은 데 깜찍하게 예쁜 옷이 걸린 걸 보면 융, 두렁이, 누비바지 입혀 아이들 기른 때가 먼먼 옛날 같고, 이런 좋은 시절에 아이 하나 더 낳아 길렀으면 하는 엉뚱한 허욕이 생기기도 한다. 어떤 아이는 숫제 꼬마 귀부인에 꼬마 신사다. 입은 옷뿐 아니라 얼굴 표정까지 어른을 닮아 야무지고 이악스럽다. 사람이 많거나 혼잡스러운 데서도 어릿어릿하는 아이가 거의 없다. 어른보다 더 똑똑하고 되바라지게 볼 거다 보고 갈 길을 잘 간다. 가게서 물건을 살 때도 어른 뺨치게 잘 고르고 잘 깎고, 덤도 많이 받는 아이들을 흔히 본다. 이런 아이들을 보고 노인들은 에미 애비가 똑똑해지니까 아이들도 똑똑하게 태어나나보다고 감탄들을 한다.

뱃속에서부터 예전 아이들보다 똑똑하게 태어났는지는 모르지만 예전 아이들보다 입는 거 먹는 거 보는 거 듣는 게 다 풍부해, 예전 아이들에 비해 많이 호강하며 자라는 건 사실이다.

그러나 아이들이 노는 걸 지켜본다든지 얘기를 시켜보면 요새 아이들이 과연 잘 길러지고 있나에 대해 막연한 불안을 품게 된다. 우리 자랄 때만 해도 버르장머리 없는 아이들에게 하는 가장 모욕적인 욕으로 '후레자식'이란 말이 있었다. 만일 부모가 있는 아이에게 이런 욕을 했다면 이건 아이에 대한 욕이라기보다는 아이를 잘못 가르친 부모에 대한 심한 멸시가 되었다. 요새 아이들이야말로 다 잘 입고 잘 먹여 외모는 좋은 집 자식 같으면서도 말을 시켜보면 고아나 다름없이 버르장머리 없고 정서적으로 불안하고 황폐한 아이들이 대부분이다.

그렇다고 요새 엄마가 아이들을 막 기른다 소리는 아니다. 칼로리니 영양가니 하는 걸 많이 따져 잘 먹여서 아이들 체력도 향상되고 장난감이나 옷의 선택, 유치원이나 학교, 보는 책이나 텔레비전 프로까지 신경써서 따지고 고르고 하느라 요새 부모 노릇도 쉽지 않다.

그러나 부모와 자식 간의 사랑은 따지고 신경쓰고 하는 피곤한 것이 아닌 보다 본능적이고 포근한 것이어도 좋지 않을까 싶다. 조금도 부러운 거 없이 잘 먹이고 잘 입히는 것도 좋지만, 사랑이 궁핍하다면 그게 무슨 소용일까. 고아가 고아일 수밖에 없는 건 본능적인 편안한 사랑이 모자라서이지 결코 헐벗고 굶주려서만은 아니지 않나. 보통 집보다 잘 먹이고 잘 입히는 고아원도 얼마든지 있을 수 있고, 박애정신이 투철한 원장과 보모도 있을 수 있다.

그러나 훌륭한 고아원의 아이이기보다는 빈한한 부모의 자식이기를 원하는 건 고아의 불행이 물질적인 결핍에 있는 게 아니라 사랑의 결핍에 있고, 사랑의 결핍이 물질의 결핍보다 더 불행한 일이기 때문일 것이다. 그런 의미로 교양 있고 부유한 부모를 갖춘 아이들의 고아스러움—정서적인 황폐와 불안 상태는 매우 우려되어야 할 것 같다. 양가 출신의 청소년들의 범죄나 탈선행위와도 무관하지 않은 일인 줄 안다.

너무 따지고 신경쓰는 지적인 보살핌 대신 저절로 우러나는 포근한 사랑을 마음껏 쏟아 주는 게 어떨는지. 물질적인 보살핌이나 간섭은 자칫하면 넘칠 수도 있지만, 사랑은 넘치는 법이 없으니까. 사랑받은 사람만이 다시 남을 사랑할 수 있는 것으로 봐서 사랑도 일종의 교육이 아닐는지.

어린이가 나라의 보배임이 그의 무한한 가능성에 있다면 사랑할 수 있는 능력이야말로 그 가능성 중에서도 가장 소중한 가능성이라고 생각한다.

사랑의 개발

어버이날이면 선생님에 따라서는 아이들에게 부모님께 드리는 편지를 쓰게 하는 분도 계신 모양이다.

나도 그런 편지를 몇 번 받아보았지만 몇 년 전에 친구가 자기 아이한테서 받은 이런 편지를 보여주며 쓸쓸히 웃던 모습이 오래 잊히지 않는다.

편지 내용은 간단했다.

"어머니 감사합니다. 선생님이 어머니께 드리는 감사의 편지를 쓰라고 해서 쓰긴 쓰지만 할말은 없습니다. ×× 올림."

그 친구가 아니더라도 이런 메마른 편지를 받은 어머니는 쓸쓸하고 섭섭하다. 그 친구는 자기 아이가 평소에도 말이 없는 애였다고 변명했었다.

쓸데없이 말 많은 애보다는 과묵한 애가 믿음직스러운 건 사실이다. 그러나 과묵하다는 건 할말을 줄이거나 아낄 줄 아는 걸 의미하지 할말이 전혀 없다는 뜻하곤 다를 줄 안다.

나는 그애가 어머니한테 정말 할말이 없었다면 과묵한 애이기보다는 애정이 개발 안 된 아이일 거라고 생각했다.

우리는 예로부터 부모 자식 간의 관계를 천륜이라고 해서 소중히 알아왔다. 그럼 천륜은 애정보다는 도덕이나 의무가 더 강조된 말이다.

부모 자식 간의 애정은 저절로 우러나는 것이기 때문에 그것을 개발하기는 고사하고 그것을 표현한다는 것조차 점잖지 못하고 간사한 것이라고 여겨왔던 것 같다.

그러나 나는 그렇게 생각하지 않는다. 사랑도 일종의 능력이고 모든 능력은 개발됨으로써 향상되고 쓸모 있는 것이 되듯이 사랑의 능력도 끊임없이 개발돼야 한다고 생각한다.

사랑을 개발하는 가장 손쉬운 방법은 대화가 아닐까 한다. 숨김없는 대화로 자기를 표현하고 상대방을 발견하는 일은 부모 자식 간이라고 해서 소홀히 할 게 아니라 부모 자식 간이기 때문에 더욱 돈독하게 해야 될 줄 안다.

평소 대화가 있었던 모자간이었던들 아까 예로 든 것 같은 삭막한 편지를 주고받진 않았을 것이다.

사랑의 입김

외손자가 요새 한창 말을 배우기 시작하고 있다. '짹짹' '멍멍' '야옹' 등 의성어 먼저 하더니 '물' '콩' '강' 등 외자 소리도 곧잘 한다. 요전엔 마루에서 뛰다가 의자 모서리에 이마를 부딪쳤다. 울상을 하고 나에게 와서 얼굴을 들이대면서 "약약" 한다. 무릎이 까졌을 때 약을 발라준 생각이 나나보다. 나는 부딪친 자리를 쓱쓱 비벼만 주고 약은 안 발라도 되겠다고 일러주었다. 알아들었는지 못 알아들었는지 물러가지 않고 계속 뭔가를 요구하는데 이번엔 '약' 소리 대신 입을 오므리고 호오, 호오 하는 것이었다. 다치거나 물것에게 물린 자리에 약을 발라줄 때 하는 것이었다.

다치거나 물것에게 물린 자리에 약을 발라줄 때마다 호오,

호오 하면서 상처에 입김을 불어줬었는데 그것이라도 해달라는 것 같았다. 나도 웃으면서 녀석의 얼굴을 끌어당겨 이마에다 정성껏 '호오'를 해주었다. 녀석은 눈까지 스르르 감으면서 그렇게 마음놓고 느긋한 표정을 지을 수가 없었다. 나도 웃음이 절로 났다.

나의 어릴 적도 마찬가지였다. 꽤 클 때까지도 할머니와 어머니의 입김에 의지했던 것 같다. 시골에서 자라서인지 어릴 적에 넘어지기도 잘하고 다치기도 잘했지만 그 흔한 머큐로크롬 한번 못 발라봤다. 넘어져서 무릎이 까지든, 싸워서 얼굴에 손톱자국이 나든 할머니와 어머니의 처방은 마음으로부터 안쓰러워하면서 그저 입김을 '호오, 호오' 불어주시는 게 고작이었다. 정 피가 많이 나면 무명 헝겊을 북 찢어서 상처에 감싸주시면서도 '호오, 호오' 입김을 불어주셨고, 붕대 위로도 가끔가끔 입김을 불어주시면서 아픔을 위로하고 아울러 탈없이 치유가 되길 빌어주셨다. 할머니나 어머니의 따뜻한 입김에 상처를 내맡겼을 때 어린 마음을 푸근히 충족시켜주던 평화로움은 이 나이가 되도록 잊히지 않는다. 잊히지 않을뿐더러 나도 모르게 내 손자에게 같은 짓을 반복했었고, 손자도 그것을 좋아하는 것 같다.

'호오, 호오' 어린 마음에 할머니나 어머니의 입김이 와닿

기는 비단 다쳐서 아파할 때만이 아니었다. 화롯불에 파묻어 말랑말랑 익힌 감자나 밤을 꺼내 껍질을 벗겨주시면서도 '호오, 호오' 입김을 불어 알맞게 식혀주셨고, 끓는 국이나 찌개도 그렇게 식혀주셨다. 먹고 싶은 걸 참느라 침을 꼴깍 삼키면서 그분들의 입을 지켜보면서 어린 마음속엔 그분들에 대한 신뢰감이 싹텄었다.

어찌 상처나 뜨거운 먹을 것에만 그분들의 입김이 서렸었을까? 그분들의 입김은 온 집안에 서렸었다. 학교 갔다가 집에 돌아왔을 때 간혹 어머니가 집에 안 계시면 그것을 대문간에 들어서자마자 알아맞힐 수가 있었다. 집안 전체가 썰렁했다. 썰렁하다는 건 실제의 기온과는 상관없는 순전히 마음의 느낌이었고 이 마음의 느낌은 한 번도 어긋나는 적이 없었다.

학교에서 먹는 도시락에도 어머니의 입김은 서려 있었고, 입고 다니는 옷에도 어머니의 입김은 서려 있었다. 나는 그때 '다꽝'이나 달고 끈적끈적해 보이는 멸치볶음, 콩자반 등등 반찬가게에서 만들어 파는 도시락 찬만 가지고 다니는 아이를 속으로 무척 불쌍하게 여기고 나중에 경멸하는 마음까지 품었던 게 지금까지 생각난다. 어머니의 입김이 들어가지 않은 걸 허구한 날 먹는 아이가 마치 헐벗은 아이처럼 보였던 것이다.

어린 날, 내가 누렸던 평화를 생각할 때마다 어린 날의 커다란 상처로부터 일용할 양식, 필요한 물건, 입고 다니던 입성, 그리고 식구들 사이, 집안 속 가득히 고루 스며 있던 어머니의 입김, 그 따스한 숨결이 어제인 듯 되살아난다. 그것을 빼놓은 평화란 상상도 할 수 없다. 싸우지 않고 다투지 않고 슬퍼하지 않은 어린 날이 어디 있으랴.

다만 그런 일이 어머니의 입김 속에서 이루어졌기 때문에 행복과 평화로 회상되는 게 아닐까?

그러고 보니 내 자식들이나 내 손자들이 훗날 그들의 어린 날을 어떻게 기억할지 문득 궁금하고 한편 조심스러워진다. 나보다는 내 자식들이, 내 자식들보다는 내 손자들이 따뜻한 입김의 덕을 덜 보고 자라는 게 아닌가 싶다. 그건 부모의 허물만도 아닌 것이 아이들에게 필요한 모든 것이 구태여 입김을 거칠 필요 없이 대량으로 생산되기 때문이다. 아이들을 가르치는 법까지도 매스컴이나 그 밖의 정보를 통해 대량으로 전달되기 때문에 집집마다 대대로 물려오는 입김이 서린 가풍마저 소멸해가고 있다.

아이들은 어머니의 입김이 서리지 않은 음식을 먹고도 배부르고, 어머니 입김이 서리지 않은 옷을 입고도 등 따뜻하고 예쁘다.

다쳐서 피 났을 때 입김보다는 충분한 소독과 적당한 약이 더 좋다는 것도 잘 알고 있다. 그러나 어머니의 입김이 서리지 않은 집에서도 컬러텔레비전과 냉장고 속의 먹을 것만 있다면 허전한 걸 모르는 아이들이 많아져가고 있다면 문제가 아닐 수 없다. 그런 아이는 처음부터 입김이 주는 살아 있는 평화를 모르는 아이일지도 모르기 때문이다. 입김이란 곧 살아 있는 표시인 숨결이고 사랑이 아닐까? 싸우지 않고, 미워하지 않고 심심해하지 않는 게 평화가 아니라 그런 일이 입김 속에서, 즉 사랑 속에서 될 수 있는 대로 활발하게 일어나는 게 평화가 아닐는지.

교양 있는 부모님들에 의해 잘 다스려지는 가정일수록 입김은 희박해지는 게 아쉽다. 세상이 아무리 달라져도 사랑이 없는 곳에 평화가 있다는 건 억지밖에 안 되리라. 숨결이 없는 곳에 생명이 있다면 억지인 것처럼.

넉넉하다는 말의 소중함

　가끔 무엇을 좋아하느냐라든가 누구를 좋아하느냐는 질문을 받을 때가 있다. 대답을 못하고 난처해하면 먹을 것 중에선 무엇, 정치가 중에선 누구 하는 식으로 범위를 좁혀줘도 대답을 못하긴 마찬가지다. 싫고 좋고가 자주 변하기 때문이기도 하고 대부분의 대상에 대해 싫고 좋고가 분명하지 않기 때문이기도 하다.

　그러나 우리말 중에서 어떤 말을 가장 좋아하느냐고 물으면 서슴지 않고 대는 말이 있는데 그건 '넉넉하다'는 말이다. 나는 '넉넉하다'는 말을 아주 좋아한다. 내가 좋아하는 '넉넉하다'는 말은 아이러니컬하게도 나의 가장 궁핍했던 시절과 관계가 깊다.

6·25동란중 집안이 망하다시피 해서 단칸방에서 끼니 걱정을 해야 할 때, 그러니까 가장 궁핍하게 살 때 우리 어머니는 이 '넉넉하다'는 말을 거의 남용하다시피 하셨다.

우리뿐 아니라 그때는 이웃이고 친척이고 못사는 사람 천지였다. 모두 굶주리고 헐벗고 잠자리조차 편치 못한 피난 시절이었다. 그러나 어머니는 집에 온 손님을 끼니때 그냥 돌려보내는 일이 없었다. 번연히 우리 먹을 밥도 넉넉지 못한데 어머니는 한사코 넉넉하다면서 손님을 붙들어서 끼니는 때워 보냈다. 또 해 어스름 녘에 온 손님이면 방 넉넉하니 자고 가라고 붙들기가 일쑤였다.

밥도 방도 넉넉할 거 하나 없는데 어머니는 부자처럼 넉넉한 얼굴을 하시고 사람들을 먹여 보내고 재워 보내고 하셨다. 손님이 간 다음 우리는 어머니한테 신경질도 부리고 때로는 울고불고한 적까지 있었다. 그러나 무엇보다도 난처한 건 옷을 살 때였다. 그저 품도 넉넉한 거, 길이도 넉넉한 거, 넉넉한 것만 찾다보니 꼴이 말이 아니었다.

'흉보면 닮는다'고 나도 내 큰딸이 중학교에 입학했을 때 교복 맞추는 데 따라가서 "좀 넉넉하게 해주세요" 했다가 딸의 눈총을 맞은 일이 있다. 요새 누가 옷을 넉넉하게 입느냐는 거였다. "자라진 않니? 자랄 생각을 해야지." 나는 한사코

'넉넉하다'에 집착하고 딸은 몸이 자라면 그때 가서 또 맞추면 되지 않느냐고 말했다.

요새는 옷 말고는 모든 게 옛날과는 댈 것도 아니게 넉넉해졌다. 옷을 꼭 맞게 입는 것도 실은, 입성이란 게 무진장 넉넉해졌기 때문일 게다.

그러나 자기보다 못 가진 사람에게 자기 가진 것을 나누어줄 만큼 넉넉해진 사람은 참으로 드물다. 나부터도 6·25 당시에다 대면 지금 사는 게 큰부자가 된 셈인데도 초대하지 않은 손님에게 차 이상을 대접하려들지 않는다. 명절에 음식이 남아, 더러 버린 적도 있는데도 못 먹게 되기 전에 누구에게 나누어줄 생각을 못했다. 못했다기보다는 그런 일이 번거로워서 하기가 싫었다.

시골서 손님이 와도 묵어가는 게 달갑지 않다. 아이들마다 독방을 쓰는데도 방이 없다고 생각한다. 서울서 볼일이 오래 걸리면 여관을 잡았으면 하고 바라다가 "여관이라도 잡죠" 하고 일어서면 구태여 붙잡지 않는다.

'광에서 인심 난다'는 옛말도 말짱 헛것인 게, 있는 사람일수록 더 인색하다. 넉넉하다는 게 남에게 베풀 수 있는 마음이라면, 요새 부자는 늘어나는지 몰라도 넉넉한 사람은 자꾸만 줄어드는 것 같다.

청소비나 야경비 몇백 원 때문에 동네가 떠나가게 다툰 이 악스러운 집, 쓰레기통에서 궤짝째 쏟아버린 사과와 통째로 버린 비싼 생선을 본 적도 있다. 남 나무라 무엇하랴. 크고 작고의 차이만 있을 뿐 내 뱃속도 그 쓰레기통과 얼마나 다르랴 싶다.

광에서 인심 나는 게 넉넉한 마음에서 우러나는 것 같다. 가장 궁핍했던 시절을 넉넉한 마음 하나로 가장 부자스럽게 살게 해주신, 그래서 그 시절만 회상하면 저절로 환한 미소가 떠오르게 해주신 어머니가 새삼스럽게 자랑스럽다.

아무리 많아도, 없는 사람에게 나누어줄 생각은커녕 더 빼앗아다가 보탤 생각만 굴뚝같다면 가난뱅이와 무엇이 다를까.

'넉넉하다'는 후덕한 우리말이 사어가 되지 않기 위해서라도 마음의 부자가 늘어나고 존경받고 사랑받는 세상이 되었으면 좋겠다.

살아 있는 날의 소망

올여름은 무슨 일인지 도무지 더운 줄을 모르고 지냈다. 더위에 잠을 못 이루고 몇 번씩 찬물을 끼얹으러 드나드는 대신 새벽녘이면 으슬으슬 한기가 돌아 차렵이불을 턱밑까지 끌어올려 꼭꼭 여미면서 혹시 이런 기상이변이 인간의 잘못에 대한 하늘의 벌이 아닐까 싶은 원시적인 공포로 잠을 설치곤 했다.

그렇다고 무엇을 어떻게 잘못했다고 꼭 집어서 간절히 뉘우칠 수나 있었으면 좋으련만 그렇지도 못하다. 마치 잘잘못을 깨우치기 전의 어린 시절로 퇴행해버린 것처럼 보고 듣는 게 그저 어리둥절할 뿐 옳고 그름의 판가름은 좀처럼 서지 않는다. 장난이 심한 어린애한테 "에비다, 에비" 하는 말로 사물을 만져보고 확인하려는 일을 심하게 제한하면 소심한 눈치꾸러기가 되기 쉽다. 어른도 마찬가지인 것 같다. 다른 게 있다면 어른에겐 아이들 같은, 사물에 대한 신선한 호기심이 없기 때문에 조심성에 길들여지기가 좀더 쉬울 뿐이다. 그러나 보고 듣는 모든 것을 '에비'일지도 모른다는 두려움 먼저 가지고 대한다는 건 불행한 일이다.

올여름엔 교회를 두 번인가 나가봤다. 친정도 시댁도 유교와 불교가 적당히 혼합된 집안이다. 그건 종교라기보다는 일종의 가풍 같은 거였다. 그런 집안에서 아이들까지 거느리고 교회에 나갔다는 건 내 나름대론 획기적인 일이었다. "에비다, 에비" 하는 공포의 힘보다는 사랑의 힘에 더 의지하고 싶은 마음 때문이었을 것이다. 또 참으로 회개도 하고 싶었다. 회개란 마음 편하기 위해 될 수 있는 대로 아무것도 모르고 있으려는 닫힌 마음을 두드리는 일이 될 수도 있다고 생각했다.

그러나 나의 교회행은 두 번으로 끝나고 말았다. 교회 구경을 했을 뿐 믿음으로 이어지진 못했다. 두번째 갔을 때 시간이 좀 늦어서 본관으로 들어가지 못하고 별관에서 예배를 보게 됐다. 별관도 신도들로 만원이었다. 그러나 텔레비전이 설치돼 있어서 설교하는 목사님의 모습을 본관에서보다 더 잘 볼 수가 있었다. 그 교회에서도 설교 잘하시기로 이름 있는 목사님의 설교는 유창하고 구구절절 옳은 말씀이었다. 그 길고 긴 옳은 말씀이 단 한 번의 막힘이나 망설임도 없이 어쩌면 그렇게 청산유수인지 감명 깊다기보다도 듣기에 매우 쾌적했다. 하긴 옳은 말씀이니 막힘이나 망설임이 없는 것도, 듣기에 쾌적한 것도 당연했다.

그러나 나는 화면에 비친 목사님의 말씀 잘하는 입에 느닷없이 미움 같은 걸 느끼고 얼른 외면을 하고 말았다. 그런 생각이 든 게 잘못이었다. 나는 회개도 기도도 할 수가 없었다. 내 주위에서 고통스럽게 기도하고 회개하는 신도들이 고통을 낭비하고 있는 것처럼 안돼 보이기까지 했다.

그러고 나서 다시 교회에 나가지 않은 채지만 텔레비전 같은 데서라도 누가 너무 말을 유창하게 하면, 그 말을 새겨듣기 전에 우선 그 입이 먼저 보기 싫어서 후딱 꺼버리는 증세는 무슨 병처럼 아직도 가끔가끔 재발을 하고 있다. 더 나쁜 것은 그런 고약한 증세가 생기고부터는 도무지 글을 쓸 수가 없다. 작가가 글을 못 쓸 때처럼 절망스러울 때는 없다. 소설을 쓰자니 앞에 뭐가 탁 가린 것처럼 한 치 앞도 안 보이니 못 쓰겠고, 적당히 지당한 말을 엮어서 잡문이라도 쓰려면 내 입이 당장 그 말 잘하는 입으로 객관화되는데, 그건 내가 본 미운 입 중에도 으뜸가게 미운 입이어서 그걸 지워버리기 위해서라도 쓰는 일을 포기하고 만다.

그러면서도 이번 여름에 소설을 억지로 한 편 쓰고 말았다. 배지 않은 애기 낳는 것만큼이나 순전히 억지로 쓴 소설이었다.

억지란 고통하고도 또다른 거다. 고통스럽되 뒤끝이 헛되고 헛되다. 배지 않은 애기를 낳는 억지 몸짓은 안 해야 된다는 걸 알면서도 무슨 유행가 가사처럼 '마음 약해서' 원고 청탁을 너무 여러 번 허탕 치게 하고 나면 그만 억지용이라도 쓰기 시작한다.

한 치 앞도 안 보이게 앞이 탁 막힌 기분으로 소설을 쓰자니 방법은 하나밖에 없었다. 나는 뒷걸음질을 치기 시작했다. 무턱대고 뒷걸음질을 쳐 아득한 어린 날에 탐닉하고 해묵은 슬픔을 휘저어서 그 속에서 아직도 반짝거리고 있는 사금파리들을 허둥지둥 주워 모아 무슨 보석처럼 줄줄이 엮어서 소설이랍시고 만들어서 빚쟁이에게 쫓기는 것 같은 당장의 곤경은 면할 수가 있었다. 그러나 속 들여다뵈는 속임수를 부리고 난 것 같은 꺼림칙한 뒷맛은 꽤 오래갈 것 같다.

이렇게 억지로 소설을 쓰고도 소득은 있다고 말하고 싶은데, 그건 딴 작가의 침묵이 마치 내가 쓰고 싶었던 걸작처럼 빛나 보이는 게 소득이었다면 또하나의 억지일까. 그러니까 말 잘하는 남의 입에 대한 미움은 결국 침묵도 임의로 못하는 자신의 입에 대한 증오의 투사投射였는지도 모르겠다.

올여름엔 친정어머니가 자주 우리집에 와 계셨다. 손자들이 다 외국에 나가 있어서 적적하시고 핵가족에 밀려 외로우신 어머니를 난들 어떻게 잘해드려야 옳을지 잘 모르겠다. 잡수시는 걸 잘해드리는 외에 어머니의 마음속을 헤아리고 사시는 보람을 느끼시도록 해드리기엔 멀리 못 미치고 있다. 정성이나 애정이 부족해서라기보다는 요새 가장 흔한 말로 세대차라는 게 그분을 외롭게 하는 걸 어쩌볼 수가 없다.

나는 그분을 사랑한다. 나에게 좋은 일이 생겼을 때, 우선 그분에게 알려서 그분이 기뻐하시는 모습을 뵙는 게 나의 첫번째 일이다. 만약 그분이 안 계셔서 나의 좋은 일을 첫번째로 알릴 고장을 잃는다면 나의 좋은 일은 얼마나 허망할 것인가. 그분의 파란만장한 팔십 평생을 헤아리면 절절한 연민으로 가슴이 아리다. 그분의 일생은 곧 우리의 근세사고, 굵직굵직한 역사의 발자취가 한 번도 그분 곁을 그냥 지나친 적이 없다. 짓밟지 않으면 하다못해 발톱으로 할퀴고라도 지나갔다.

지금 그분은 조용히 내 곁에 와 계시다. 은빛 머리를 기름 발라 곱게 쪽찌고, 긴 치마에, 아무리 덥지 않은 여름이라지만 복중인데 솜버선까지 신으시고도, 밖에서 인기척이라도 나면 생고사 속적삼만 입고 계신 게 부끄러워 허둥지둥 모시 깨끼겹저고리를 찾아 입으셔야만 한다.

나는 그저 이 이조의 마지막 여인이 어렵고 조심스럽다. 그러나 그분이 무료를 달래기 위해 화투로 오관을 떼거나 거북점을 치시는 걸 물끄러미 바라보고 있으면 단순한 장난감 몇 개와 함께 놀아줄 사람도 없이 버려진 고아를 보는 것처럼 가슴이 뭉클해진다. 심심하시지 않도록 상대해드릴 수 있는 시간은 잠시 잠깐이고 그나마 건성이다.

효도라는 말의 격식과 위선이 싫어서 감히 사랑한다고 말했지만 세대 간의 갭이란 사랑으로도 좁히거나 메꿀 수 있는 게 아니다. 그분이 외로움을 못 면하시는 한 나의 사랑도 가짜임을 못 면할 것 같다. 확실한 건 연민뿐이다.

어머니는 맨발이나 속적삼을 남에게 보이는 걸 부끄러워하시는 것만큼이나 남에게 알리기를 부끄러워하시는 게 또하나 있는데 그건 당신의 연세다. 누가 연세를 여쭤보면 소녀처럼 얼굴을 붉히시면서 "연화대로 갈 때가 예전에 벌써 지났다오"라고만 대답하신다.

"어머니도 참……, 남의 노인네들은 팔십이 환갑이라느니, 인생은 팔십부터라느니 하고 젊은 사람보다 더 활발하게 사시던데 여든이 뭐가 많다고 꼭 죄지은 사람처럼 구세요?"

나는 어머니가 당신의 연세에 떳떳하시지 못한 게 뵙기 민망해 이렇게 핀잔 섞인 투정까지 하게 된다.

"많지 않구. 에미 팔십은 아마 예전 어른 8백 년 몫은 될 거다. 아이 징그러워라. 볼 거, 못 볼 거, 별거 별거 다 봤으니 이제 그만 훨훨 연화대로 가면 좀 좋으랴. 더 많이 보는 것도 욕이야."

"어머니도 참, 어느새 망령이셔……"

나는 어머니가 툭하면 당신의 80년을 예전 사람의 8백 년과 동일시하는 이상한 시간관념을 단순한 노망으로 돌리고 일소에 부쳤지만 속으론 저런 노망이 심해지면 어쩌나 은근히 걱정도 됐었다.

그러다가 우연히 토플러의 『미래의 충격』이란 책을 읽게 됐다. 나는 이 나이까지도 책을 닥치는 대로 가리지 않고 읽는 어려서부터의 남독의 습관에서 못 벗어나고 있지만, 근래엔 한여름만 되면 공상과학소설이나 미래소설을 골라 읽는 걸 남들의 바캉스처럼 즐기고 있었다. 『미래의 충격』도 그런 유의 읽을거리인 줄 알고 읽기 시작했지만 전혀 그게 아닌데도 끝까지 안 읽을 수 없었다. 그만큼 흥미진진했다.

그 책에서 취급한 미래는 자유로운 상상력이나 황당한 공상으로 펼쳐 보이는 미래가 아니었다. 미래에 대해서보다는 오히려 변화라는 것에 대해 더 많이 말하고 있었고, 변화라는 것을 미래가 급한 격류처럼 사정없이 우리 생활 속으로 밀려들어오는 과정으로 파악하고 있었다. 이 책에선 또 두 발로 서고 두 손을 쓰는 인류가 이 세상에 생겨나서부터 시작된 변화가 최근 몇십 년 사이 얼마나 무서운 가속도가 붙었는지와 인간이 이런 격심한 변화에 부딪쳤을 때 도대체 어떠한 상태가 될까, 그리고 어떻게 하면 미래의 변화에 적응할 수 있는가, 어떠한 경우엔 적응이 불가능한가가 다루어져 있었다.

그 책을 읽고 나서 비로소 나는 어머니가 당신의 80년 생애를 사람의 8백 년 생애와 같게 치려는, 지극히 주관적인 시간관념이 실은 조금도 노망이 아니라 너무도 명석한 의식 때문이라는 걸 알아차리게 되었다.

이조 말엽에 태어나서 이 초산업화 시대까지 살아오신 어머니의 한 생애가 겪은 변화의 부피는, 변화가 거의 없거나 있어도 아주 완만한 시대에 살던 사람들의 생애를 열 번 스무 번, 아니 서른 번을 겹쳐놓아도 오히려 못 미칠지도 모른다. 그 책 속에선 한 사람이 그의 생애에서 경험해야 할 양이 근래에 와서 얼마나 늘어났나를 다음과 같은 적절한 예를 들어 말해주고 있다.

1967년 삼월 초에 동부 캐나다에서 11세의 어린이가 노쇠하여 사망한 사실이 있었다. 이 아이는 탄생한 연수로 본다면 겨우 11년에 불과했지만 '프로게리아'라고 하는 기묘한 고령병에 걸려 실로 아흔 살 난 노인의 특성을 여러 가지 면에서 보였던 것이다. 그 병의 징후는 노쇠, 동맥경화, 탈모, 주름살 투성이인 탄력 없는 피부 등인 것이다. 즉 그 아이는 긴 일생 동안에 일어나는 생물학적 변화를 11년이라는 짧은 기간 속에 압축시킴으로써 죽었을 때는 노인이었던 것이다. '프로게리아'라는 병은 극히 드문 병이지만 비유해서 말하자면 고도로 기술화된 사회에 있어서는 누구나가 이 기묘한 병과 같은 현상으로 고통을 받게 된다. 이와 같은 사회에 있어서는 인간은 나이를 먹어 노쇠하거나 하는 것이 아니라 변화가 놀랄 정도로 빠른 속도로 일어나기 때문에 짧은 기간 동안에 너무 여러 가지 일들을 경험하게 된다는 뜻이다.

이 책에선 변화의 방향보다는 변화의 속도에 더 중점을 두고 있다. 환경이 변화해가는 페이스와 거기 적응해가는 인간의 한정된 페이스 사이에 균형이 잡히지 않을 때 인간의 심성과 행동이 어떻게 이상하게 변해가나를 여러 가지 측면에서 다각적으로 보여주고 있었다.

나는 이 책을 읽고 나서 어머니의 이상한 시간관념과 어서

어서 연화대로 가시고 싶다는 소망을 비로소 이해한 것처럼 느꼈다곤 하지만 과연 그 이해의 방법이 옳았을까. 사랑하는 사람끼리는 말없이도 얼마든지 이해가 가능하다는데, 가장 사랑하는 분의 말씀도 못 알아듣고, 아니 알아들으려는 성의조차 없이 지내다가 사전에서 외국어 단어를 찾듯이 남이 쓴 책 속에서 비슷한 유형을 찾아내서, 옳거니 바로 이거였구나! 하고 무릎을 치는 따위 이해의 방법이야말로 얼마나 메마르고 구역질나는 현대적인 이해의 방법일까.

덥지 않은 여름날, 그러나 하루도 빼놓지 않고 큰 변화가 계속되고 있는 여름날 그 변화의 페이스에 따라가기가 벅찬 나머지 문득 별의별 것 다 봤으니, 더 보는 건 욕이라면서 이제 그만 죽고 싶다는 어머니의 비극적인 소망에 공감하는 마음이 생기는 걸 보면, 나도 별수 없이 어머니와 함께 늙어감인가?

"어머니 오래오래 사셔야 아버지 곁에 누우실 수 있죠."

나는 십중팔구는 빈말이 될 줄 알면서도 또 그 소리를 했다. 몇 년 전까지만 해도 어머니가 당신의 사후에 거신 가장 큰 소망은 휴전선 이북에 있는 아버지의 묘에 합장되시는 거였다. 그러나 이런 소망을 입에 담으시는 일이 없어진 지도 오래되었다. 명절이나 조상의 제사 때마다 돌볼 자손 없는 북

쪽 땅의 선영을 근심하시며 추연해하시던 버릇도 잊으신 것 같았다. 아버지 곁에 누우셔야 한다는 내 빈말을 못 들으시는 척 어머니는 달력을 보시더니 푸듯이 말씀하셨다.

"거기 야다리는 아직 남아 있을까?"

"글쎄요."

"그때도 아마 이맘때였지?"

"그럴 거예요."

"임진각인지 판문점인지에서 망원경으로 보면 개성이 보인다는데 야다리도 뵐까?"

"글쎄요. 언제 한번 그쪽에 뫼시고 갈까요?"

"아, 아니다. 이제 와서 그까짓 야다린 봐서 뭣하게."

"하긴 그래요. 야다리가 뭐 별건가요? 예전 수표교 다리만도 훨씬 못한 걸 갖고……"

어머니와 나는 똑같이 개성의 야다리에 애틋한 향수를 지니고 있었지만 지니고 있는 사연은 서로 좀 달랐다.

내가 태어나서 자란 곳은 개성에서 20리쯤 떨어진 촌구석인데도 어려서부터 야다리 소리는 자주 들었다. 그 마을 사람들은 말을 잘 안 듣거나 울기 잘하는 아이를 보면 야다리 밑에서 주워온 아이라고 놀리길 잘했다. 나도 그런 놀림을 꽤 들으면서 자랐던 것 같다. 조금씩 철이 들 무렵 어머니는 나를 조부모님 밑에 떼어놓고 멀리 서울살림을 나셨기 때문에 나의 어린 시절은 외롭고 쓸쓸했다. 동네 아이들 하고 싸울 때마다 아이들은 "알라리, 쟤네 엄마는 야다리 밑에서 떡장수 한대요. 알라리" 하면서 내 약을 올렸다. 나는 슬피 울면서 집 안으로 들어왔다. 방구석이나 헛간의 짚북데기 속에 파묻혀 훌쩍이면서 나는 마음껏 상상의 나래를 폈다. 나는 그때 서울 간 엄마 말고 야다리 밑에서 떡장수 하는 생모가 따로 있었으면, 하고 마음속으로부터 바랐다.

그때의 어린 마음에 서울은 너무 멀었다. 그리고 서울 간 엄마는 잔정이라곤 없이 엄하기만 한 분이었다. 나는 내가 바라는 상냥하고 다정한 엄마를 야다리 밑의 떡장수에게 하나 하나 구현시키면서 애틋한 그리움을 바쳤다. 야다리까지도 마음껏 미화시켰다. 어려서 부스럼 때문에 물을 맞으러 가본 적이 있는, 약수가 있는 계곡물처럼 맑은 물이 다리 밑을 흐르고, 물가엔 여기저기 빨래하는 여자들과 깨끗하고 너른 바위와 푸른 숲이 보이고, 다리 모양은 무지개처럼 둥근데, 역시 물 맞으러 갔을 때 본 정자처럼 화려한 단청을 칠한 난간이 쳐져 있어야만 했다. 상상 속의 나의 생모는 상냥하고 깨끗하고 정이 헤픈 떡장수여서 빨래하는 여자들한테 떡을 거저 주고, 남보다 후하게도 주면서 옛날에 버린 딸을 애타게 찾아다니고 있었다.

엄마가 야다리 밑에서 떡장수 한다는 아이들의 놀림이 서럽고 분해서 시작한 울음은 그 엄마가 그립고 보고 싶어 더욱 절절해졌다.

이런 시기를 거쳐 서울로 올 때까지 나는 정작 야다리를 한 번도 본 적은 없었다. 일제 말기에 우리도 피난 겸 낙향을 했지만 나의 학교 관계로 시골집에서 살지 않고 개성 시내에 조그만 집을 하나 장만해서 살았다. 그래도 야다리를 찾아가보진 못했다. 그때 이미 나는 다 자란 처녀였다. 야다리를 무대로 유치한 공상을 할 나이도 아니었지만, 시대적인 상황도 과거의 공상의 장소를 찾아가볼 만큼 낭만적이 못됐다.

피난 온 지 5개월 만에 해방이 되었다. 어머니는 조금만 더 참았으면 서울살림을 그렇게 풍비박산으로 떠엎고 피난 오지 않았어도 될걸, 하고 후회하시는 눈치였지만 서둘러서 서울로 돌아가야 할 까닭은 없었다. 우리에겐 오히려 서울살림이 뜨내기살림이기 때문에 그곳에서의 살림은 피난살림이라기보다는 귀향한 것 같은 안정감이 있었다.

곧 미군이 진주해왔다. 송악산만 넘으면, 북쪽엔 소련군이 들어와 있다는 소문이 돌았다. 우리나라가 독립한다는 기쁨에 들떠 너도나도 태극기를 흔들며 독립만세를 부르고 돌아다니느라 우리나라 땅을 왜 미군과 소련군이 반반씩 나누어 진주하는지, 그로 말미암아 장차 우리에게 어떤 일이 생길지는 미처 생각할 겨를이 없었다.

부자 나라의 승리한 군대는 그 검박하고 조용한 고도古都에 풍요와 자유의 물결을 가져왔다. 먹지 않아도 배가 부르고 괜히 엉덩춤이라도 추고 싶게 유쾌했다. 그러나 그것도 불과 며칠, 미군이 철수하고 소련군이 들어왔다. 소련군의 개성 진주도 며칠 안 갔고 곧 미군이 다시 들어와서 6·25동란 후 휴전선이 생길 때까지 개성은 38선 이남이었지만 그 잠시 동안의 그 고장의 공포 분위기는 지금도 잊히지 않는다. 38선이라는 비극적인 일직선을 긋기 전에 생긴 이런 착오는 어디서부터 비롯된 건지 모르지만 우리 일가의 살림을 뿌리까지 흔들어놓고 말았다.

어머니는 야반도주라도 해서 소련군 점령하의 개성을 벗어나 서울로 가자고 서두르셨다. 순전히 나 때문이었다. 소련군의 행패에 대해 들리는 소문마다 해괴하고 망측했다.

시계만 보면 환장을 하고 빼앗아 차기 때문에 어떤 소련군은 팔목에서 겨드랑까지 시계를 차고 있더라는 둥, 그만은 못해도 토시 길이만큼 차고 있는 군인은 흔하다는 둥, 호박을 과실인 줄 알고 맛있게 먹더라는 둥, 남의 닭이나 돼지를 잡아서 털만 뽑아 익히지도 않고 먹더라는 둥…… 그러나 이따위 소문은 약과였다. 어머니가 치를 떨며 두려워하는 소문은 소련군이 닥치는 대로 여자를 강간한다는 소문이었다.

어머니는 개성살림을 미련 없이 버리고 서울 길을 서둘렀다. 소련군이 들어오자 기차도 끊겨서 장단역까지 걸어가야만 서울 가는 기차를 탈 수 있다고 했다. 어머니와 나는 될 수 있는 대로 허름한 옷을 입고 홑청을 뜯어 만든 배낭을 메고 집을 나섰다.

어디만치 왔을 때 어머니가 "야다리"라고 떨리는 소리로 짧게 말씀하셨다. 저만치 보이는 야다리는 내가 어린 날 꿈에 그리던 아름다운 다리가 아니었다. 서울에서도 얼마든지 볼 수 있는 콘크리트한 평범한 회색빛 다리였다. 그 밑으로 맑은 물이 흐르고 있는지 구정물이 흐르고 있는지 살필 겨를도 없었다. 어머니는 나에게 구질구질한 타월을 하나 꺼내주시면서 머리에 푹 쓰라고 눈짓하셨다. 나는 그대로 했다. 어머니는 내가 쓴 타월을 다시 눈썹까지 끌어내려주면서 땅만 보고 걸으라고 윽박지르셨다. 어머니는 떨고 계셨다. 나도 걷잡을 수 없이 가슴이 두방망이질했다. 왜냐하면 야다리엔 양쪽에 소련군이 보초를 서고 있었기 때문이다.

"땅만 보고 걸어야 돼. 그놈들을 쳐다보면 큰일난다. 알았지?"

　나는 어머니의 마지막 다짐에 겁에 질려 고개만 끄덕였다.
그리고 우리는 천천히 야다리를 건넜다. 물론 땅만 보고. 속
으론 결사적인 용기를 쥐어짜냈지만 겉보기엔 지칠 대로 지
친 장사치처럼 일부러 한껏 느릿느릿 야다리를 무사히 통과
했다. 그래서 나는 짐승이나 괴물처럼 소문난 소련군을 한 번
도 직시해보진 못했다. 그러나 소련군 점령지대를 무사히 벗
어나서 기차를 타고 나서도 그들에 대한 혐오감은 가시지 않
았다.

　이제 와서 생각하니 그때 직시가 금지된 채, 다만 혼신의
힘을 다해 그들을 미워하며 야다리를 벗어나던 일은 어딘지
상징적이기조차 하다.

　"거기 아직도 야다리가 남아 있을까?"

　어머니의 이 한마디 속엔 그때의 야다리의 기억과 함께 실
로 만감이 서려 있음을 나는 알고 있었다. 그때 그렇게 우습
게 시작된 이 땅의 분단은 그후 어머니의 생애에 얼마나 비통
한 피눈물 자국을 남겼던가.

　야다리의 회상으로 나는 문득 어머니를 무수한 같은 경험
을 가진 친구처럼 느낀다. 그것이 오히려 같은 핏줄이라는 것
보다 더 진한 친화감을 불러일으켰다. 어머니가 안 계시면 누

구와 더불어 같은 경험을 되씹으랴. 늙는다는 건 같은 경험을 가진 이를 하나둘씩 잃어가는 과정이 아닐까?

어머니, 오래오래 사세요. 나는 그렇게 중얼거렸지만 그건 내가 듣기에도 빈말처럼 들렸다. 내가 정말 어머니의 친구라면, 볼 거 못 볼 거, 별거 별거 다 봤으니 더 많이 보는 것도 욕이다 싶어 그만 연화대로 가고 싶다는 어머니의 조용하지만 단호한 소멸의 의지까지도 이해해드릴 줄 알아야 할 것 같다.

내리사랑이란 말이 있다. 어머니를 사랑하기보다는 내 자식을 사랑하기가, 내 자식보다는 손자를 사랑하기가 노력을 요하지 않고 훨씬 더 자연스럽다. 입에 담기도 민망한 노릇이지만 어쩔 수가 없다. 특히 외손자에 대해서는, 외손자를 귀여워하느니 방앗공이를 귀여워하라는 속담까지 있지만, 나는 요새 나를 처음으로 할머니로 만든 괘씸한 나의 외손자한테 거의 빠져 있다시피 한다. 물론 따로 사니까 매일 보는 건 아니지만 매일 보고 싶어하고 아무리 봐도 싫증이 안 난다. 잊어버려서 그런지 모르지만 젊은 날의 연애 경험도 이렇게 절실했던 것 같진 않다. 그 녀석의 사진을 책상 위에 두고 하루에 몇 번을 봐도 싫증이 안 날뿐더러 볼 때마다 절로 웃음이 난다. 어머니를 보면서 곧 나에게도 닥쳐올 늙음 끝의 소멸을 예감하는 일이 쓸쓸하고 서글픈 일이라면, 손자를 통해 늙음이 남기고 가는 힘찬 생성을 확인하는 일은 기쁘고 찬란한 일이다.

흔히 손자는 책임이 없기 때문에 더 귀엽다는 말들을 한다. 나도 손자를 대할 적마다 그런 걸 느낀다. 귀여워해주는 것밖에는 내가 달리 해줄 수 있는 일이 없기 때문에 다만 귀여울 수밖에 없지 않나 싶다. 그리고 귀여워하는 것 외엔 속수무책인 현대의 할머니 노릇에서도 문득 요새 젊은 애들과의 심한 세대차 같은 걸 느끼게 된다.

우리가 아이를 낳아서 기를 때만 해도 우리는 아이들의 할머니가 되는 시어머니나 친정어머니 하고 육아의 책임을 어느만큼은 나누었고, 또 그걸 의무로 알았다. 할머니는 젊은 엄마에게 곧 육아의 스승이었다. 아기의 건강의 이상도 할머니가 먼저 알아맞혔고, 엄마가 발견한 아기의 이상도 의사 선생님한테 데리고 가기 전에 우선 할머니하고 먼저 의논했다. 어머니, 얘가 콧물을 흘리는데 괜찮을까요? 어머니 얘가 젖을 게우는데 병원에 데리고 가야 할까요? 등등. 젊은 엄마의 의논에 할머니의 말씀은 반 의사처럼 권위가 있었다. 젖을 뗄 시기도, 이유식도 할머니하고 의논하고, 할머니의 분부를 따랐다. 업어주고 안아주는 건 숫제 할머니의 전적인 책임이었다.

그러나 요새 할머닌 그럴 필요가 없다. 젊은 엄마가 뭐든지 알아서 잘한다. 육아도 이제 전통이나 가풍보다는 최신의 정보에 전적으로 의지하고 있다. 새로 나온 육아책, 새로 나온 우유와 이유식, 새로 나온 육아기구와 장난감을 신속히 받아들임으로써 젊은 엄마는 할머니의 도움 없이도 아이를 잘 기르고 있다. 아기에 대해 엄마가 할머니한테 물어보던 시대는 이미 지났다. 거꾸로 할머니가 엄마한테 물어봐야 한다. 신기한 육아기구의 쓸모에 대해, 우유 타는 법에 대해, 우유 먹일 시간에 대해, 이유식에 대해, 보챌 때 보행기를 태울 것인가 아이를 안아줄 것인가에 대해.

나는 내 손자가 보행기에 앉아서 놀고, 또 그걸로 자유로이 방안을 돌아다니는 걸 보면 그 기구가 신기해서 감탄하면서도 불현듯 업거나 안아주고 싶다. 기계적인 차디찬 접촉에서 떼어내어 따뜻한 피부적인 접촉으로 정의 교류를 맛보게 하고 싶어진다. 그래서 얼른 신식 띠가 아닌 구식 처네를 둘러서 포근히 업어주면 아이도 좋아하고 나도 그렇게 행복할 수가 없다. 업고 밖에 나가 아기가 알아듣건 말건 길고 긴 이야기를 한다.

이야긴 얼마든지 있다. 눈에 띄는 모든 자연과 사물의 이름에 대해, 빛깔에 대해, 쓸모에 대해, 유래에 대해…… 등에서 전해오는 아기의 건강한 맥박과 율동과 숨소리, 웃음소리는 조금도 절제되거나 과장되지 않은 싱싱한 생명력 그 자체다.

손자가 있는 늙음이 축복스러운 나머지 아기에겐 뭐든지 좋은 것만 주고 싶어진다. 좋은 먹을 것, 좋은 옷, 좋은 장난감, 좋은 책, 좋은 유치원, 좋은 학교, 좋은 사회, 좋은 나라…… 나는 이 '좋은'에다 너무 욕심을 부려서 그런지 현재의 것으론 어느 거나 다 조금, 또는 많이 모자란다. 아무리 구해도 없는 것도 있고, 또 개인의 힘으론 도저히 구하거나 마련할 수 없는 것도 있다. 어떤 것은 그들을 좋게 하기 위해선 혼자 힘으로도 안 되지만 시간적으로도 몇십 년, 아니 몇백 년이 걸리는 것도 있다. 그러면 저절로 우리 세대가 거친 고난, 역사적인 순간들을 돌이켜보며 그때 그러지 말았어야 하는 건데 하고 뉘우치기도 하고, 이미 돌이킬 수 없이 된 잘못에 대해선 통탄도 하게 된다. 결국 손자에게 마음껏 좋은 것을 줄 수 없음은 아무의 탓도 아닌, 우리 세대가 잘못 산 탓으로 돌릴 수밖에 없어지고 만다.

손자를 업고 있으면 지난날은 소멸한 게 아니라 현재의 뿌리임을, 지난날이 현재의 뿌리라면 현재 역시 미래의 뿌리임을, 손자와 나 사이에 흐르는 건 혈연이자 또한 역사임을 아프도록 곰곰이 되씹게 된다.

어머니와 나와 나의 자식과, 나의 손자 사이는 장장 80년이다. 『미래의 충격』을 쓴 토플러의 의견대로 현대의 특성인 단시일 내에 너무 많은 변화가 일어나는 것까지를 감안한다면 그 실질적인 세대차는 80년이 아니라 정말 8백 년쯤 될지도 모른다. 이해와 애정이 단절되거나 소원해지는 건 차라리 당연한 일인지도 모른다. 그러나 내리 단단히 얽힌 역사의 인과의 고리에서야 누가 감히, 어떻게 단 한 치인들 이탈할 수 있으랴. 한여름에도 등골이 시리게, 그 사실만은 냉엄하다.

병상을 지키며

지난 다섯 달 동안처럼 인간의 생명이라는 것에 대해 생각을 거듭한 적도 없다. 병원이란 분위기가 우선 그랬다. 어머니가 다섯 달 동안 입원해 계셨고 그동안 줄창 병원 출입을 했기 때문이다.

Y대 부속병원 입원실로 올라가자면 오른쪽으로 빠지는 샛길이 있는데 그건 영안실로 통하는 길이었다. 혹시 택시라도 타고 문병을 갈 때면 나는 그 근처에서 "아저씨, 곧장이요. 곧장……" 하면서 조바심을 했다. 운전수가 잘못해서 그 샛길로 빠지면 나는 영안실에 누워 있는 어머니를 만날 것 같은 공포감에 터무니없이 미신적인 거였지만 등골이 오싹하게 생생한 것이기도 했다.

가장 가까운 분의 죽음을 그렇게 가깝게 느끼고 매일매일을 전전긍긍해보기도 아마 그때가 처음이었을 것이다.

어머니가 위험한 수술을 받기 위해 수술실로 들어가신 후 세 시간 네 시간이 지나도 아무 소식이 없자 나는 어머니에게 2년만 더 생명을 주신다면 극진한 효도를 하겠노라고 간절히 빌었다. 어머니가 믿는 부처님, 또 그 병원이 기독교재단이라는 걸 생각해서 예수님께도 빌었고, 천지신명께도 빌었다.

그때 왜 하필 2년 동안의 생명을 빌었는지는 후에 생각해도 모르겠다. 아마 팔십을 넘은 고령을 생각해서 그 정도가 과하지 않은 욕심이라고 생각했던 것 같다. 또 극진한 효도의 지속 시간을 2년 이상씩 끌 자신이 없기 때문이기도 했으리라. 그러나 이틀도 안 돼 나는 그 효도의 맹세를 어겼다.

수술만 어렵게 끝난 게 아니다. 마취에서 회복되기도 어머니의 경우는 남달리 어려웠다. 고령 탓이었는지 혹은 특이체질이었는지 어머니는 마취에서 깨어나는 데 3, 4일이 걸렸고 그동안 전혀 딴사람같이 돼서 난동을 부리셨다. 사람도 못 알아보고 잠도 안 주무시고 우리는 하나도 알아들을 수 없는 말을 하시며 어디서 그런 기운이 나는지 묶어놓은 팔다리도 순식간에 풀렸다. 링거병은 물고기요, 천장은 바다요, 간호원은 스님이요, 담요는 풀밭이었다.

나는 그동안을 못 참고 어머니를 구박하기 시작했다. 견딜 수가 없었다. 돌아가신 것만도 못하단 생각까지 했다. 우리와는 전혀 다른 지각의 세계를 가진 난폭한 생명을 감당할 자신이 없었다. 아무리 마취의 부작용에 의해서지만 어째 그런 일이 일어날 수가 있는지 생명현상의 불가사의함에 전율을 느꼈다.

우린 흔히 병이나 노쇠로 죽기 전에 가장 나쁘게 되는 상태를 식물인간이라고 부르고 자기나 자신의 사랑하는 사람이 그 상태가 되는 일이 없기를 빈다. 그러나 나는 그때 우리 어머니의 변신을 겪으면서 차라리 식물인간이 낫겠다는 생각까지 했다. 다행히 그 상태에서는 사흘 후에 깨어나서 정상적인 투병생활을 하고 계시지만 그 사나흘 동안을 못 참고 맹서를 어긴 것은 지금까지도 부끄러움이 돼서 남아 있다.

사람이 살아 있다는 건 과연 뭘까? 숨을 쉼으로일까? 음식을 받아먹음으로써일까? 보고 느낄 수 있음으로써일까? 스스로 움직일 수 있음으로써일까? 체온이 있음으로써일까? 부패하지 않음으로써일까?

생명이 귀하다는 데는 감히 아무도 이론이 없지만 여러 가지 생명현상 중 하나라도 있기만 하면 귀한 걸까? 건강하게 있음으로써 비로소 귀한 걸까? 아침저녁 입원실까지의 긴 비탈길을 오르내리면서, 이런 생각들을 수없이 되풀이했지만 그 시기처럼 하루하루 살아 있음을 깊이 감사하면서 산 때도 없다. 오랫동안 병원 출입을 하다보면 실로 가지각색의 병자와 상상도 못하게 처절한 투병생활과 생명의 속절없음을 보게 된다.

그럴수록 하루하루 춘색이 짙어지면서 꽃 피고 잎 돋는 병원 뜰은 아름다웠고, 공기는 감미롭고 신선했고 하늘은 푸르렀다. 맑은 날도 세상은 아름다웠고 흐린 날, 비 오는 날도 그 나름으로 세상은 아름다웠다. 살아 있음은 실로 놀랍고도 아름다운 일이었다. 비록 남의 불행과 비교해서 얻어진 행복감일망정 그때처럼 순수하게 이 세상에 살아 있음 그 자체에 감동하고 감사한 적은 없다.

그런 의미로 아무리 최악의 상태에 빠진 환자나 환자 가족의 고통을 보고도 '저 지경이 되느니 차라리 죽는 게 낫지'라는 말만은 삼가야 할 것 같다. 단 하루의 건강한 생명을 누리기 위해 몇 달을, 아니 몇 해를 병고와 싸운다 해도 그건 결코 헛수고가 될 수 없으리라.

살아 있음은, 건강하게 살아 있음은 그만큼 놀랍고 아름다운 일이다.

어머니의 신심信心

바깥 날씨가 흐리고 음신하다. 눈이 오려나 싶다. 첫눈이 오고 나서 몇 번 눈발이 흩날리기만 했다. 아직 눈다운 눈이 오지 않았는데도 눈 생각을 하면 마음이 설레기는커녕 우울해진다. 지난겨울 눈에서 미끄러져 크게 다치신 어머니가 만 1년을 병상에 계시기 때문이다.

요즈음은 우리집에 와 계신데 아침저녁 하루 두 번씩 보행기를 타고 걷기 연습을 하신다. 팔십 고령이라 그렇겠지만 지켜보는 사람의 조급한 마음과는 달리 좀처럼 진전이 없다. 보행기에 의지하고 아주 힘겹게 별로 넓지도 않은 마루를 다섯 번쯤 왕복하고 나서 양지 쪽 창가에 앉으셔서 속삭이는 것처럼 작은 소리로 불경을 외신다. 나 보기에 그때의 어머니가 가장 행복해 보이고 또 가장 아름다워 보인다. 그리고 문득 계면쩍고 부끄러운 생각이 든다.

어머니가 부러진 뼈를 잇는 대수술을 받고 장기간 입원해 계셨을 때 일이다. 어머니는 외로운 분이신데다 장기 입원이라 병상이 늘 쓸쓸했다. 그래서 같은 병실 환자들이 많은 문병객에게 둘러싸인 게 부러울 적도 있었다. 어머니하고 거의 같은 시기에 입원해서 어머니만큼 오래 있지는 않았지만 그래도 양쪽 집이 흉허물 없이 정들 만큼 오래 같이 있었던 환자 한 사람에게 어찌나 문병객이 많은지 때로는 폐가 될 적도 있었다.

그러나 그 환자도 실상 가정환경은 외로웠고 문병객의 대부분은 환자가 다니던 교회의 신도들이었다. 특히 감동적이었던 건 그 환자가 수술실에 들어가기 전에 신도들이 모여 정성껏 기도를 올리는 광경이었다.

수술하는 자리에 주님이 임하여주실 것을 빌며 주님의 뜻대로 따르겠다고 기도하는 가운데 환자는 눈물을 글썽이며 편안하게 미소 짓고 있었다.

거기 비해 불안하고 초조하고 게다가 의견까지 분분한 가족들에게만 둘러싸인 우리 어머니는 너무도 초라하고 불쌍해 보였다. 어머니가 불쌍할수록 옆의 환자가 부러운 나머지 나는 어머니가 그때까지 열심히 다니시던 절과 그곳 신도들이 무척 야속하게 생각됐고 불교 자체를 회의하는 마음까지 생겼다.

사람이 크나큰 고통 속에서 죽음과 대결하고 극한 상황에 힘이 돼주지 못하는 종교가 무슨 소용이랴 싶었다.

수술을 끝마치고 그 무서운 고통과 싸울 때도 마찬가지였다. 기독교 신자인 옆의 환자는 외롭지 않은데 우리 어머니만 외로워서 그게 참으로 보기에 싫었다. 어머니가 어느 정도 회복이 되시자 나는 어머니가 다니시던 절의 무심함을 비난하면서 어머니에게 개종을 권했다.

어머니처럼 외로운 분에게 불교가 맞지 않는다는 내 말에 어머니는 그저 웃으시기만 했다. 그 웃음이 승낙을 뜻하는 건지 반대를 뜻하는 건지 내 알 바 아니었다. 끝날 줄 모르고 이어지는 어머니의 남다른 고난이 부당하단 생각이 불쑥 어머니의 종교에다 심통 부리고 싶게 했다. 그러니까 개종을 권하는 내 속셈은 그렇게 열심히 믿어도 복을 주지 않는 분이라면 이쪽에서 배반해야 한다는 장삿속 같은 것일 수도 있었다.

요새 어머니를 모시며 어머니가 반야심경 외시는 소리를 수시로 들으면서 어머니가 믿는 부처님과 내가 생각하는 부처님은 그야말로 차원이 다르다는 걸 알 것 같다.

어머니가 믿는 부처님은 배반을 할 수 있는 대상으로서 어머니의 밖에 있는 게 아니라 도저히 배반할 수 없는 위치, 즉 어머니 안에 있는 게 아닐까? 어머니가 따뜻한 양지 쪽에 앉아 살벌한 아파트촌을 내다보시면서 반야심경을 외시는 모습은 슬프고도 아름답다. 나는 가끔 이 슬픔과 아름다움이 고조되면서 절제된 상태에서의 조화에 황홀할 때가 있다.

어머니가 경험한 생, 노, 병으로부터, 그리고 아직도 미경험인 채인 사死로부터조차 홀연 자유로워진 것 같은 모습이다.

나는 실상 반야심경의 뜻을 모른다. 어머니가 외시는 딴 불경에 대해서도 모르긴 마찬가지다. 불경의 이런 난해함도 내 분석적인 성미엔 거슬리는 점이었다.

어머니 역시 그 뜻을 알고 외시는지는 의문이다. 그러나 어머니가 그것을 외실 때의 단정한 몸가짐과 슬프고 아름다운 얼굴과 고즈넉한 목소리를 적당한 거리에서 한 묶음으로 바라볼 때 불경의 완벽한 해석에 접한 듯한 감동을 맛볼 수 있는 것도 나로서는 신기하고도 소중한 경험이다.

미운 정만도 못한 것

올여름에 시어머님 2주기를 치렀다. 1주기 때만 해도 친척들이 여럿 모여서 그분에 얽힌 일화를 주고받느라 제사답지 않게 명랑한 분위기였는데, 올해 마침 각 직장의 휴가가 절정인 때와 겹쳐서 그런지 손님이 많이 줄었다.

좀 쓸쓸한 대로 엄숙하게 제사를 모셨다고는 하나, 제상을 물리자마자 먹고 마시고, 고인과는 상관없는 화제로 시끌시끌한 아이들이 못마땅하고 허전해서 그분에 대한 따뜻한 이야기를 들려줄 게 없을까 궁리를 해보았으나 얼른 떠오르는 게 없었다. 돌아가신 지 2년밖에 안 됐는데 그분에 대해 그렇게 잊고 있는 자신의 망각의 속도가 정떨어지기도 하고, 사람 산다는 게 그만큼 허망하기도 했다. 그러나 무엇보다도 생전의 그분과의 인간적인 교류의 결여가 내 마음속에 그분을 간직할 수 없게 하지 않았나 싶다.

　그분과 나와의 고부관계는 장장 26년이나 계속됐고, 그분도 나도 그동안 한 번도 집 떠나는 일 없이 한 지붕 밑에서 살림이란 같은 일에 종사하면서 살았으니 시간적으로 친정어머니나 남편, 자식, 오랜 친우보다 훨씬 긴 인간관계였다. 지금도 우리 살림 속 유형의 것, 무형의 것에 그분의 손때나 솜씨가 안 남아 있는 게 없다. 더군다나 그분과 나는 남들이 다 인정해주고 부러워할 만큼 구순한 고부간이었다. 그러나 그건 어디까지나 겉모양이었을 뿐 실상은 인간관계가 단절된 냉랭한 사이였었다고 말하기 위해선 용기보다 먼저 자신의 이중성에 대한 역겨움이 앞선다.

　남편이 외아들이었지만 그런 의미로 흔한 고부간의 갈등은 되레 없는 편이었다. 그보다는 서로 다른 삶의 방식이 문제였다. 여기서 삶의 방식이란 크게는 가풍과 같은 굵은 줄기로부터 작게는 빨래하고 오이지 담그는 법까지를 포함한다.

　실상 차이 자체는 대단하지도 않았거니와 그 자체가 문제되는 게 아니었다. 문제는 자기의 것만이 절대로 옳다고 믿는 아집에 있었다.

　나는 처음부터 양가의 다른 삶의 방식이 서로 행복하게 화해할 수 있기를 꿈꾸었는 데 반해, 시어머님은 당연한 권리처럼 여지껏 며느리를 키운 삶의 방식을 전적으로 무화시키고 당신의 그것이 유일하고 절대적인 게 될 수 있기를 바랐다. 별 게 아닌 것 같으면서도 이런 소망의 차이는 나를 많이 힘겹게 했다.

예를 들면 이런 일도 있었다.

친정에선 설에 만두를 빚으면 얼려서 보관하는데 시댁에선 만두를 얼리는 건 질색이었다. 얼린 만두를 삶으면 다 터져서 죽이 된다고 안 얼도록 방 속에서 보관하려니 되레 삶기 전에 터지기도 하고 심지어는 쉬기까지 했다. 얼려도 상관없다고 말씀드려봤으나 받아들여지지 않자 어느 해던가 나는 몰래 만두를 한랭한 밖에서 얼렸다가 삶아서 그분께 드리고 나서 맛있게 드신 후에 얼렸었다는 걸 조심스럽게 실토했다. 그분은 네가 감히 시어미를 꺾을 셈이냐고 노발대발하셨다.

실로 작은 일에 불과한 일이지만 이런 일이 거듭되는 사이에 나는 스스로 화해의 꿈을 단념했고, 그건 곧 고부간의 인간관계의 허물어짐을 뜻하기도 했다. 다행히 그 허물어진 사이를 고부간의 법도라는 게 엉구어주었지만, 정 없는 법도란 차라리 미운 정만도 못한 게 아닌가 싶다.

인간관계가 허물어지려고 할 때 누구나 한 번쯤 나만이 절대로 옳다는 완강한 벽이 가로막히지 않았나 점검해볼 일이다. 그런 다음의 만남이 진정한 것이지 않을까.

상업주의 결혼

오늘의 우편물 중에서 두 통이 결혼청첩장이었다.

"오메, 가을인가봐!"

괜히 놀라서 뜰로 내려서니 제철 만난 샐비어가 산호처럼 붉다.

피는 꽃, 지는 잎이 봄 가을을 알려오기에 앞서 한 장의 청첩장이 재빨리 그것을 알려준다.

정말인지 아닌지 직접 확인해본 바는 없지만 들리는 바에 의하면 웬만한 예식장은 이미 금년 말까지 예약이 끝나 있다고 한다.

어느 틈에 내 아이도 혼기에 가깝고 보니 그런 소리가 다 무심히 들리지 않는다.

친척이나 친지의 결혼식에 참석할 때마다 겪는 식장의 끔찍끔찍한 혼란 때문에 내 아이들만은 그런 상업적인 예식장을 피해, 조촐하고 인상적이고 아름다운 장소를 마련해 식을 올리게 하리라 늘 별렀었지만 요즈음엔 그것조차 자신이 없다.

내가 막연히 생각하는 비상업적이고 조촐하고 인상적이고 아름다운 장소는 어디 있으며, 남 다 가는 예식장을 피하는 것도 일종의 파격일진대 그 정도의 파격이나마 저지를 용기가 나에게 있을는지…… 또 결혼은 혼자 하는 게 아니라 두 사람이 하는 것이니 상대방에서 나의 이런 작은 파격에 동조해줄는지도 적이 의문이다.

참 순서가 거꾸로 된 것 같다. 정혼도 하지 않은 아이들의 예식장 고를 근심보다는 배우자 고를 근심 먼저 얘기했어야 옳았을 것이다.

아직 과년한 것 같지는 않아 큰 근심은 안 하고 있지만 사위나 며느리 보기도 보통 일이 아닐 것 같다.

서로 상대방의 이목구비를 분해하다시피 뜯어보는 그 맞선이란 것도 싫지만 맞선까지 가기 전에 행해지는 뒷거래—우선 상대방의 조건을 조목조목 따져가며 행여 밑지는 거래를 할세라 한껏 이악한 상혼商魂을 발휘해야 하는—는 더욱 싫다.

아무리 상업주의가 판을 치는 세상이지만 어쩌면 젊은이들까지 자기의 인격을 상품의 차원으로 낮추고까지 밑지지 않는 거래를 하기에만 급급한지.

정말로 밑지지 않는 거래를 하려거든 사랑을 하라고 권하고 싶다.

사랑을 할 때처럼 상대방이 잘나고 빛나 보일 때는 없기 때문이다. 그래서 흔히 사랑은 맹목이라고 한다. 옆에서 보기엔 아닌 게 아니라 눈이 멀어도 대단히 멀었다 싶다.

그러나 당사자에게 있어서는 멀기는커녕 밝아진 느낌이다. 개안의 환희마저 맛본다.

아무도 못 알아본 한 사람의 진가를 자기만이 발견했으니까.

사랑은 상대방의 귀한 진가를 자기만의 눈으로 발견하는 기쁨일 뿐 아니라 동시에 자기도 모르고 있던 자기의 귀한 진가를 상대방에게 발견당하는 기쁨이다.

그래서 사랑은, 금광꾼이 천신만고 끝에 발견한 노다지를 독점하고 싶은 것처럼 자연스럽게, 그 귀한 걸 독점하고 싶은 갈망으로 이어지게 마련이다.

이렇게 해서 성립된 결혼이 소위 연애결혼이겠는데 무엇 때문인지 요새 젊은 세대들 사이엔 연애의 과정을 완전히 생략한 조급한 중매결혼이 크게 유행하고 있어서 나는 그게 섭섭하다.

만발한 꽃밭에 가까이 가보니 조화로 된 장식이었던 것만큼이나 섭섭하다.

오늘의 젊은 세대에게

　벌써 오래전 일인데, 별안간 잘살게 된 댁 따님 혼수 구경
을 한 일이 있다. 혼수까지 구경을 할 만큼 흉허물 없는 사이
도 아니었건만, 딸 가진 사람은 꼭 봐둘 만하다고 열성스럽게
잡아끄는 친구가 있어 얼떨결에 구경을 가게 되었다.

　그 댁이 졸지에 얼마나 많은 돈을 벌었다는 소문으로 보
나, 여러 사람들에게 널리 혼수를 공개하고 싶어하는 것으로
보나 그 혼수가 대단한 것이려니 짐작은 했지만, 막상 내 눈
앞에 펼쳐진 그 댁 혼수는 내 상상력을 훨씬 초월한 어마어마
한 것이었다. 그 많은 가구와 전기용품, 병풍과 액자, 침구와
그릇 들을 제자리에 놓을 수 있는 집이란 도대체 얼마나 큰
집이어야 되나. 그것을 상상하기만도 벅찼고, 시댁 어른께 보

낼 예물의 끝없는 가짓수와 그 호사스러움에 이르러서는 문득 어떤 의구심마저 불러일으켰다.

그 댁에서 돌아오는 길에 나는 나에게 굳이 그 혼수 구경을 시키고 싶어한 친구에게 넌지시 나의 의구심을 나타냈다.

"얘, 그 댁 따님 혹시 어디가 병신 아니니?"

내 친구는 큰일날 소리 말라고 질색을 하면서 재색을 겸비한 누구나 탐낼 만한 일등 신부라고 했다. 그리고 나의 놀라움을 세상물정 모르는 촌스러움으로 일소에 부치면서 말하는 것이었다.

"너 지금이니까 그렇게 세상물정 모르는 소리 하지, 너도 딸 하나만 시집보내봐라. 저절로 알게 될 거다. 그 댁처럼 못 해주고 대강대강 남의 흉내만 내도 허리가 휠걸."

혼수 많이 해가는 신부들 말 못할 흠이 있는 병신 취급을 한 그때 일은 내가 얼마나 세상물정을 모른다는 에피소드 같은 게 돼서 그후에도 두고두고 그 친구로 하여금 나를 놀려먹게 했다.

아닌 게 아니라, 결혼에 있어서의 물량 공세가 결코 병신 자식 둔 집의 열등감의 은폐나, 돈만 많고 지각은 모른다는 집의 자기과시를 위한 특별한 경우가 아니라, 요사이의 일반적인 세상물정이란 걸 알아차리기까지는 내 딸 시집보낼 때까지 기다릴 것도 없었다.

그후 우리 사회는 소위 경제성장이라는 것과 발을 맞추듯이, 아니 한 발 앞지르듯이 결혼 풍습이 서로의 외형적인 가진 것의 과시로 치닫기 시작했기 때문이다. 처음 내가 촌스럽도록 놀란 그 어마어마한 혼수 이상 가는 혼수에 대해 듣거나 구경할 기회도 얼마든지 생겼다.

여기서 내가 그 이상 간다는 것은 단순한 물량끼리의 비교가 아니라 각자의 형편과의 비교까지를 포함시켜서 그렇다는 소리다. 즉, 그 댁의 그 많은 혼수는 그 댁의 재력 안에서의 일이니까 그 댁의 분수이겠는데, 대개는 자기 분수를 훨씬 넘은 혼수를 장만하느라 허덕이고 빚까지 지는 일을 흔히 볼 수가 있었다. 더 나쁜 것은 이런 추세는 무슨 가속이 붙은 것처럼 날로 아무도 걷잡을 수 없는 힘으로 심각해져가고 있는 거였다. 자기가 사는 시대의 풍습이란 그것이 옳다고 따르고, 나쁘다고 거부할 수 있는 성질의 것이 아닌 것 같다.

과외공부열이 무슨 열병처럼 우리 모두를 휩쓸 때, 한 사람 한 사람의 학부모는 아무도 그게 자식을 위해 옳은 일이라고 생각하지 않았다. 자식을 크게 그르치는 큰 잘못일지도 모른다는 심각한 고민까지 하는 학부모일지라도 혼자만 거기서 발을 뺄 용기는 없었다.

결혼 풍습도 그와 비슷한 악습이 아닌가 싶다. 아무리 악습이라고 알고 있어도 당대의 풍습인 이상 거기서 홀로 자유롭기는 쉽지 않다. 더군다나 자기의 일에 관해서는 더 그렇다. 옳고 그른 것은 다음이고, 우선 남 하는 대로 내 자식에게 해주지 못하면 부모 노릇을 뭔가 잘못하고 있는 것처럼 마음이 안 놓이는 게 보통 부모의 마음인 걸 어쩌랴.

그러나, 결혼 풍습을 오늘날과 같은 모습으로 타락시키기까지의 당사자인 젊은이들의 책임을 안 물을 수는 없다. 이상보다는 실리를 추구하는 젊은이들의 약고 안이한 생각은 실리적인 결혼관과 함께 연애결혼보다는 중매결혼의 안전성을 택하게 함으로써 직업적인 중매쟁이가 새롭게 등장하게 되고, 그로부터 결혼 풍습의 타락이 비롯된 게 아닌가 싶다.

예로부터 중매를 잘하면 술이 석 잔이요, 못하면 뺨이 석 대라는 말이 있다. 중매의 어려움을 경고하려는 말이지만 얼마나 소박한가. 차라리 어리석을 지경이다. 잘되면 술이 석 잔이란 말이 특히 그렇다.

그러나, 그건 친척이나 친구 중에서 잘 아는 신랑감과 신붓감을 순전한 호의로 소개시켜준 아마추어 중매쟁이 이야기고, 요즈음의 직업적인 중매쟁이는 그게 아니다. 투기 지역의 복덕방처럼 거액을 꿈꾸고 신랑과 신부를 흥정한다. 흥정의 목적은 물론 거래를 성립시키는 거지만, 요령은 쌍방을 밑지지 않게 하는 거다.

제 잘난 맛에 사는 세상이라 그런지 잇속에만 밝은 세상이다. 그래서 당사자인 신랑 신부는 상대방 사람됨의 좋은 점을 발견해서 거기에 반할 생각을 하기보다는, 저 사람과 결혼하면 내가 혹시 밑지지 않을까, 그것부터 따진다. 그렇다고 두 사람 다 밑지지 않는다는 걸 눈으로 보게 하는 천칭 같은 게 있을 리도 없고, 중매쟁이가 결국은 천칭도 되고 저울질도 한다. 고시 합격한 신랑과는 몇 평짜리 아파트와 거기 구비할 일체의 세간살이를 해 갈 신부라야만 서로 밑지지 않고 팽팽하다는 기준을 만들어 만인의 공인을 얻은 것도 알고 보면 중매쟁이이다.

이렇게 공인된 기준으로 잴 수 없는 평범한 신랑 신부에게도 밑지지 않으려는 이악한 마음은 있게 마련이고, 중매쟁이는 이 두 마음 사이를 팽팽하게 하기 위해 오락가락하면서 천칭에 추를 더하듯이 덤을 얹기 시작한다. 신랑 측에서는 몇 부 다이아반지를 준비하고 있으니까 신부 측에선 적어도 무슨 시계는 준비해야 될 거라는 둥.

무엇보다도 사람됨에 눈을 뜨는 아름다운 일의 계기가 돼야 할 결혼에서 물질적인 실리를 먼저 추구하다보니 결과적으로 자기 역시 실리의 대상이 돼 있게 된다. 심하게 말하면, 신랑 신부는 중매쟁이가 마음대로 흥정하는 상품이 돼 있고, 결혼은 장사가 돼 있더라는 얘기다. 지금이라도 결혼을 이런 타락에서 구할 수 있는 건 당사자인 젊은이들 마음밖에 더 있겠는가.

조금이라도 밑지지 않으려고 아등바등한 실리적인 결혼이 정말 크게 밑지고 들어가는 게 있다는 걸 알아야 한다. 그건 사랑의 기쁨이다. 사랑한다는 건 자기도 미처 모르고 있던 사람됨 속의 진가를 발견하고 발견당하는 기쁨이요, 이런 기쁨을 모르고서야 아무리 잘 살았대도 헛살았다고 할 만치 정작 삶의 실속이다.

타락한 결혼 풍습을 개탄하기 전에 우선 참다운 연애를 하라고 권하고 싶다.

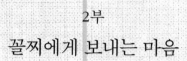

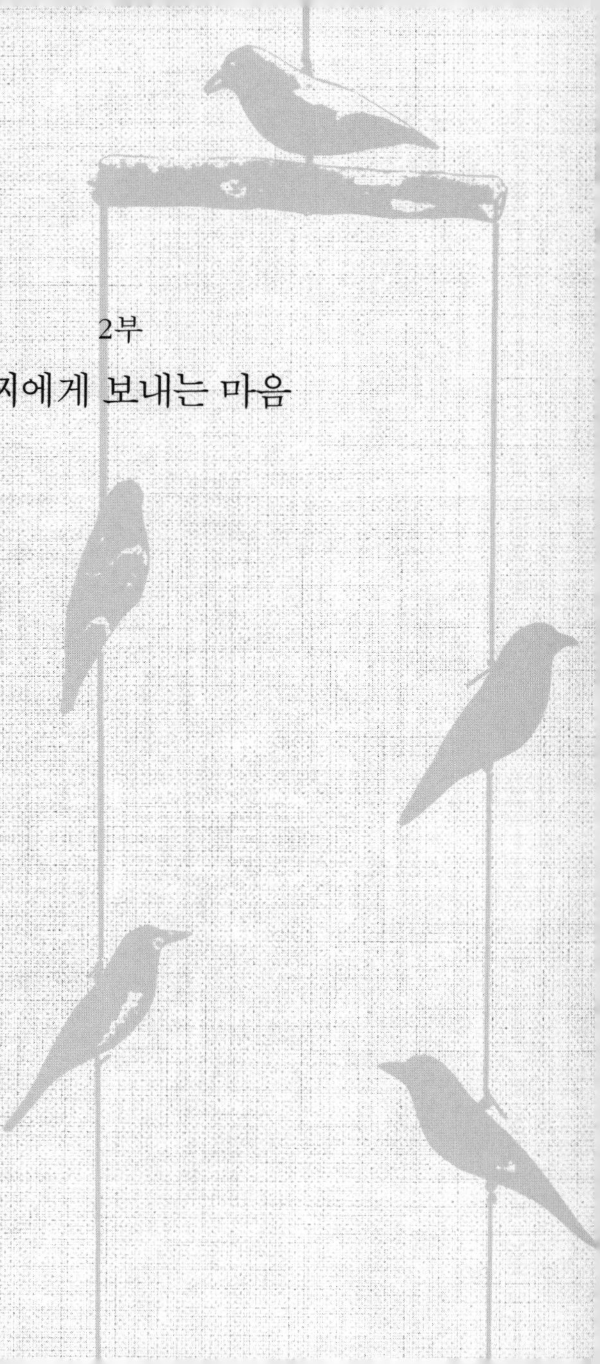

2부

�찌에게 보내는 마음

수많은 믿음의 교감

집집마다 친척들이 한자리에 모이는 일은 점점 줄어드는 대신 각자가 마음에 맞는 친구들하고 만나는 일은 점점 늘어나는 것 같다. 거북하고 의례적인 상하관계보다는 편하고 대등한 인간관계를 즐기고 싶은 건 당연한지도 모르지만 차츰 나이를 먹으니 사라져가는 게 아쉬울 때도 없지 않아 있다.

정초에 친정어머니께 세배 드리러 갔다가 참으로 오래간만에 대소가가 함께 한자리에 끼게 됐다. 그러나 세배가 끝나자 역시 젊은이는 젊은이끼리 큰 아이들은 큰 아이들끼리 어린이는 어린이들끼리 패가 갈라져 잡담도 하고, 화투놀이도 하고 텔레비전도 보게 되었다. 그중에서도 화투놀이 패가 가장 시끌시끌하고 활기에 넘치더니 차츰 잡담 패거리가 그 활기를 앞질러 시끄러워지기 시작했다. 무슨 얘기가 그렇게 재미있을까 싶어 슬그머니 끼어들어봤더니 맨 봉변당한 얘기였다. 봉변도 지나가는 택시에 의해 새 옷에 흙탕물이 튀었다든가 하는 정도의 고의성이 희박한 봉변이 아니라 믿는 도끼에 발 찍힌 식의 질 나쁜 봉변 얘기가 대부분이었다.

그런 얘기는 무궁무진했다. 남이 속은 얘기에 혀를 차면서 동시에 자기가 속은 얘기를 하고 싶어 입술부터 쫑긋대며 안달을 하기도 했다.

거액을 사기당한 얘기로부터 버스 칸에서 가방을 받아준 고마운 아줌마에 의해 만년필을 소매치기당한 얘기까지, 도시 고위층의 공약에 속은 얘기로부터 백 원짜리 상품의 용량에 속고, 바겐세일의 반값에 속은 얘기까지 두루두루 속은 얘기들로 경합을 벌이다보니 언성이 높아지고 분위기는 활기를 띠었다. 그건 분명히 유쾌한 화제가 못 되었을 텐데도 우린 어느 틈에 그걸 즐기고 있었다. 미담보다는 악담에 더 정열적인 게 천박한 기질이라는 걸 돌볼 겨를도 없었다.

이때 언제부턴지 우리의 이야기판에 귀를 기울이고 계시던 팔십 노모께서 혼잣말처럼 한마디하셨다.

"난 원 복도 많지. 이 나이에 그런 못된 사람들을 별로 못 겪어봤으니……"

어머니의 이런 말씀은 우리의 소리 높은 악담 속에서 아무런 흥미도 못 끌었다. 더구나 어머니는 세속적인 의미로 과히 복 좋은 노인도 못 됐다. 그러나 그런 말씀을 하실 때의 어머니가 기를 쓰고 악담을 하는 우리보다 훨씬 곱고 깨끗하고 행복해 보이시는 걸 나는 놓칠 수 없었다. 그리고 뒤늦게 슬그머니 입을 다물고 말았다.

내가 어머니로부터 그런 무안을 당하긴 그게 처음이 아니었다. 요새는 근력이 안 좋으셔서 못 다니시지만 재작년까지만 해도 절에 열심히 다니셔서 나도 가끔 모시고 가봤었는데 그때마다 절의 속악한 분위기라든가 스님과 신도들과의 상업적인 관계 등에 대해 나는 꽤 악랄한 비평을 했었다. 어머니는 이런 나를 이렇게 나무라셨다.

"원 뭐 눈엔 ×밖에 안 뵌다더니……, 넌 어째 그런 것밖에 못 보냐? 난 부처님 한 분 우러르기에 그저 감지덕지하느라 그런 건 눈 귀에도 안 들어오더니만……"

보는 눈에 따라 이렇게 한 가지 사물, 동일한 현상도 정반대로 보이는 수는 부지기수다.

사람이 믿었다가 속았을 때처럼 억울한 적은 없고, 억울한 것처럼 고약한 느낌은 없기 때문에 누구든지 어떡하든지 그 억울한 느낌만은 되풀이해서 당하지 않으려든다. 다시 속기 싫어서 절대로 다시 속지 않는 방법의 하나로 만나는 모든 것을 일단 불신부터 하고 보는 방법은 매우 약은 삶의 방법 같지만 실은 가장 미련한 방법일 수도 있겠다.

믿었다가 속은 것도 배신당한 것에 해당하겠지만 못 믿었던 것이 실상은 믿을 만한 거였다는 것 역시 배신당한 것일 수밖에 없겠고 배신의 확률은 후자의 경우가 훨씬 높을 것이다.

우리 어머니가 팔십 평생을 회고하며 자신 있게 못된 사람 만난 일 없다고 술회할 수 있듯이 세상엔 믿을 만한 게 훨씬 더 많다. 우리가 믿음에 대해 쉬 잊고 배신을 오래 기억하고 타인에게 풍기지 못해하는 것도 우리의 평범한 일상의 바탕이 결코 불신이 아니라 믿음이기 때문일 것이다.

그날 귀갓길은 정월 초하룻날 내린 폭설이 조금도 녹지 않고 그대로 얼어붙어서 몹시 위태로웠다. 친정에서 우리집까지는 같은 서울 시내건만 30킬로미터 가까운 거리이다. 그런 거리를 늦은 밤 택시로 달리는, 아니 기는 기분은 실로 아슬아슬했다. 주행선은커녕 차도와 인도와의 구분도 없이 차 사이를 행인이, 행인 사이를 차들이 요령껏 엉금엉금 기고 있었다.

아마 운전기사에 대한 신뢰감이 없었던들 나와 나의 식구들의 안전을 그 차에 그렇게 전적으로 맡길 수는 없었으리라. 그러나 그 택시 운전사가 전서부터 아는 사람일 리는 없었고,

믿을 만한가 아닌가를 알아보기 위해 관상이라도 봐뒀던 것도 아니다. 그냥 그가 믿음직스러웠다. 우리의 믿는 마음이 그와 교감해 그를 더욱 책임감 있게 했고 그런 교감에 의해 차 속의 분위기까지 훈훈하고 화목한 것이었다.

내가 탄 택시의 운전기사에 대해서뿐이 아니었다. 차 사이를 조심스럽게 누비는 행인들, 앞뒤 옆으로 엇갈리는 딴 차들의 운전기사들에 대한 믿음 역시 없었더라도 그날 밤 집으로 돌아오는 일은 만용이었으리라. 그날 밤 일이 지금 생각해도 유쾌한 건 이런 광범위한 믿음의 교감의 추억 때문인 것 같다.

우리가 아직은 악보다는 선을 믿고, 우리를 싣고 가는 역사의 흐름이 결국은 옳은 방향으로 흐를 것을 믿을 수 있는 것도 이 세상 악을 한꺼번에 처치할 것 같은 소리 높은 목청이 있기 때문이 아니라 소리 없는 수많은 사람들의 무의식적인 선, 무의식적인 믿음의 교감이 있기 때문이라고 나는 믿고 있다.

올겨울은 눈이 많을뿐더러 추위 역시 대단했다. 우리집처럼 방이 여럿이고 방마다 연탄을 때는 집에선 매일매일 배출해내는 연탄재만 해도 엄청나다. 만일 하루걸러 오는 청소부가 사흘이나 닷새쯤을 오지 않는다면 우리 동네는 연탄재에 묻히리라. 그러나 청소부 아저씨는 어김없이 온다. 아침 기온이 영하 15도가 넘는다는 관상대 발표를 듣고 나서 아저씨의 손수레 바퀴가 언 땅을 덜커덕덜커덕 구르는 소리를 들을 때처럼 고맙고 안심스러울 때는 없다.

그러나 폭설이 내린 다음날 나는 청소부 아저씨를 믿을 수가 없었다. 그도 그럴밖에, 우리집은 지대가 높아 완만하게 경사진 비탈길은 동네 꼬마들에 의해 스키장으로 변해 있었다.

그 위험한 눈길을 뚫고 손수레를 끌고 연탄재를 수거하러 오길 바라는 건 지나친 욕심 같았다. 쌓이는 연탄재만큼의 우울과 근심이 내 가슴을 짓눌렀다.

그러나 그날 아침도 쓰레기통은 말끔히 비어 있었다.

올겨울도 많이 추웠지만, 가끔 따스했고, 자주 우울했지만 어쩌다 행복하기도 했다. 올겨울의 희망도 뭐니 뭐니 해도 역시 봄이고, 봄을 믿을 수 있는 건 여기저기서 달콤하게 속삭이는 봄에의 약속 때문이 아니라 하늘의 섭리에 대한 믿음 때문이었다.

얻은 것과 잃은 것

　이곳으로 이사 오기 전날 밤새도록 비가 왔다. 나는 내 초
라한 이삿짐이 곤돌란가 뭔가 하는 괴물스러운 것에 매달려
비를 맞을 생각을 하니 잠이 오지 않았다. 아침까지 비가 멎
어줬으면 조바심하며 듣는 빗소리는 보통때 무심히 듣던 빗
소리하곤 달리 여러 갈래의 음색을 가지고 있었다. 기와에 내
리는 소리, 장독대에 내리는 소리, 차양에 내리는 소리, 잔디
에 내리는 소리, 시멘트 바닥에 내리는 소리, 나뭇잎에 내리
는 소리, 안으로 들이치며 분합문에 뿌리는 소리……
　우리가 빗소리라고 부르는 게 빗줄기 자체에서 나는 소리
가 아니라 비가 갖가지 지상물과 부딪치면서 생기는 소리란
게 마치 내가 처음 발견한 진리처럼 신기하고 놀라웠다. 그리

고 내가 발견한 진리대로 하면 앞으로 살게 될 11층 높이 아파트에선 빗소리를 들을 수 없을지도 모른다는 생각이 새로운 환경에 대한 막연한 두려움에 생생한 두려움을 더했다. 문득 서러운 생각이 나면서 눈물이 핑 돌았다. 비록 엉엉 소리를 내거나 눈물을 줄줄 흘리는 울음은 아니었을망정 그런 통곡보다 훨씬 더 눈시울이 뜨겁고 가슴이 메는 것이었다.

이사한 후 가뭄이 계속되어 새벽녘 잠이 깰 때마다 습관적으로 날씨 생각부터 하다보니 11층 높이에서도 빗소리를 알아들을 수 있고, 방법을 알게 됐다. 근처를 지나는 차바퀴 소리가 마른 땅, 축축하게 젖은 땅, 흠뻑 젖은 땅, 폭우로 범람하는 땅에 따라 완연히 다르게 들린다. 바람에 비가 벽이나 창으로 들이치는 소리도 땅 집과 비슷하다.

사람 사는 일이 항용 그렇듯이 두려움도 예상했던 것보다는 전혀 예기치 않은 곳으로부터 왔다. 나는 쏟아붓자마자 깊이 모를 깜깜한 나락으로 급전직하하는 고층의 쓰레기통이 그렇게 싫고 두려울 수가 없다. 그건 아마 툭하면 중요한 메모나 영수증, 심지어는 소액환이 든 봉투 따위를 쓰레기와 함께 버리고 나서 한나절쯤 있다가 쓰레기통을 뒤지는 내 변변치 못한 사람됨과도 관계가 있으리라. 며칠에 한 번씩 쓰레기를 수거해가는 불편하고 불결한 방법엔 그 정도의 유예가 있었고 내 생활의 리듬도 그런 여유와 망설임에 길들여진 거였다. 이곳엔 그게 없다. 생활의 모든 편의가 망설임 없이 즉각 공급된다. 이 비인간적인 환경에 주민이 날로 늘어나는 것도 그런 편의시설 때문일 테고 나 역시 그중의 하나에 지나지 않는다.

그러나 나는 요새도 혼자 있을 때는 맥없이 눈물을 짓곤 한다. 쓰레기통은 눈에 보이기나 하지, 우리에게 편의를 제공해주며 보이지 않는 벽 속을 지나는 수많은 대롱 중의 하나라도 막히면 어쩌나, 광란하면 어쩌나 두렵기도 하거니와 더 두려운 건 그런 벽의 이웃과의 차단이다. 나는 내가 필요할 때 언제라도 즉각 온수를 쓸 수 있는 편의를 얻은 대신 내가 혼자서 불의의 위험에 처했을 때 악을 써도 즉각 달려와줄 이웃을 잃었다. 온갖 편의에 의지하고 있을 뿐 인심과는 차단된 고장에 살고 있다는 고독감이 자주 나를 두렵게도 슬프게도 한다.

칠월의 뜨락에서

달력의 풍경화를 보니 어느새 여름인 걸 알겠다. 그러나 정작 창밖의 풍경은 풍경화보다 훨씬 빈약하다. 가운데 어린이 놀이터가 있는 잔디밭은 아파트 단지 내의 녹지대로선 넓은 편인데 군데군데 기계충 먹은 아녀석 머리통처럼 벗겨져 황토색을 드러내고 있고 버드나무, 은행나무, 벚나무, 흑백나무 등 구색 맞춰 심어놓은 나무들도 줄기가 회초리처럼 가는 게 비실비실 겨우 목숨만 붙어 있는 것처럼 보인다. 아마 생긴 지 몇 해 안 되는 단지이기 때문에 녹지대도 명색뿐 아직 뿌리를 못 내린 것 같다.

저번엔 아침에 커튼을 미니 밖에 비가 내리고 있었다. 가뭄 끝의 비라 반가운 김에 창을 열고 힘껏 숨을 들이마셨다.

그건 내 오랜 버릇이었다. 가뭄 끝에 내리는 단비 속에서 숨을 깊이 들이쉬면 흙냄새, 꽃냄새가 뒤섞인 자연의 강한 체취를 맡을 수가 있었고 그게 무슨 활력소처럼 심신을 상쾌하게 했었다. 그러나 그날의 빗속엔 아무 냄새도 섞여 있지 않았다. 나는 비로소 내가 높디높은 11층 베란다에 서 있음을 알았다.

내 발밑에서 땅은 실로 아득했다. '사람은 흙냄새를 맡아야……' 아파트 생활을 꺼리는 노인들 말씀이 떠오르면서 떠나온 동네와 정든 한옥이 가슴이 뭉클하도록 그리워졌다. 마당의 라일락은 벌써 졌겠고 지금쯤은 아마 줄장미가 한창일 테지.

그러나 이런 자연에의 향수와는 아랑곳없이 내 몸은 하루하루 아파트의 편리함에 길들여지고 있다. 자연을 그리워하며 예찬하는 것하고 자연으로 돌아가려는 의지하곤 상관이 없는 별개의 것인 것 같다. 자연을 배반한 대가로 눈앞에 대롱대롱 매달린 '편리'라는 달콤한 과자의 유혹을 도저히 물리칠 수가 없게 된다. 그 유혹에 야금야금 끌려가다가 문득 배반한 자연을 돌아다보면 그건 이제 돌아가기엔 너무도 아득한 곳에 있다. 마치 내 11층 아파트에서 내려다본 땅만큼이다.

어쩌면 나는 죽는 날까지 땅 집을 말로만 그리워하게 될지도 모르겠다.

일전에 신문에서 사살된 곰의 사진을 보았을 때도 그와 비슷한 착잡한 심정을 맛보았다. 총 가진 인간이 총으로 곰을 쏘아 죽인 게 뭐 그리 대단한 일이라고 신문에서 대서특필했는지 죽은 곰보다 산 사람 꼴이 더 우습게 느껴지기도 했다. 곰이 어느 마을에 나타나 사람과 가축을 해친다고 법석을 떨 때부터 나는 왠지 곰 편이었다. 자주 마을에 나타나지 말고 산속에서 먹이도 찾고 짝도 찾아 번식하고 마을 사람들도 곰을 자연의 일부로 받아들여 두려워하며 사랑해서 사람과 곰이 공존할 수 있기를 바랐다. 그러나 그건 어디까지나 그 마을에서 멀리 떨어진 방관자로서의 꿈이었을 뿐이지 내가 그 마을에 살고 있어도 과연 그럴 수 있었을까는 의문이다. 마음대로 외출도 못하고 아이들이 나가 놀지도 못한다면 제일 먼저 곰 사냥을 외쳤을지도 모른다.

산에 산짐승이 산다는 건 너무도 자연스러운 일이다. 자연보호를 외치면서, 자연의 일부인 곰이 백화점 속을 어슬렁거린 것도 아닌, 본래의 거처인 산속에 나타난 게 연일 뉴스의 초점이 되더니 급기야는 죽음으로까지 몰고 가서야 끝장을 보았다는 데에 현대의 우스꽝스러운 비극이 있는지도 모르겠다.

우리 조상들은 곰보다 더 무서운 호랑이도 산신령처럼 경외하며 탈없이 공존해왔다. 문명이 이 땅에 미치면서 편리에 의해 자연을 파괴하는 사이에 인간 역시 산짐승 등 자연과 공존할 수 있는 지혜와 능력을 거세당해버렸을 것이다.

생각하면 곰도 불쌍한 게, 자연이 자연 그대로여서 곰이 쉽게 먹이를 얻을 수 있었다면 무엇 때문에 채신없이 인가 근처를 기웃댔겠는가. 자연보호를 외치면서도 곰을 쏘아 죽여야 했던 까닭도 곰 한 마리를 살려두고 안 두고가 문제될 수 없을 만큼 자연의 질서와 조화 자체가 속속들이 파괴되어 있음이 아닐까.

자연을 파괴하긴 쉬워도 보호하긴 참으로 어렵다는 걸 알 것 같다. 자연을 말로 그리워하긴 쉬워도 돌아가긴 어려운 것처럼.

세탁기와 빨래

아직 세탁기 없이 손으로 빨래를 하고 있다. 세탁기 좀 사라고 성화를 하는 친구도 있고, 세탁기 없는 걸 신기하게 생각하는 방문객도 있다.

파출부 아줌마가 일주일에 두 번씩 와주니까 작은 빨래만 하면 되기 때문인지 별로 세탁기 아쉬운 걸 모르겠는데 써본 친구들은 극구 세탁기의 편리함을 주장하면서 그것을 권한다. 생각해보니 그 편리한 걸 굳이 안 살 까닭도 없을 것 같다.

남 다 갖는 편리한 기구라면 남 먼저 장만하진 못했어도 그럭저럭 대강은 갖춰놓고 사는 편이건만 유독 세탁기 장만만은 마냥 미루고 있는 게 그만큼 빨래하기가 싫지 않기 때문인지도 모르겠다. 딸아이들한테 일을 분담시킬 때도 설거지

할래? 빨래할래?라고 물으면 단연 빨래 쪽이 인기다. 구태여 분담까지 시킬 필요도 없이 목욕하고 나선 으레 제 빨래는 제가 해다 넌다.

딸이 젖은 머리에 말그레 상기된 얼굴로 빨래를 너는 모습은 참으로 보기 좋다. 나도 타일 바닥에 퍼더버리고 앉아 빨래하기도 즐기지만 장독대에 올라가서 높은 빨랫줄에 빨래 너는 건 더 좋아한다.

맑게 갠 하늘을 바라보고 심호흡을 하기도 하고, 먼 산을 무심히 바라보기도 하고, 가까운 산이나 이웃집 정원수에서 갑자기 바뀐 계절을 느끼고 신선한 놀라움에 사로잡히는 것도 대개는 장독대에 올라서서 빨래를 널다 말고이다. 외출했다가 하늘에 먹구름이 모여드는 걸 보고 집으로 종종걸음을 치는 것도 널어놓은 빨래 때문이다. 손수 빨아 넌 빨래에는 남다른 애정이 깃들게 된다.

돌아가신 시어머님은 빨래에 대한 애착이 유별나셨었다. 아무렇게나 구겨서 널어놓은 건 꼭 판판히 펴서 바로잡으셨고, 밤새 빨랫줄에 빨래가 널려 있는 건 사위라고 해서 꼭 주무시기 전에 거둬들이셨다. 기력이 쇠하시어 살림 총괄을 전혀 못하시게 된 말년에도 주무시기 전에 빨래 챙기시는 것만은 마치 본능처럼 잊어버리시지 않으셨다. 아마 그분이 맨 마지막까지 놓지 않으신 일이 빨래 챙기기가 아니었던가 싶다. 지금도 가끔 해질녘이면 "아가, 빨래 걷었냐?" 하는 그분의 목소리를 환청으로 들을 때가 있다.

그분처럼 지나친 집착은 아니더라도 식구들의 빨래를 주부가 하나하나 비벼 빤다는 건 여러모로 유익한 점이 많다. 포켓 속에서 잔돈푼이나 버스표를 발견해서 챙겨놓기도 하고, 솔기가 뜯어진 것, 간당간당 부실하게 달린 기성복 단추 등을 발견해 미리 꿰매놓을 수 있는 것도 빨래 때문이다. 또 흰 무명 빨래를 모아 삶아서 백설 같은 흰 빛깔을 낸 걸 빨랫줄에 널 때는 그냥 그것만으로 무상無償의 즐거움이 되기도 한다. 옛날 여인들은 어쩌면 빨래에서 여러 가지 흰빛을 내는 데 예술의 원초적인 충동 같은 걸 만족시켰음이 아닐까 하는 부질없는 생각까지 해본다.

그러나 아파트로 이사를 하고 나니 가장 아쉬운 게 세탁기였다. 빨래하기야 아파트라고 더 불편할 건 없는데 화분이니 장독이니 가득 들어찬 좁은 베란다에 빨래를 널려니 차곡차곡 겹쳐 널다시피 해야 되고 외부에서 보기에도 여간 꼴사나운 게 아니었다. 그러고 보니 우리처럼 매일 많은 빨래를 넌 베란다도 없는 것 같았다. 우리가 식구가 많아서 그러려니 하면서도 좀 이상해서 무슨 말끝엔가 옆집 부인한테 물어보았더니 세탁기에서 거의 탈수를 해주기 때문에 그냥 다리든지 잠깐 널면 되지 온종일 널어놓을 필요가 없다는 거였다.

나는 촌뜨기처럼 그걸 신기해하면서 새삼스럽게 세탁기 살 마음이 생겼다. 그러나 아직은 차일피일 세탁기 사기를 미루고 있다. 빨래하기가 즐거워서라기보다는 아파트의 편리함에 하도 쉽게 길들여지는 자기 자신이 하다못해 손수 빨래 비비는 정도의 저항이라도 해야 할 것 같아서이다. 그런 말막음 정도의 저항이 오래가지 않으리라는 걸 모르는 건 아니다. 그러나 우리가 편리를 얻는 대신 잊어버린 게 이웃 간의 또는 가족 간의 인간관계라는 것에 대해선 두고두고 우려하고 연구해야 할 것 같다.

주부가 밥하고 빨래하고 청소하는 수고 대신 가족들로부터 감사하는 마음을 받을 수 있었고 그게 바로 가족 간의 애정의 교류가 되었었다. 그러나 그런 일을 기계가 대신해줌으로써 감사는 허공으로 붕 뜨고 그만큼 애정의 유대도 허약해진 게 요즈음의 가족의 모습이 아닌가 싶다.

베란다에 빨래를 널면서 보니, 아파트 앞 주차장에서 노인이 혼자 배드민턴을 치고 있다. 공이 아스팔트에 부딪쳐 포물선을 그리며 튀어오르면 그걸 받아치는 동작을 무수히 되풀이하고 있다. 운동까지도 상대가 없이 자동으로 해결을 하고 있다. 목적하는바 팔다리 운동은 될지 몰라도 과연 상대 없는 운동에도 기쁨이 있을 수 있을까?

자동으로 하는 운동에서 아파트 생활의 축도를 보는 것 같아 잠시 망연해진다.

가깝고도 요원한 관계

창밖으로 오랜만에 비 개인 아침을 내다보고 있으려니 참 재미있는 현상이 눈에 띈다.

배드민턴을 치는 사람, 자전거를 타는 사람, 조깅을 하는 사람, 철봉에 매달린 사람, 차를 닦는 사람, 아침 장을 봐오는 사람 등 일과 운동에 열중하고 있는 사람들이 모두 쌍쌍이다.

아침 장을 봐오는 젊은 부부는 남편이 장바구니를 들고 아내는 라켓을 두 개 모아쥐고 있다. 자전거를 타고 있는 부부는 두 분 다 백발의 노부부인데 영감님이 페달을 밟고 뒤에 탄 마나님은 영감님의 허리를 양팔로 꽉 감고 활짝 웃고 있다. 쾌적한 속도에 휘날리는 마나님의 은빛 머리가 참으로 보기 좋다.

어린이 놀이터의 철봉에 매달린 부부는 몸이 나기 시작한 중년이다. 특히 디스코 바지를 입은 아내의 엉덩이는 육중해 보인다. 철봉에서 턱걸이가 될 듯 될 듯 하다가는 뚝 떨어지고 만다. 보다못한 남편이 밑에서 엉덩이를 치받쳐주고 있다.

턱걸이 시험을 봐야 하는 관문이 앞으로 남아 있을 리 없는 부부건만 그 운동에 이만저만 열심이 아니고 그 열심스러운 모습 또한 그렇게 보기 좋을 수가 없다.

배드민턴을 치는 젊은 부부도 아름답다. 남편은 경쾌한 스포츠웨어 차림이고 아내는 핫팬티에 어깨만 걸친 티셔츠 차림이라 반라인데 그 몸매가 미스코리아 뺨치게 미끈하다. 군더더기라곤 없이 그야말로 잘빠진 몸매로 운동을 하는 모습은 보는 사람을 황홀하게 한다. 남편도 그것을 느끼는지 그 얼굴에 나타난 희열은 단순한 운동의 쾌감 이상이다.

차를 닦던 부부는 느닷없이 물싸움을 시작한다. 화단가에 있는 공동 수도에서 호스로 차에다 물을 끼얹던 남편이 그 물줄기를 받아 걸레질을 치고 있던 아내에게다 물을 끼얹은 것이다. 아내가 냉큼 차 뒤편으로 숨더니 살금살금 앉은걸음으로 남편에게로 다가가 어깨 너머로 호스를 빼앗으려 했으나 그렇게 호락호락 빼앗길 남편도 아니었다.

물줄기가 뻗치고 있는 호스를 서로 잡으려고 승강이를 벌이니 금방 둘 다 물에 빠진 생쥐 꼴이 될 수밖에.

서로의 꼴을 보고 박장대소하는 것으로 어른들의 물장난은 승부 없이 끝났다.

앞서거니 뒤서거니 조깅해 들어온 중년 부부는 아직도 여력이 있는지 아파트 광장을 한 바퀴 더 돌고 나서야 벤치에 앉는다. 땀을 닦다가 때마침 지나가는 요구르트 아줌마를 불러서 한 병씩 사서 천천히 마시면서 한 손으로 어깨동무를 하고 앉아 있는 모습도 보기 좋았다.

하나둘 출근하는 사람, 등교하는 아이들이 생기면서 그들도 안으로 들어갔지만 아마 그렇게 아침 시간을 즐겼다고 해서 아내가 아이들 아침밥을 못 먹여 보내거나 남편의 출근시간이 늦어 허둥대는 일은 없으리라. 아이들은 스스로 빵과 우유로 아침식사를 했거나 아니면 전기밥솥에서 더운밥을 푸고 국쯤은 스스로 데워서 먹었으리라.

불편한 부엌과 불합리한 식생활과 층층시하에서 대가족의 수발을 드느라 허리가 굽고 밤이면 삭신이 쑤셔 앓는 소리를 하면서 몸을 뒤치던 우리들의 어머니 세대에 여성이 부족되기 쉬운 운동을 남편과 더불어 적극적으로 즐기는 모습은 보기 좋았지만, 한편 그들의 장장한 하루가 조심스럽기도 했다.

그러나 나 같은 사람이 걱정할 겨를도 없이 여자들의 이런 빈 시간을 겨냥한 산업은 이미 여기저기서 일어나고 있는지도 모른다. 각 신문사에서 마련한 평생교육의 자리에도 수강생은 거의가 다 여성들이고 그런 것들과 유사한 갖가지 사설 학원이 주택가마다 아파트 단지마다 성업중이다.

현대가 산업화할 수 없는 게 무엇이 있을까? 산업사회란 괴물은 닥치는 대로 산업화해서 재미를 보고, 거기 여자들의 빈 시간이 걸려든 건 당연한 일.

일전에 엘리베이터에서 만난 낯익은 이웃집의 두 주부는 참으로 행복하고 싱싱해 보였다. 보통때도 명랑하고 자태가 고운 주부였는데 그날은 각별했다.

그들을 보고 있으려니 여자의 미는 시집만 가면 내리막길로 치는 우리의 고정관념을 수정해야 할 것 같은 생각조차 들었다. 중년의 미라는 새롭고 눈부신 미의 세계가 은근히 질투까지 날 지경이었다.

나는 그들과 그저 눈인사 정도나 하는 사이였는데 그날은 먼저 말을 시켰다.

"무슨 좋은 일이 있으신가봐요? 두 분 다 유난히 행복해 보이시네요."

"행복하고말고요. 에어로빅댄스를 하고 오는 길인걸요."

"에어로빅댄스요? 그게 그렇게 좋은 겁니까?"

"어머 선생님은 아직 그것도 모르세요. 소설 쓰시려면 그런 것도 알아두셔야 돼요. 구경 오세요. 얼마나 신난다구요."

그들은 내가 소설 쓴다는 걸 전부터 알고 있었나보다. 그러고 나서 그들은 그 교습소의 위치를 친절하게 가르쳐줬다. 직접 본 적은 없지만 화면으로 가끔 봐서 대강 어떻다는 건 알 만한 그 신나는 운동을 즐기는 건강한 주부들을 상상하긴 어렵지 않았다.

여성들이 빈 시간을 낮잠이나 전화질, 화투치기로 보내던 시기가 지나고 이제 적극적으로 즐기려는 그런 시기 역시 그렇게 오래갈 것이라곤 보지 않는다.

사람들과 만남으로써 마음의 무료함을 덜고, 음악에 맞춰 몸을 움직여 몸의 무료함을 덞으로써 맛보는 기쁨도 반복되다보면 시들하고 다시 권태로워질 것이다.

왜냐하면 사람이 진정으로 사는 맛을 느끼기 위해선 자기가 좋아서 하는 일, 자기가 수고한 일이 사회적으로 가치를 인정받고 더 나아가서는 정신적인 것이든 물질적인 것이든 간에 보람이 되어 돌아와야만 한다. 즉 참여의식을 가질 수 있어야 하고 노력의 대가인 보수가 인정되어야 한다. 그러나 우리 사회에서 아직도 그런 길은 요원해 보인다.

에어로빅 교실로 가는 방향과 반대 방향으로 조금만 가면

굴다리가 있고 그 밑엔 잡상인들이 우글댄다. 잡상인들 역시 여자가 대부분이고 젖먹이나 걸음마하는 아이들을 데리고 있다. 아이들은 아무데서나 오줌똥을 누어 그 근처의 위생상태는 말이 아니다.

이렇듯 힘든 주부의 바쁜 시간과 에어로빅댄스로 적당히 몸을 풀고 난 행복한 주부의 남은 시간과의 연결도 요원하기만 한 것일까?

가마솥을 부끄러워하며

막내가 올해 대학에 입학했다.

올해로 대폭 인상된 등록금에도 불구하고 신입생 등록을 하는 날은 아침부터 흐뭇해서 싱글벙글했다. 끔찍이도 좋은 가보다고 놀리는 식구들한테는 이제 자식들의 그 혹독한 입시 투쟁을 거들고 애태우는 일로부터 아주 놓여났으니 춤인들 못 추겠냐고 한술 더 떴다.

그러나 내가 정말 기뻐했던 까닭은 그애가 막내였다는 데 있는 게 아니라 그애가 아들이었다는 데 있었는지도 모르겠다.

위로 딸을 여럿 내리 기르면서 조금도 아들과 차별해서 기른 적이 없다. 그 딸들이 대학에 들어갈 때라고 애태우고 기뻐하지 않은 일이 없건만 딸의 등록금 낼 땐 얼핏 허전한 마음이 드는 건 어쩔 수가 없었다. 그렇다고 그 돈이 조금이라도 아까웠던 것도 아닌 묘한 기분이었다.

아들의 등록금을 내면서 딸 적의 허전했던 마음이 결코 아들딸을 차별해서 사랑했기 때문이 아니라, 돈 그 자체의 투자가치에 대한 불확실성 때문이었다는 걸 알 것 같았다. 아들의 등록금을 내면서 나는 한번쯤은 투자가치가 있는 데 투자해보는구나 하는 생각을 무의식중에 했었는지도 모른다.

여기서 투자가치라고 한 것은 어디까지나 본인 위주의 것을 말하려는 것이지, 아들은 내 집 식구요 딸은 종당엔 남의 식구가 된다는 부모 위주의 것을 말하려는 것은 물론 아니다.

언젠가 여자대학 졸업식에서 어떤 아버지가 파안대소하면서 한 말이 잊히지 않는다.

"이 아름다운 캠퍼스, 이게 실은 거대한 밑 빠진 가마솥이죠."

이건 물론 하객을 웃기기 위한 우스갯소리에 지나지 않았을뿐더러 그 아버지의 파안대소엔 그동안 밑 빠진 가마솥에 퍼부은 걸 아까워하는 티는 눈을 씻고 찾아보려야 찾아볼 수 없었다.

그러나 풍기는 일말의 쓸쓸함을 돌릴 순 없었다.

대체로 이런 것들이 오늘날의 여성 교육 실태의 일부가 아닌가 싶다.

이제 사랑이나 교육에 있어서 아들딸을 차별해서 기르는 부모는 거의 없다. 입시에 아들이 실패했을 때보다 딸이 실패했을 때 더 깊이 상심하는 부모를 본 적도 있다.

아들은 학벌이란 간판 없이도 실력으로 살 길이 얼마든지 있지만 딸은 간판 없이 어떻게 시집을 보내냐는 거였다. 그래서 밑 빠진 가마솥에 퍼붓는 일이 남의 일이란 생각을 부모들은 꿈에도 안 한다.

그러나 국가적으로 볼 때 정말 여성의 고등교육이 밑 빠진 가마솥에 물 붓기라면 거기서 본 손해의 막대함은 어디서 당장 석유가 솟아오른다 해도 메우기 힘들 만한 것이 될지도 모른다. 또 여성 개개인의 입장에서도 자신이 송두리째 낭비될지도 모른다는 운명에 대해 이제 진지하게 회의하고 부끄러워할 때도 되지 않았나 싶다.

물론 우리 사회가 제도적으로 철석같이 보장하고 있는 남녀 기회의 불균등으로 여성은 자신의 낭비를 얼마든지 변명할 수도 있다. 여지껏도 우리 여성은 그래왔고, 모든 여건은 그런 변명을 도와주는 방향으로만 흘러왔다.

그러나 개개인에게 소중한 건 어디까지나 그 자신일 뿐이다.

중요한 건 자기도 뭔가를 책임질 수 있는 인간임을 증명하는 것이지 합당한 변명으로 아무 책임도 없다는 걸 증명하는 건 아니다.

기회의 불균등이란 사회적인 여건에만 책임을 돌릴 게 아니라 여성의 이런 무책임성이 사회적인 여건의 불공평을 가져왔을지도 모른다는 생각도 조금씩 해봐야 할 것 같다.

여성의 고급인력을 필요로 하는 일터가 결코 여성의 고등교육의 기회가 늘어난 것만큼 늘어나지 않는 건 그런 일터를 이미 거쳐간 여성에게 보다 많은 책임이 있을 수도 있다. 그런 일터에서도 드물게 책임 있는 자리까지 올라간 여성 밑에서 일하게 된 남자들이 하는 불평을 들은 적이 있다.

"내 아니꼽고 더러워서 직장을 옮기든지 해야지, 그 여자 아랫사람 부리기를 마치 집에서 식모 부리듯 한단 말야."

이런 여성 고급인력 기피현상도 여자 밑에서야 어떻게 일할 수 있겠느냐는 남자들의 뿌리깊은 여비女卑사상일 뿐이라고만 몰아붙일 게 아니라 일리가 있는 부분은 수긍할 줄도 알아야겠다.

남녀의 기회가 균등해지기 위해선 먼저 구색이나 동정, 말막음으로 주는 일자리나 얻는 신세에서 벗어나 능력에 의해 필요로 하는 인재가 되려는 여성 자신의 분명한 의식의 변화가 있어야 할 것이다.

광주리장수와 봇짐장수

아파트 진입로엔 늘 서너 명가량의 광주리장수들이 나무 그늘에 앉아 있다. 얼마 전까지만 해도 떡이나 굴비를 팔더니 요새는 옥수수 찐 것이나 자두를 팔고 있다.

시장 근처만 가면 좁은 골목길에 노점상들이 발 들여놓을 틈도 없이 들끓던 동네에 살던 내 눈엔 거대한 슈퍼마켓을 지척에 둔 넓은 아스팔트 길가에 이 몇 안 되는 행상은 정답고도 쓸쓸해 보였다.

아직 찐 옥수수를 사 먹어보진 못했지만 떡은 몇 번 사 먹었는데 맛이 슈퍼마켓 떡보다 훨씬 떡다웠다. 쑥을 넉넉히 넣고 모양 없이 넙적하게 만든 떡이 어릴 적 고향에서 먹던 개떡맛하고 흡사했다. 쫄깃쫄깃하고, 맛은 쑥 향기하고 쌀과 소금의 맛이 전부였다. 떡의 원형이랄까 본디 맛이 그만큼 남아 있는 떡을 최신의 아파트 단지에서 만나는 게 신기하기까지 했다. 그런 장사가 되는 건 슈퍼마켓에서 파는 감미가 짙고 모양이 간사스러운 케이크화된 떡에 대한 소비자의 미약한 반발 때문일지도 모르겠다.

그러나 그런 광주리장수들의 신세가 속 편한 것만은 아니다. 하루에도 몇 번씩 제복을 입은 단지 경비원들한테 쫓긴다. 쫓아도 보통 쫓는 게 아니라 그 험악한 호통과 폭력적인 몸짓을 보고 있으면 지나가는 사람까지 가슴이 떨릴 지경이다. 한판 승부로 행상을 근절시키고 말 기세다. 그러나 역시 행상은 있다. 더 늘지 않는 게 그들의 공로일지도 모르지만, 꼭 행상을 근절시켜야 하는 거라면 과연 그 방법밖에 없는 것일까? 일단은 의심스럽고 눈살을 찌푸리게 된다.

슈퍼마켓 외에 장사는 광주리장수만 있는 게 아니다. 발달된 행상의 형태로 트럭에다 과일이나 생선을 가득 싣고 시끄러운 마이크 장치까지 한 장사꾼들이 아파트 광장에서 공공연히 한탕하고 사라진다. 트럭장수는 남자고 광주리장수는 물론 여자다.

여자이기 때문에 경비에게 쫓기다가 문득 "아저씨 한번 봐줘요, 응, 한번만" 하면서 교태를 부리기도 한다.

경비의 발길질에 행여나 다칠세라 옥수수광주리를 일 새도 없이 부둥켜안고 불볕 속을 우왕좌왕하다가 별안간 몸을 반대 방향으로 틀어 경비와 대결하면서 내보이는 교태는 차라리 처절하다. 볕에 타서 옹기처럼 반들대는 얼굴에 땀까지 철철 흘리며 돌발적으로 떠는 아양은 교태라기보다는 쥐도 궁지에 몰리면 고양이를 문다는 식의 필사적인 것이어서 보는 사람의 마음에 쩡한 충격 같은 걸 준다.

그곳에서의 장사가 '절대로' 안 되는 거라면 어떤 여자도 아마 그런 막바지 교태까진 부리지 않았으리라. 금지돼 있지만 있긴 있다는, 눈에 보이지 않는 신축성이 그 여자들로 하여금 비장의 단수까지 부리도록 했을 것 같다.

경비와 여자 행상과의 이런 조그만 사건을 보면서 이 사회에서 여자가 돈을 번다는 것의 어려움, 치사함의 생생한 축도처럼 느꼈다면 사건의 확대 해석이 지나친 것일까?

언젠가 지하철에서 이런 걸 목격한 적이 있다. 종로5가 역에서였다. 거의 이불보따리처럼 큰 짐을 세 개나 가진 여자가 탔다. 누구나 알다시피 전철의 문은 30초만 열려 있다가 자동적으로 닫힌다. 다행히 그 여자 혼자서 그 짐을 다 날라다 실은 후에 전철은 떠났다. 그 근처에 있는 방산시장에서 뗀 잡화류인 듯 비교적 가벼운 짐인 것 같았다.

그러나 문이 닫히면서 차가 움직이자 여자는 문을 치면서 발을 동동 굴렀고 차 밖에선 서너 살이나 먹었을까 싶은 사내아이가 또한 발을 동동 구르며 울어댔지만 곧 보이지 않게 됐다.

기계적인 탈것이라는 게 다 비정하지만 이럴 때의 전철은 참으로 비정하다. 사람을 짐짝 취급을 한다느니, 고무인형 취급한다느니 욕도 많이 먹고 말썽도 많은 안내양이 문을 열고 닫는 일을 맡았더라면 설마 이런 일이야 일어났겠는가. 우리가 그 편리함과 정확함을 사랑하고 찬양하는 자동차라는 것의 가장 주된 속성은 바로 이런 비정성이다.

그건 그렇고 그다음에 차 안에서 일어난 일엔 실로 아연할 수밖에 없었다. 시골에서 조그만 잡화상을 경영하는 걸로 추측해서 과히 틀림이 없을 것 같은, 세파에 쩔고 피곤해 뵈는 여자와는 딴판으로 제법 허여멀겋고 옷차림에도 관심이 보통 이상인 듯 겉멋깨나 부린 남자가 다짜고짜 '이년'으로 시작해서 말끝마다 년 자를 붙여가며 여자를 나무라기 시작한 것이다.

우리도 물론 여자에게 전혀 잘못이 없다고 생각한 건 아니었다. '쯧쯧 아이 먼저 태우고 짐을 태우지' 하는 생각도 없지 않았지만 급할 때 더군다나 전철에 익숙하지 못한 사람으로선 얼마든지 그럴 수도 있는 실수였다. 여자가 잘못했단 생각보다는 아이까지 딸리지 않았더라도 한 여자가 그 많은 짐을 싣는다면 누구나 번쩍번쩍 들어 옮겨줄 법도 한데 아무도 그러지 않고 제 몸만 탔다는 게 슬그머니 부끄러워질 판이었다. 하물며 아이까지 딸린 걸 알았음에랴.

그런데 그런 심한 상말로 그 여자를 윽박지르고 욕하다니, 제가 뭐라고……

'제가 뭐라고'의 의문은 곧 풀렸다. 그 건달풍의 멋쟁이는 그 여자의 남편이었던 것이다. 여편네가 그 많은 짐을 옮겨 싣는 걸 못 본 척하고 있으려면 제 자식 손목이라도 붙들고 타든지, 제 자식 챙기기가 귀찮으면 짐을 자기가 챙기든지, 이도 저도 다 안 하고 몸만 사뿐히 탄 주제에 이미 돌이킬 수 없는 잘못에 대해선 책임전가가 철저했고 호령도 추상 같았다.

게다가 거기 실린 짐을 발로 뻥뻥 걷어차면서 "이 ×아, 이 까짓 짐 싣자고 새끼를 놓쳐, 그게 어떤 자식이라고, 만약 그 자식에게 무슨 일이 생겨봐라, 너깐 ×을 누가 데리고 살기나 할 줄 알구, 끝장이다 끝장이야" 하는 꼴이 자식에 대한 소유권 의식 또한 대단한 남자였다. 만약 발로 걷어차는 게 남자들이 맡아놓고 하는 행패만 아니라면 나라도 한번 걷어차주고 싶게 밉살스러운 남자였다. 그 광경을 구경하는 딴 승객들도 다소의 차이는 있을망정 그 남자를 한심해하고 여자를 동정하는 표정이 역력했다.

어떤 처녀는, "내 저런 남자 만날까봐 이날 이때 시집을 못 간다니까"라고 큰 소리로 중얼거려 사람들을 웃기기까지 했다.

그러나 남편의 그런 행패를 당하는 정작 당사자는 그저 죽여주십사 하는 대죄인의 태도로 끝까지 다소곳했다.

"여보, 제가 잘못했으니 용서하세요, 네, 여보, 누가 들으면 의붓자식인 줄 알겠어요."

이러면서 울먹이는 게 고작이었다.

이런 고전적인 부부싸움 때문에 아이 찾으러 가는 것도 잊어버리고 있는 부부를 보다못해 어떤 승객이 귀띔을 했다. 그제야 아이 찾으러 갈 의논을 할 정신이 든 것까지는 좋았는데 누가 가느냐로 또 다투기 시작했다. 여자가 간다니까 이 짐을 날더러 어쩌라고 네가 가느냐고 화를 내니까 남자더러 가라고 하자 그것조차 자신이 없는지, 아이가 여지껏 거기 없으면 어떡하느냐고 앙탈을 했다. 남자의 앙탈은 참으로 눈뜨고 보기 민망했다. 결국 종각역에선가 부부가 같이 내렸다.

그 많은 짐을 또 여자 혼자 들어 내린 건 물론이다. 천생연분이라고 어떤 중년 부인이 찬탄인지 탄식인지 모를 혼잣말을 했다. 아마 그 말엔 아무도 이의가 없었으리라.

그후 나는 툭하면 그 남자 얼굴이 떠오른다. 특히 지지리 못난 남자를 구상할 때면 그 남자가 그 전형처럼 떠올라 당분간 그 틀에서 못 벗어날 것 같다.

아파트에 석 달쯤 살고 난 소감은 아파트야말로 아내들의 천국이라는 거라면 내 과장이 너무 지나친 것일까? 모든 아내들의 시간과 일손을 덜어주기 위해 설계되고 운영되고 있다. 아내의 일의 마지막 보루인 집 지키기조차 여기선 할 필요가 없다.

한편 이렇게 해서 남아도는 아내의 시간을 여가 선용 또는 자기 발전이란 명목으로 충당시키기 위한 산업이 크게 재미를 보고 있다.

꽃꽂이교실, 서예학원, 수영클럽, 합창단, 헬스클럽 등등이 그런 것이 될 테고, 그런 것의 종류는 날로 다양해지고 불경기를 모르는 것 같다. 살림의 진구덕, 잔 근심에서 놓여나서 그런지 여기 여자들은 하나같이 나이보다 젊고 활달하고 거침이 없고 매사에 적극적이고 발언권이 세다. 젊은 부부가 같이 걷고 있는 걸 봐도 체격까지 남편을 능가하는 아내도 드물지 않다. 여자도 청바지를 즐겨 입는 요즈음 문득문득 어느 쪽이 남편이고 아내인지 헷갈릴 적이 많다. 자기 차를 가진 부부가 외출할 때 남편이 공손히 열어주는 차에 사뿐히 올라타는 아내의 매너가 조금도 눈에 거슬리지 않고 보기 좋은 것도 아파트 풍경의 특색이다. 그들이야말로 자유와 평등을 누리고 있는 행복한 여자들임을 아무도 부인할 수 없을 것 같다. 그들 앞에선 그런 말 자체가 이미 한물간 진부한 것일지도 모른다.

그러나 자유와 평등을 만끽하는 여성은 하나같이 소비의 주체라는 걸 우리는 주목할 필요가 있을 것 같다. 여자들이란 오로지 돈 잘 버는 남편 덕에 소비를 마음껏 할 수 있을 때 자유롭고 평등하다는 건 과연 무슨 뜻일까?

그 자유와 평등의 허약성 내지는 거짓됨도 문제지만, 앞서 예로 든 미미하나마 생산적인 일을 하는 두 가지 경우의 여자들이 감수하는 지옥이 더욱더 구원의 여지가 없는 절망적인 게 되고 마는 데 보다 큰 문제성이 있을 것 같다.

꼴찌에게 보내는 마음

　몇 년 전, 어느 신문사가 주최한 마라톤대회의 꼴찌 주자를 보고, 이상한 감동을 받은 일이 있다.

　나는 그때 일부러 마라톤 구경을 나갔던 게 아니라 교통이 차단된 건널목에 서 있다가 우연히 그걸 보게 되었는데, 그때 이미 볼륨을 최대한으로 높여놓은 길가 전파사의 라디오에선 선두 주자의 골인 장면이 중계되고 있었다. 아나운서의 흥분한 목소리와 관중들의 열렬한 환호성이 생생하게 거리로 울려퍼졌다.

　그러나 그게 꼴찌 주자와 무슨 상관이 있으랴. 바쁜 걸음을 멈추고 중계방송에 귀를 기울이는 마라톤 팬인 듯싶은 사람들도 바로 눈앞을 달리고 있는 꼴찌 주자에겐 아무런 관심

도 없었다. 차단됐던 교통조차 꼴찌 주자를 위해서까지 기다
릴 필요가 없다는 듯이 부릉부릉 시동을 걸기 시작했다. 이런
무관심 속에서도 쉬거나 포기하지 않고 달리는 꼴찌 주자는
심히 고통스럽고 고독해 보였다. 나는 그때 그 꼴찌 주자의
고통과 고독이 너무도 아름다워 보여 그만 나도 모르게 그를
향해 뭐라고 외치면서 손바닥이 아프게 박수를 쳤었다.

그때의 나의 감동은 훗날 돌이켜 생각하니 동질감이 아니
었던가 싶다. 필시 나는 그때 그 꼴찌를 나 자신처럼 느꼈음
직하다.

그후 그 일을 비교적 상세하게 쓰고, 「꼴찌에게 보내는 갈
채」라는 제목을 붙여서 어느 잡지사에 주었었는데, 나중에 잡
지를 받아보니까 「패자에게 보내는 갈채」로 제목이 바뀌어져
있었다. 나는 내 글의 오식이나 제목 변경 등으로 속을 끓이
는 까다로운 성격이 아닌데도 그때는 좀 화가 났다. 꼴찌하고
패자는 엄연히 다르기 때문이다. 그 꼴찌 주자에게 미안한 생
각까지 들었다. 그 꼴찌 주자가 도중에서 기권을 했으면 모를
까, 끝까지 달렸는데 어째서 패자란 말인가? 생각할수록 섭
섭하고 부아도 났다. 그때의 나의 편치 못한 마음 역시 꼴찌
와 자신과의 동류의식에서 비롯된 것이었다고 생각된다.

나는 자신을 꼴찌라고 생각할지언정 패자라고 생각하고

싶진 않았다. 편집자나 독자가 어떻게 받아들였건 간에 그때 내가 꼴찌에게 부여하고 싶은 것은 의젓하고 늠름한 그 무엇이었다.

그때 놓친 제목이 아까워서였던지, 그후 수필집을 하나 묶게 되었을 때 그 제목을 붙였고, 그 책이 의외로 많이 팔린 덕에 많은 독자를 알게 되었다. 구로공단에서 만난 여공도, 평화시장 미싱사도, 구둣방 청년도, 하수도 뚫으러 온 아저씨도, 우편배달부도 그 책 얘기를 하면서 나에게 새삼스럽게 인사를 청했는데, 그들은 하나같이 '꼴찌에게……'라는 제목을 보고 꼭 그 책 속에 자기 이야기가 씌어 있을 것 같아서 샀다고, 혹은 빌려 보았다고 했다.

나는 놀라움과 걱정을 금할 수 없었다. 그들의 꼴찌와의 동류의식은 차라리 당연했지만, 사람들이란 얼마나 자기 이야기를 갖고 싶어하나가 놀라웠고, 그들이 과연 바라던 자기 이야기를 내 글속에서 찾아냈을까가 못내 근심스러웠다.

또하나 그 책을 통해 새롭게 알아낸 건 의외로 광범위한 꼴찌의식에 대해서라고 하겠다. 앞서 말한, 누가 보기에도 이 사회의 꼴찌 주자다 싶은 계층의 사람 말고도 교사나 회사원, 심지어는 상당히 높은 자리에 있는 고급 공무원, 큰 회사의 중역 중에서도 이 책을 사보았다는 사람이 있었고, 한결같이 꼴찌가 자기 같아서라든가, 꼭 자기 이야기와 만나질 것 같아서였다는 말을 덧붙였다. 비록 경제적으로 중류 이상의 생활을 누리고 있더라도 자기가 속한 사회적인 지위가 그 분야에서 최고의 지휘명령권을 갖고 있지 않는 한 다소간의 꼴찌의식은 어쩔 수 없는 모양이었다.

그런 의미로 꼴찌의식은 서민의식보다 훨씬 광범위한 건지도 모르겠다. 하긴 소수의 엘리트를 제외하곤 이 사회가 곧 꼴찌들의 공동체가 아니겠는가. 꼴찌에게 보내는 갈채니 박수니 하는 것은 실은 역설일 뿐 언제 어디서나 주목과 찬사를 받는 것은 첫째이며 꼴찌는 조용한 망각의 대상일 뿐이다. 가끔 꼴찌들이 부각될 때도 없지 않아 있긴 있다. 그럴 때도 꼴찌가 목적이 아니라 수단일 때가 대부분이다.

이를테면 정치가 만발할 때 너도나도 앞으로 나서 서민 대중을 위해주겠다고 정열적으로 아우성친다. 만약 서민 대중이라는 조용하고 고분고분한 게 없었다면, 그들이 누구를 위해 무슨 재미로 목청을 돋울 신명이 나겠는가? 꼴찌 없는 선두 주자가 제아무리 첫째를 해봐야 신명 안 나는 것과 마찬가지로.

정치뿐 아니라 고등고시나 예비고사에 수석만 해도 꼭 꼴찌들을 들먹인다. 가난하고 억눌린 사람들을 위해 훌륭한 법관이 되겠다든가, 정치가나 의사가 되겠다든가 하는 자랑스러운 목소리로.

이렇게 엘리트 의식은 그 시초부터 수많은 꼴찌들을 그 기반으로 하고 있게 마련이다.

그러나 꼴찌들은 첫째를 위해 꼴찌를 하고 있다고 말하진 않는다. 그렇게 파렴치한 꼴찌는 적어도 우리 꼴찌 중에는 하나도 없다. 열심히 달려도 꼴찌니까 꼴찌일 뿐이다. 패자가 아니란 것, 기권을 하지 않았다는 게 꼴찌의 단 하나의 자존심이다.

시시때때로 첫째의 입에 오르내리는 것을 꼴찌는 별로 달가워하지 않는다. 이용하려는 속셈이 뻔하기 때문이다. 꼴찌의 고독하고 고통스러운 주행은 이용당하기엔 너무도 소중한 그 무엇이다. 박수나 갈채도 꼴찌는 바라지 않는다. 동정이나 위선의 냄새가 나서 자존심이 상한다.

꼴찌에게 자존심을…… 내가 꼴찌의 입장에서 부르짖을 게 있다면 그것으로 족하겠다.

눈치

우리 동네 시장은 큰길에서 정면으로 들어가려면 아케이 드라는 백화점 비슷한 곳을 거쳐야 한다.

아케이드가 시장으로 통하는 어둑어둑한 골목길엔 떡장수 와 빈대떡장수 들이 자리잡고 있다.

어느 날 골목의 떡장수 중 한 아줌마가 나를 불러 세우더 니 "아주머니, 아주머니가 시인이라면서요?" 했다. 나는 아니 라고 대답했다. "에이, 뭘 그러셔? 다 아는데." 떡장수 아줌마 는 은근한 눈웃음을 치면서 내 등을 탁 쳤다. 나는 더이상 아 니라고 하지 못했다. 등이 아파서가 아니라 그 아줌마의 눈웃 음 속에 담긴 천진한 기대를 저버리기가 그냥 안돼서였다. 물 론 그런 기대는 시인이라는 것에 대한 동경이나 애정 같은 것하곤 얼토당토않은 것이다.

닭은 동네의 작은 시장 속에서 10원에 치를 떠는 평범한 여편네들만 상대하는 게 너무 따분해선지, 시장 아줌마들은 그들의 단골 중에서 특별한 여편네가 생기는 걸 즐거워한다. 그래서 누구 엄마가 알고 보니 글쎄 첩이라든가, 그 멋 잘 내는 누구는 알고 보니 밤에 나가는 여자라든가 하는 소문을 믿고 싶어하고 즐기고 싶어한다.

그런 유의 소문보다는 시인이라는 소문이 격이 높다고 생각할 필요는 없을 것 같았다. 그런데도 그후에 그 앞을 지나려면 저절로 그 아줌마 눈치가 보였다. 걸음걸이도 시인답게, 말씨도 시인답게 옷차림도 시인답게 하지 않으면 그 아줌마가 실망할 것 같았다.

사실은 어떤 게 시인다운 건지 알고 있지도 못하면서 눈치껏 시인다우려니 공연히 행동만 어색해지고 여간 피곤한 게 아니었다. 결국 나는 그 길을 피해 다니게 됐다. 요새 나는 골목으로 해서 시장 옆 거리로 직접 들어가는 길로 다니니 서투른 시인 흉내 같은 것 안 내도 된다. 눈치보지 않고 거침없이 사는 건 참 좋은 일이다.

눈치 말이 난 김에 말인데 요전엔 참 비싼 커피를 얻어먹은 적이 있다. 비싼 커피라 그런지 마시는 법까지 보통 남이 마시는 걸 슬쩍슬쩍 눈치보면서 마셔야 했고, 나에게 그걸 사준 사람에게 내가 그런 걸 처음 마셔본다는 걸 눈치채지 않도록 익숙하고 거만하게 마셔야 했다.

그러고 나서 집에 오려고 지하철 계단을 내려가려는데 한쪽 팔이 없는 할아버지가 애절한 소리로 구걸을 하고 서 있었다. 그냥 한자리에 서서 허공에다 대고 애절한 소리를 내던 할아버지가 나하고 눈이 마주치자 나를 따라오면서 보태달라고 슬픈 소리를 냈다. 나는 문득 그 할아버지가 내가 터무니없이 비싼 커피를 마셨다는 걸 눈치챈 것처럼 느꼈었다. 그건 허황한 생각이지만 두려운 생각이기도 했다.

나는 얼떨결에 그 할아버지의 동냥 그릇에 돈을 넣었다. 얼떨결이라서 그랬는지 비싼 커피 때문에 그랬는지 그것은 동냥으로 주기엔 좀 많은 돈이었다. 그러나 곧 주제넘은 짓을 한 것 같아 행인들의 눈치가 보였다.

나는 동냥을 자주 주지 못해서인지, 어쩌다 줄 때는 속죄라도 하듯이 넉넉히 주고는 곧 또 남들의 눈치가 보여 쩔쩔매는 고약한 버릇이 있다. 실은 동냥을 안 줄 때도 남이 다 안 하는 선행(?)을 나만 하기가 계면쩍다는 일종의 눈치 때문이었으니 나의 소인스러움은 실로 한심한 지경이라 하겠다.

딸과 사위의 십팔금 반지

　결혼 풍습이 물량 공세로 치닫는 것에 대해 나는 여러 번 지면이나 발언을 통해 분개도 하고 개탄도 했던 것 같다. 여북해야 어떤 친구로부터 "너 그러다가 자식들 혼인길 막힐라" 하는 농담 섞인 충고를 들은 일까지 있다. 꼭 그래서만은 아니지만 여기 다시 그럴 수 있는 기회가 주어졌는데도 어쩐지 그러고 싶은 마음이 우러나지를 않는다. 그 문제엔 이제 지쳤다고나 할까 체념했다고나 할까.

　또, 한번 딸자식의 결혼을 치러본 경험과 앞으로 치를 일이 여러 번 남아 있다는 걸로도 그런 문제에 대한 내 생각을 말하기를 삼가게 한다. 근본적인 생각이 변했다는 게 아니라 자기 자식의 일에 당면했을 때 어버이들이란 얼마든지 언행이 일치하지 않을 수도 있다는 자신의 계면쩍은 체험 때문에 그런지도 모르겠다.

그렇다고 내 자식이 호화판 결혼을 했다는 소리가 아니다. 오히려 그 반대로 너무 간략한 결혼을 했다. 우리로선 첫딸의 결혼이라 이것저것 잘해주고 싶기도 했지만 잘해 받고 싶은 마음도 없지 않아 있었던 것 같다. 그 잘해 받고 싶어 기대한 것들이란 이런 자리에서 털어놓기는 좀 쑥스럽지만 아마 요즈음 결혼 풍습의 기본적인 구색을 고루 갖춘 것이었을 것이다.

평상시엔 좀처럼 맞출 엄두가 안 나게 비싼 집에서 맞춘 몇 벌의 양장, 사계절에 한 벌 정도의 본견 한복지, 너무 비싸진 않되 세팅이 아름다운 장신구, 고풍스러운 금가락지, 그리고 5부 정도의 다이아반지…… 이 정도를 딸 가진 어미로서 기대했다면 지나친 욕심이었을까? 아니면 전형적인 속물이었을까?

아무튼 나는 처음 치러보는 결혼이라 허둥지둥 들뜬 마음과 또 첫딸을 시집보낸다는 섭섭함 등으로 뒤죽박죽된 혼란 중에도 요즈음 중류 가정의 결혼예물의 패턴 같은 걸 의심 없이 받아들이고 있었다. 사위 될 청년과 딸은 대학 동창이어서 서로 사랑한 지가 7년이나 되었지만 그때 사위는 아직 군복무 기간이 반년이나 남은 군인의 신분이었다. 그렇더라도 형제가 번족한 중류 가정의 막내인 것으로 그 정도를 기대하는 걸 별로 과욕이라고 생각하지 않았다.

그러나 본인들의 생각은 전혀 달랐던 것 같다. 사위는 장교로 복무했기 때문에 일반 사병으로 복무한 것보다는 다달이 약간의 수입은 있었다. 그 수입을 모은 것으로 두 사람이 나가서 똑같은 모양의 십팔금 반지를 하나씩 사서 낀 게 약혼 예물이었다. 실상 그건 평소의 내 주장 그대로 통하는 것이었음에도 불구하고 그때의 내 심정은 솔직히 말해 대단히 섭섭한 것이었다. 어찌나 섭섭하던지 두 젊은이 앞에서 그런 내색을 안 하기만도 힘에 겨웠었다.

그러나 두 사람은 그걸 그때나 지금이나 그렇게 만족해할 수가 없다. 이런 사정도 모르고, 내 사위와 내 딸이 줄곧 끼고 있는 십팔금 반지를 보고 어떤 친구는 평소의 내 소신을 자식들한테 그대로 실천한 줄 알고 감탄도 하고 비웃기도 한다.

심지어는 어떤 친구로부터 이런 소리까지 들었다.

"애, 너처럼 꽉 막히게 고지식한 애 처음 봤다. 신문이나 잡지에서 몇 번 지나친 결혼예물 좀 비판했다고 해서 귀한 딸자식 손가락에 웬만한 다이아반지 하나 못 끼게 할 건 또 뭐니? 너 텔레비전이나 라디오에 나와서 과외공부 없애야 된다고 열 올리는 명사들치고 자식 과외공부 안 시키는 명사 있는 줄 아니?"

이런 소리까지 들으면 내 가슴은 더욱 아파진다. 그게 아닌데, 정말은 그게 아닌데 하고.

그 친구가 구태여 지적해주지 않아도 자식 일에 당면해서는 얼마든지 언행이 일치하지 않을 수도 있다는 걸 알고 있다. 그렇다고 그런 걸 간단하게 표리부동이니 거짓말쟁이로 취급할 수도 없는 미묘한 어떤 것이 당대의 풍습과 자기 자식의 문제 사이엔 개재돼 있다.

번연히 그게 고쳐져야 할 악습이라는 걸 알고 있다고 해도 당대의 풍습인 이상 당대를 사는 우리가 그것으로부터 홀로 자유롭기는 참으로 힘들다. 과열 과외공부가 없어져야 된다고 공개적인 장소에서 열을 올린 명사가 뒤론 자기 자식을 과외공부에 보내고 있다고 해서 그 명사를 위선자나 거짓말쟁이라고 속단해서는 안 될 것 같다. 과열 과외가 우리 아이들의 장래에 큰 해독을 끼칠 거라는 소리도 옳은 생각이지만 그 해로운 방법으로 자식을 교육시킬 수밖에 없는 것도 부모로서의 어쩔 수 없는 진실이었을 테니까.

부모 돼서 누구인들 자식을 옳은 방법으로 교육시키고 싶지 않으랴마는, 옳은 방법이 결과적으로 자식을 이 사회에서 뒤떨어지거나 소외시킬 우려가 있을 때, 괴로운 대로 옳은 방법을 버리고라도 이 사회에 적응할 수 있는 방법을 택하게 된다. 당대 풍습의 위력이란 그만큼 대단하다. 비록 일부의 철없는 사람으로부터 시작됐다 하더라도 그게 우리 시대의 풍습이 된 이상 그것을 비관하는 양식良識까지도 은연중 간섭하게 된다.

과히 적절한 비유는 못 된다 싶으면서도 이미 한물간 과외 공부까지 들먹여가면서 어버이 된 입장의 언행의 불일치를 적극 변호하고 싶은 건 내가 언행이 불일치해서가 아니라 뜻하지 않게 언행이 일치했을 때의 경험 때문이다. 그때의 나의 섭섭한 마음은 나도 전혀 예기치 못했던 거였다. 섭섭한 게 지나쳐 한동안은 열등감마저 느꼈었다.

그러나 그애들은 지금 누구나 부러워할 만큼 금실 좋은 부부가 되어 나를 기쁘게 해주고 나에게는 첫손자가 되는 예쁘고 건강한 아들까지 낳아서 나를 폭 빠지게 하고 있다.

물론 그때의 섭섭함이 나에게 여지껏 남아 있을 리 없다. 그들이 누리고 있는 행복에 비하면 값비싼 예물 따위가 얼마나 헛되다는 걸 알겠다. 만일 그들이 한때 휘황한 패물에 묻혀 이 어리석은 어미를 잠시 즐겁게 해주고 나서 나중에 불행해졌다면 더욱더 그 예물은 헛되고 헛되었을 것이다.

언젠가 내가 평소 존경하던 분으로부터 내 딸을 칭찬하는 말씀을 들은 일이 있다. 어버이의 마음이란 백 살이 되도록 바보인지라 그저 자식의 칭찬이라면 입이 헤벌어지게 기쁘게 마련인데 그분의 칭찬은 특히 고마웠다.

"따님이 아주 예쁜 십팔금 반지를 끼고 있길래 어느 학교 졸업 반진가 싶어 물어봤더니 결혼 때 예물이라더군요. 그 소리를 어찌나 구김살 없이 자랑스럽게 하는지 참말로 호감이 갔습니다."

그분의 말씀은 대강 이랬고, 조금도 거짓이 없어 보였다. 나는 진작부터 내 딸이 그 값싼 반지에 열등감이 없다는 걸 알고 있었지만 남의 입을 통해 들으니 뭉클하니 감동스럽기까지 했다.

또 이런 일도 있었다. 그때는 그애들이 결혼한 지 얼마 안 된 무렵이라 나에겐 아직도 섭섭한 마음이 꽤 많이 찌꺼기처럼 가라앉아 있을 때였다. 친구가 딸의 결혼날을 받아놓고 봉치함을 받은 다음날 친구들을 초대한 일이 있었다. 예전 같으면 결혼 전날 밤에나 보내는 봉치함을 요새는 열흘 전에도 보내고 일주일 전에도 보내는 모양이었다. 그때도 나는 친구가 자랑삼아 내보이는 예단과 패물을 보면서 속으로 여간 마음이 아프지 않았다. 실상 그건 그렇게 대단한 건 아니었다. 이

글 앞에서 잠깐 말한, 귀엽게 길러 대학 공부까지 시켜놓은 딸 가진 평범한 어버이라면 누구나 기대할 수 있는 최소한의 것이었다.

거기 모인 친구들도 대개 그저 중류를 자처할 정도로 살고 있었건만 아직 고등학교 다니는 아들을 위해서도 이미 그 정도는 장만해놓은 친구도 꽤 있었다. 그러니까 요즈음 상식으로 조금도 대단할 게 없는 예물이었다.

내 친구 말을 빌리면 "가까스로 남부끄러운 거나 면했나 몰라?" 정도였다. 그러나 내 눈엔 대단했다. 아무것도 없는 것과 다름없는 상태와 비교할 수밖에 없었으니 말이다.

그것을 보고 나서 내가 더욱 우울했던 건 내 딸도 앞으로 수없이 친구나 친척들의 결혼을 보게 될 테고 그때마다 자기와 비교해서 어찌 부러워하는 마음이 없으랴 싶어서였다. 나는 주책없게도 그후에 딸에게 그런 얘기를 하면서 심중을 떠보려 했다.

"어머닌 아직도 그걸 섭섭해하세요? 전 한 번도 남의 예물 때문에 속상하거나 부러워한 적 없는데. 정말이에요. 어머닌 이 반지가 어때서 그러세요? 이거 우리 둘이서 얼마나 열심히 궁리해서 만든 반지라고요. 어머니가 섭섭해하는 것만 빼면 더 바랄 게 없어요. 정말이라니까요."

딸이 정말이라는 걸 거듭 강조할 필요도 없이 해맑고 정직한 표정은 마음으로부터 우러난 말이란 걸 믿게 했다. 그후 나도 어느 틈에 그애들의 십팔금 반지를 사랑스럽고 대견하게 여기게 됐다.

참 나는 여지껏 그 십팔금 반지 때문에 은근히 속상했던 얘기만 늘어놓느라 정작 덕 본 얘기는 하마터면 빼먹을 뻔했다.

그때 사돈댁에선 예물 대신 고마운 제안을 해왔다. 신랑이 아직 돈 벌기 전에 결혼부터 하게 된 게 미안해서 그런지 허례허식 없이 의식을 간소하게 하기를 하도 강력히 주장해 자기네들도 거의 따르는 입장이니 우리한테도 제발 예단을 생략해달라는 간곡한 부탁이었다.

사돈댁은 워낙 집안이 번족하고 이미 결혼한 사위의 친동기만 해도 7남매나 되는지라 그 여러 시댁 식구들에게 골고루 남부끄럽지 않을 정도의 예단을 장만하기란 생각만 해도 미리 겁부터 났다. 그런 심리적인 압박에 비하면 거기 따르는 경제적인 압박은 되레 아무것도 아닌 거였다. 내 생각으론 그런 일은 돈만 갖고 해결되는 게 아니라 고도의 눈치와 테크닉이 필요한 엄청난 일 같았고 내가 그걸 제대로 해낼 것 같지 않았다.

더군다나 예단이 미비해서 시집 식구들로부터 구박받았다

는 치사한 소문이나 드물게는 파탄까지 몰고 온 한국적인 불행에 대해 종종 들은 바 있는 나로선 걱정이 태산 같았고 딸 낳아 기른 게 무슨 죄지은 것처럼 느껴지기까지 했다.

사돈댁에선 나의 이런 태산 같은 근심을 덜어준 것이다. 그런 것들을 서로 생략하고 보니 양가에 불평이 생길 까닭이 없었다. 결혼식 날 양가가 서로 화기애애한 가운데 두 사람에게 마음으로부터의 사랑과 축복을 주기만 하면 됐다.

나는 지금도 큰딸이 결혼하던 그 화창하고 따습던 겨울날을 생각하면 금방 마음이 흐뭇해지면서 저절로 미소를 흘리게 된다. 그날 내가 어찌나 시종 싱글벙글했던지 딸 시집보내면서 어쩌면 그렇게 섭섭해하지 않느냐는 소리까지 들었다.

사람이 나서 자라 결혼으로 비로소 새로운 일가를 이루고 어른 되기는 아들이나 딸이나 같건만 딸의 부모가 결혼식 날 유난히 더 섭섭해야 되는 것도 짐작건대 딸 가진 부모가 시댁을 위해 장만해야 하는 예단의 과도함, 번거로움 때문에도 있지 않을까 싶다. 그렇게 물질적으로나 심리적으로나 과용을 하고도 혹시 뭐 미흡한 데나 없었을까, 미흡한 게 행여 우리 딸에게 화가 돼서 돌아오면 어쩌나 나중까지도 근심을 못 놓으면서 어찌 딸 가진 비애를 안 느낄 수 있겠는가 말이다.

실지로 가정법률상담소에 들어온 시댁으로부터 학대받는

사례 중 예단이나 혼수가 흡족지 못한 게 트집이 된 예가 상당수라는 걸 방송을 통해 들은 일이 있다. 또 시댁의 트집이나 학대는 조만간 부부간의 금실에까지 좋지 않은 영향을 준다는 거였다. 좀 치사하고도 창피한 얘기지만 그게 우리의 엄연한 현실임을 또한 딸 가진 부모로서 외면할 수는 없다.

그걸 대단하게 생략한 결혼이 얼마나 순수하고 아름다웠던가 맏딸의 결혼을 통해 알 수 있었고, 그렇게 할 수 있도록 주동 역할을 해준 맏사위를 대견해하고 믿음직스러워하는 마음 역시 간절하지만, 밑의 딸들도 다 그런 방법으로 시집보내리라는 장담을 못하겠는 것도 그런 까닭이다.

본인들이 원하고, 또 사돈댁에서 원하는 눈치면 좀 과도한 허례허식이라도 따를 수밖에 없을 것 같다. 설사 너무 우리 분수에 지나쳐 뱁새가 황새 따르는 식의 고역을 치르는 한이 있더라도 말이다. 이건 평소의 내 주장과 어긋나 이 글을 읽는 분을 실망시키고 노엽게 할지도 모르지만 숨김없는 내 심정일 뿐이다.

세상 돌아가는 데 대해 자기 나름의 어떤 줏대 없이 휩쓸리는 어버이라도 자식이 행복하기를 바라긴 마찬가지이다. 아무리 옳다고 믿는 주장도 자식 일에 대해선 굽히기도 하고 아예 없었던 걸로 하기도 하는 게 부모 노릇의 맹점이자 서글

픔인지도 모르겠다.

여북해야 만인에게 평등해야 할 법에서조차 부모들의 이런 맹점만은 인정해주겠는가. 우린 누구나 범인이란 걸 알고도 고발하지 않으면 죄가 되지만, 자식이 범인인 걸 알았으되 고발할 의무가 없는 게 그런 데 해당하겠다.

그렇다면 날로 더 나빠지고 있는 것만 같은 결혼 풍습의 타락은 구제할 길이 없는 것일까. 한때는 그런 일을 앞장서 부추겼던 중매쟁이들이 법망에 걸리기도 하고 어떤 신랑이 얼마만한 혼수에 흥정됐는가가 신문에 보도되기까지 했다. 그러나 그걸 보고 이제부터 그런 일이 근절되리라 믿는 사람이 있었을까?

공개되어 망신을 당한 혼수—혼수라기보다는 집, 아파트—는 우리가 상식으로 알고 있는 상류사회의 그것을 실은 훨씬 밑도는 것이었다. 부정이 들춰질 때마다 하는 생각이지만 "참 재수없는 사람들이 걸려들어서 안됐군" 하는 정도의 개운찮은 동정을 하는 게 고작이었다.

과외공부 단속이라면 또 모를까 결혼 풍습을 단속이나 입건이란 수법으로 다스려질 수 있다는 생각 자체가 기발하다 할 수밖에 없다. 일률적인 규정을 둘 수가 없는 문제이기 때문이다. 나는 돈이 많은 사람은 혼수도 많이 하고 예물도 많이 주고받는 게 조금도 나쁘지 않다고 생각한다. 있는 돈을 자식에게 쓰는 건 너무도 자연스럽다.

문제는 의당 그럴 수 있어서 하는 걸 그럴 수 없는 사람이 힘겹게 흉내내는 데 있다. 그러나 그것조차 나무랄 수 없는 게 오늘날 물질이 사람됨을 판단하는 가장 유력한 기준이 돼 있다는 사실을 누가 감히 부정할 수 있겠는가.

그릇된 결혼 풍습도 이제 이 땅에 확고하게 뿌리내린 물질주의의 한 현상일 뿐 법으로라도 뿌리 뽑아야 할 원인은 아니라고 생각한다.

법으로보다는 젊은 당사자들에게 오히려 기대해봄직하다.

번연히 옳지 못하다는 걸 알면서도 그것이 당대의 풍습인 이상, 또한 자식의 행복과 직결된 문제인 이상 남 하는 대로 적당히 따라 할 수밖에 없다는 부모 된 입장의 고충과 슬픔은 앞서 밝힌 바 있다.

그러나 당사자인 젊은이까지 그럴 수야 없지 않을까. 과감히 옳지 않은 걸 시정해야 할 줄 안다. 자기 일이니 나중에 누굴 탓할 것도, 탓 들을 것도 없어서 좋고 결혼이란 어차피 어른 되는 의식인 바에야 그 정도의 자주성은 보여줘야 마땅하리라 본다.

젊음이 젊음답고, 아무리 찬양받아도 과함이 없는 건 바로 그들의 본질인 그 싱그러운 개혁의 의지 때문인 걸 믿으며 책임 회피 같지만 젊은이들에게 기대는 마음이 절실하다.

뛰어난 이야기꾼이고 싶다

문학이란 무엇인가? 그중에서도 소설이란 무엇인가에 대한 아무도 용훼容喙를 불허하는 완벽한 정의를 하나 가지고 있고 싶어서 조바심한 적이 있다. 그 시기는 내가 소설을 쓰고 나서 훨씬 후였으니까 어처구니없게도 나는 소설이 뭔지도 모르고 소설부터 썼다는 걸 숨길 수가 없게 된다.

소설이 뭔지도 모르고 소설가 소리 먼저 듣게 돼버린 황망함 때문엔지 나는 그런 정의를 무슨 신분증처럼 지니고 안심하려들었던 것 같다. 행여 누가 내가 소설가인지 아닌지 시험하려들거나 진짜인지 가짜인지 의심하려는 눈치만 보이면 여봐란듯이 꺼내 보이기 위한 거였기 때문에 그 정의는 권위 있고 엄숙한 것일수록 좋았다. 소설이 뭔지도 모르고 소설부터 쓰고 본 주제에 내가 소설가라는 게 그렇게 소중하고 대견스러웠다. 그건 지금도 마찬가지다. 소설가 중에서 뛰어난 소설가야 물론 우러러보이기도 하고 부럽기도 하지만 소설가 외의 한 직업이나 신분을 부러워해본 적은 없다.

아직도 비록 신분증은 못 얻어가겠지만 '나는 소설가다'라는 자각 하나로 제아무리 장한 세도가나, 내로라하는 잘난 사람 앞에서도 힘 안 들이고 기죽을 거 없이 당당할 수 있고, 제아무리 보잘것없는 바닥못난이들하고 어울려도 내가 한 치도 더 잘난 거 없으니 이 아니 유쾌한가.

소설에 대한 엄숙한 정의를 하나 얻어 가지고 싶어 조바심할 무렵 비로소 나는 남들은 소설에 대해 뭐라고 말했는가에 솔깃하니 관심을 가지기 시작했고 난해한 문학론 같은 것도 열심히 읽기 시작했는데, 이것도 저것도 옳은 소리 같았다. 하다못해 소설은 이런 거여야 한다, 아니다 저런 거여야 한다고 싸우는 소리에도 흥미진진하게 귀를 기울였다. 지조 없게도 양쪽이 다 옳은 소리 같았다. 그리고 곧 그런 일에 싫증이 나고 말았다. 소설에 엄숙한 정의를 내리지 못해 조바심하던 시기는 그렇게 지나갔다.

나의 어렸을 적, 어머니는 참으로 뛰어난 이야기꾼이셨다. 무작정 상경한 삼모자녀三母子女가 차린 최초의 서울살림은 필시 곤궁하고 을씨년스러운 것이었을 텐데도 지극히 행복하고 충만한 시절로 회상된다.

어머니는 밤늦도록 바느질품을 파시고 나는 그 옆 반닫이 위에 오두마니 올라앉아서 이야기를 졸랐었다. 어머니는 무궁무진한 이야기를 가지고 있었을뿐더러 이야기의 효능까지도 무궁무진한 걸로 믿으신 것 같다. 왜냐하면 내가 심심해할 때뿐 아니라 주전부리를 하고 싶어할 때도, 남과 같이 고운 옷을 입고 싶어할 때도, 약아빠진 서울 아이들한테 놀림받아 자존심이 다쳤을 때도, 고향 친구가 그리워 외로움을 탈 때도, 시험 점수를 잘 못 받아 기가 죽었을 때도, 어머니는 잠깐만 어쩔 줄을 모르고 우두망찰을 하셨을 뿐, 곧 달덩이처럼 환하고도 슬픈 얼굴이 되시면서 재미있는 이야기로 나의 아픔을 달래려드셨다.

어머니가 당신의 이야기의 효능에 그만큼 자신이 있었다기보다는 그것밖엔 가진 게 없었기 때문에 딸의 거의 모든 상처에 그것을 만병통치약처럼 들이댈 수밖에 없었지 않나 싶기도 하다.

그러다가도 어머니는 때때론 낮은 한숨을 쉬시면서 이렇게 조바심하셨다. "이야기를 너무 바치면 가난하다는데……"

내가 아직도 소설을 위한 권위 있고 엄숙한 정의를 못 얻어 가진 것도 '소설은 이야기다'라는 소박한 생각이 뿌리깊기 때문인지도 모르겠다.

뛰어난 이야기꾼이고 싶다. 남이야 소설에도 효능이 있다는 걸 의심하건 비웃건 나는 나의 이야기에 옛날 우리 어머니가 당신의 이야기에 거셨던 것 같은 효능의 꿈을 꾸겠다.

땅의 아내가 되기 위하여

우리 동네엔 옹기전이 두 군데나 있다. 옹기전이 있는 일대는 널따란 공터여서 나이가 많은 잘생긴 나무들도 여러 그루 서 있고, 무엇보다 바닥이 맨 흙바닥이어서 좋다.

여름엔 그 근처에 과일장수들이 자리잡고 있어서 나는 슈퍼마켓을 지나서 일부러 그곳까지 가서 과일을 사오곤 했다. 거기서 과일을 살 때마다 내 딴엔 원두막에서 사는 것만치나 운치를 즐기고 있었다.

그러다가 거기의 과일값이 슈퍼마켓보다도 비싸다는 걸 알고부터는 발길이 뜸해질 수밖에 없었다. 그야 큰마음 먹고 찾아간 도매시장에서 되레 바가지 쓴 경험이 한두 번이 아닌 나로서 그만 일로 그 좋은 곳과 토라지는 것도 우스웠으나 운

치가 보기 좋게 조롱당했다는 건 돈 몇 푼의 손해보다 훨씬
마음이 언짢았고 언짢은 마음도 오래갔다. 배신감 비슷한 거
였다.

얼마 전 시집 간 딸애가 손자 녀석을 나에게 맡기고 외출
을 한 적이 있었다. 손자 귀여운 건 나 역시 여느 할머니 못지
않지만 나 혼자서 손자를 봐줘야 할 때는 울거나 보챌까봐 미
리 겁이 나 지나치게 아부하는 경향이 있다. 그날도 나는 집
에서 그애가 좋아하는 놀이를 골고루 다 해주고 나서 집에서
의 레퍼토리가 동이 나자 심심해하기 전에 미리 밖으로 업고
나왔다.

밖은 겨울이지만 봄날처럼 따뜻했다.

놀이터로 데리고 가서 그네도 태우고 모래 장난도 시키고
상가에 가서 주전부리도 시켰다. 그래도 즈이 엄마가 돌아오
겠다는 시간은 아직 멀고 나는 극도로 피곤해졌다. 겨우 쉬운
말귀를 알아들을 정도의 어린애를 지속적으로 심심하지 않게
하려는 게 이만저만 중노동이 아니었다. 또 아무리 돌고 돌아
도 거기가 거기인 아파트 단지 속이란 게 우리에 갇힌 짐승의
헛된 운동처럼 정신적인 피로감까지 과중시켰다.

그때 문득 옹기전 생각이 났다. 나는 손자를 업고 단지를
벗어나 길을 건너 옹기전이 있는 공터로 가서 아이를 내려놓

았다. 아이는 낄낄대고 뛰놀다가 곧 흙장난을 시작했다. 나도 흙바닥에 퍼더버리고 앉아 아이가 노는 걸 바라보기만 했다. 흙으로 빚은 옹기그릇들이 오후의 햇빛을 받고 정답게 반짝이는 너른 마당에서 흙장난하는 아이를 무심히 내버려두고 있으려니 피곤이 저절로 풀리면서 훈훈한 행복감 같은 게 마음속에 고여오는 것 같았다.

아무리 아부를 해도 곧 싫증을 내던 아이가 흙장난엔 도무지 싫증을 낼 줄 몰랐다. 집에 가자고 몇 번 채근을 해도 도리도리를 하고는 하던 장난을 계속하는 것이었다. 덕택에 청결 제일주의로 깔끔하게 기른 아이의 손발과 옷이 흙투성이가 됐다. 내 딸애가 돌아와 뭐라고 탓을 할지도 모르지만 내 눈엔 그게 보기에 매우 좋았다. 크게 좋은 일을 해준 것처럼 흐뭇하기조차 했다.

내 아이 기를 때 생각이 났다. 어른을 모시고 아이를 기르려면 신구新舊의 충돌 같은 걸 더러 겪게 된다. 살림살이에서 신구의 충돌은 대개 신 쪽인 내 쪽에서 양보할 수 있어도 육아에서의 신구의 충돌은 그게 잘 되지 않았다. 왜냐하면 신은 위생적·과학적이고 구는 비위생적·비과학적이란 고정관념이 있기 때문에 아무리 고부간의 화합을 위한다 하더라도 내 아이를 함부로 비위생적·비과학적인 방법으로 기를 순 없다는 생각 때문이었다.

아이들이 갓 태어났을 때 얼굴에 발긋발긋 습진 비슷한 게 돋을 때가 있다. 그런 일로 아이를 병원에 데리고 가려면 시어머님은 혀를 차면서 못마땅해하셨다. 그건 태열인데 아이들이 흙만 밟게 되면 저절로 낫게 된다는 거였다. 흙을 밟게 된다는 건 걸어다닌다는 뜻인데 어떻게 보기도 흉하고 말 못하는 아이가 얼마나 괴로운지 모르는 피부병을 걸어다닐 때까지 앓게 하느냐고 하면 시어머님은 아이를 마당으로 안고 나가 발바닥을 흙에다 쓱쓱 문질러주시는 거였다.

그런 시어머님의 행동은 조금도 억지스럽지 않고 차라리 엄숙했다. 정성껏 고사를 지낼 때나 제사를 모실 때처럼 신성한 위엄조차 깃들어 있었다. 그만큼 그분은 흙의 영험을 확신하고 계셨다. 아니 확신이 아니라 신앙이었을지도 모른다.

아이들이 홍역을 앓을 때 가재즙을 먹이려 한다든가 눈 다래끼에 약쑥 태운 걸 발라주려는 그분의 처방을 단호히 반대할 수 있었던 나도 왠지 아이 발바닥에 흙을 묻히는 처방은 마다고 할 수가 없었다. 크게 해로울 건 없을 테니까 그냥 참고 있는 것하곤 다른 기묘한 감동을 경험하면서 그분의 처방 아닌 의식을 지켜보았다. 그분이 믿으시는 것처럼 발바닥에 묻힌 흙이 태열을 낫게 하리라는 걸 믿는 건 아니었지만 나는 어쩌면 더 큰 걸 믿으려는지도 몰랐다. 나는 내 아이의 어리지만 씩씩한 발이 흙과 접촉함으로써 흙의 꿋꿋함, 흙의 생산성에 감염되길 바라고 있었다.

흙장난에 지칠 줄 모르는 손자를 바라보며 그런 생각을 하려니 너무 흙과 격리된 환경에서 자라고 있는 그 아이에게 미안한 생각이 들었다. 저렇게 좋아하는 것을…… 아무리 신기한 장난감도 한참 가지고 놀면 싫증을 내는데, 옹기그릇과 나무 몇 그루 빼고는 맨흙밖에 가지고 놀 거라곤 없는 곳에서 아이는 오래도록 싫증을 낼 줄 몰랐다.

아파트 단지 내라고 흙이 아주 없는 건 아니다. 녹지대도 있고 어린이 놀이터도 있다. 그러나 녹지대엔 출입이 금지돼 있고 놀이터의 땅은 흙이 아니라 모래다. 모래는 풀 한 포기, 벌레 한 마리도 못 키우는 불모의 체질이다. 흙하곤 격이 다르다.

나는 옛날의 우리 시어머님만큼이나 경건하고 다소곳한 마음으로 흙의 꿋꿋함, 흙의 정직, 흙의 무진장한 생산성이 내 손자에게 넉넉하게 옮아붙기를 기원하며 아이가 흙강아지가 되도록 그곳에서 놀렸다.

아이도 나도 시간 가는 줄 모르는 사이에 주위가 어둑어둑해졌다. 겨울의 저녁나절은 황당할 정도로 조급해서 나는 부랴부랴 아이를 들쳐업었다. 등뒤에서 아이가 하늘을 손가락질하면서 말했다.

"달, 달."

이제 두 돌도 안 된 아이의 발음으로 듣는 '달' 소리의 귀여움은 무엇에 비길까? 저만치 아파트 꼭대기에 정말 쟁반 같은 달이 둥실 떠 있었다.

"달 달 무슨 달 쟁반같이 둥근 달 어디 어디 떴나?"

나는 여기까지 노래를 하고 나서 '남산 위에 떴지'의 부분을 '아파트 위에 떴지'로 고쳐 불렀다. 아직 말이 서투른 아이는 등뒤에서 '아파트 위에 떴지'만 따라서 했다. 그다음부터 아이는 그림책에서 달을 볼 때마다 '아파트 위에 떴지' 해서 우리를 웃긴다. 웃고 나면 곧 허전하고 미안해진다.

어린것 눈에 슈퍼마켓 위에 둥실 떠 있는 애드벌룬과 아파트 위에 떠 있는 달이 어느만큼 달라 보이는지 나는 알지 못한다. 달의 신비가 인간의 발자국에 의해 어느만큼은 오염됐다 해도 애드벌룬과 동격이 될 수야 없지 않은가.

동산 위에 뜬 달, 허허벌판이 다한 아득한 능선 위에 뜬 달, 바다에 뜬 달을 보고 가슴을 울렁거리는 어린 시절을 내 사랑하는 손자들에게 선물해야 될 것 같다. 동산 위에 뜬 달하고 아파트 위에 뜬 달하고는 흙과 모래만치나 격이 달라 보인다. 먹을 것, 입을 것이야 어련히 즈이 에미 애비가 진짜 가짜를 잘 가려서 먹이고 입히랴마는 진짜 흙, 가짜 달이 동심과 만나 장차의 아름답고 늠름한 인간성의 바탕이 되게 하는 일만은 할미 할아비가 해줘야 할 것 같다.

그런 뜻도 한몫 거든 거겠지만 시골 내려가 살잔 소리를 우리 부부가 요새처럼 자주 해본 적도 없다.

남편은 순 서울 토박이요 나는 실향민이기 때문에 쉽게 발붙일 수 있는 연고지가 있는 것도 아니고 남들처럼 노후대책으로 농장이다 목장이다 해서 미리 장만해놓은 시골 땅이 있는 것도 아니다. 그런데도 시골 내려가 살잔 소리는 도시생활에 싫증난 사람이면 누구나 한번씩 해보는 탄식의 한계를 지난 절절한 것이고 요새는 시기적, 금전적으로 구체적인 계획까지 세우는 중이다.

시기적으로는 남은 딸들을 출가시키고 아들을 졸업시킨 후가 적절할 테니 그때 시골로 가게 될 사람은 지금보다 훨씬 더 늦은 우리 부부 두 식구밖에 없을 것이다. 자유업이라 정년퇴직의 걱정은 없다지만 매사엔 물러날 적당한 시기가 있는지라 남편도 언젠가는 지금 일을 그만둬야 한다고 생각하면 그후의 일이 참으로 따분하게 여겨졌었다. 증권회사나 노인정 같은 데 나와서 온종일 소일하는 노신사를 봐도 남의 일 같지 않았다. 남편의 친구 중엔 이미 정년퇴직해서 그 퇴직금을 사업한다고 날리고 반 평짜리 담뱃가게를 차려 소일하면서 남보다 서둘러서 늙어가는 분도 있는 걸 나는 알고 있다.

흙은 결코 늙은이의 손이라고 해서 거부하거나 얄잡지 않을 것이다. 자기에게로 돌아올 날이 가까운 늙은이에게 더 자비로울지도 모른다. 그렇다고 거창한 영농營農을 꾀하지는 않으리라. 늙은이의 기력에 알맞은 작은 채마밭과 꽃을 실컷 심을 수 있는 뜰만 소유하고 그 밖의 것은 내 거 아니면 어떠리. 동산에 뜬 달 보듯이 욕심 없이 바라보고 즐거워하면 그만인 것을.

작은 채마밭에서 일하는 늙은 남편은 생각만 해도 즐겁다. 아무리 작은 밭밖에 없어도 나는 그를 농부라고 부를 것이다.

늙은 농부, 얼마나 좋은가. 늙은 학자, 늙은 부자, 늙은 예술가, 늙은 정치가, 늙은 의사, 아무리 좋은 것에도 '늙은'을 붙이면 쓸쓸하고 불쌍해진다. 업적과 경륜이야 늙었다고 어디 가는 게 아니지만 창조적인 작업은 끝났다는 느낌 때문일 것이다. 그러나 농부만은 안 그렇다. 늙은 농부는 꿋꿋하고 창조적이다. 나는 늙은 농부가 너무 멋있어서 반할 것 같다.

어쩌면 나는 그 나이에 새롭게 연애를 할지도 모르겠다.

내가 이렇게 노후의 계획과 철딱서니 없을 정도로 허황한 공상을 즐기는 시간이 많게 된 것은 소위 노후라는 게 바로 코앞에 닥친 때문이기도 하지만 지금 사는 아파트로 이사하고부터인 것 같다.

이사하는 날은 새벽부터 비가 내렸다. 청승맞게 온종일 내리는 빗발 속에 우리집 대물림의 구닥다리 세간이 곤돌라라는 괴물에 매달려 한없이 공중으로 올라가는 광경은 차마 눈 뜨고 볼 수 없을 만큼 아슬아슬했다.

사람의 살림이 저렇게 땅을 거슬려서 어쩌려나. 나는 비겁하게도 그걸 안 보기 위해 베란다 쪽과는 반대 방향으로 돌아가 거대한 아파트 그늘에 막연히 서 있으면서 형언할 수 없는 소외감을 느꼈다.

그리고 무슨 각성이나 계시처럼 돌연 '요다음 이사 갈 곳은 시골이다'라고 정하고 말았다. 그렇게 정하니까 한결 숨통이 트이고 살 것 같았다.

그러나 곤돌라의 줄이 녹슬거나 기계 고장으로 이삿짐이 추락해버릴 것 같은 위기의식은 그 이삿짐이 무사히 다 안으로 들어와 제자리에 놓이고 전처럼 익숙한 내 살림이 된 후에도 문득문득 되살아나곤 했다.

그렇다고 현재 생활의 편리함까지 부정하려는 건 아니다. 20년 가까이 산 불편한 한옥을 떠나 아파트맛을 보니 과연 편키는 편타 싶어 감탄할 적도 많다. 더군다나 겨울이 되니 내가 연탄 가느라고 밤잠 설치지 않고도 온 집안이 뜨뜻하고, 더운물 나오는 게 촌스러울 정도로 신기해서 감지덕지하고 있다. 그러다가도 우리 살림을 이렇게 편리하게 해주는 문명이 언제 고장을 일으킬지도 모른다는 생각이 들면 마치 방에서 곤돌라를 쳐다볼 때처럼 불안하니 참말로 걱정 많은 기(杞)나라 사람의 근심도 무색할 지경이다.

결국 편리하다는 것과 마음이 편안하다는 것과는 얼마든지 일치되지 않을 수도 있단 소리가 되겠다. '편리'라는 문명의 선악과는 결코 땅에 열리지 않고 저만치 허공에 매달려 있다. 사람은 그 맛을 한번 본즉 잊을 수 없을뿐더러 점점 더 그 맛에 허기가 져 자꾸자꾸 붕 떠오르다보니 땅은 멀고, 내 발밑에 땅이 없다는 불안감을 언제고 큰마음 먹고 땅으로 뛰어내리리라고 벼르는 것으로 달래지만 이미 뛰어내리기엔 너무 높이 편리를 따라 떠올라 있는 게 우리네 살림이 아닐는지. 어찌 살림뿐이랴. 도시의 문명이란 것이 전반적으로 그 비슷한 것일지도 모르겠다.

작년 연말에 폭설이 내린 날이 있었다. 아파트 창문을 통해 내다보는 광경은 장관이었다. 눈이 하늘에서 내리는지 땅에서 솟구치는지 분간을 못하게 탐스러운 눈송이가 공중에서 선회도 하고 난무도 하는 것이 자연의 대축제처럼 화려하고 장엄했다.

나는 그날 두시까지 꼭 가야 할 곳이 있었는데도 눈 내리는 광경에 취해서 그 눈이 땅에 얼마만큼 쌓였고 땅의 교통에 얼마만큼의 불편을 주고 있는지 별로 생각하려들지 않았다. 외부로부터 전화가 와서 오늘 제시간에 가려면 딴 때보다 훨씬 미리 떠나야 할 거라고 귀띔을 해주어서 부랴부랴 집을 나섰다.

정말 대단한 눈이었다. 땅의 교통은 완전히 두절된 것처럼 보였다. 다행히 두시까지 가야 할 일을 위해 예약해놓은 차가 있어서 그래도 안심이었다. 평상시 같으면 일사천리로 쾌적하게 달릴 수 있던 강변도로 통행이 중단됐다고 했다. 차는 돌고 또 돌았다. 나는 차츰 초조해지기 시작했다.

그래도 노련한 운전기사는 삼일고가도로까지 진입했고 고가 위는 느리게나마 정상적으로 차가 다니고 있었다. 삼일고가도로만 끝나면 내가 가야 할 곳은 지척에 있었다. 나는 다 온 것처럼 안도의 숨을 내쉬고, 다시 느긋한 마음으로 차창을 통해 눈 오는 광경을 감상했다.

평소 삼일고가 위에서 본 서울 장안처럼 추악한 건 없다 싶었는데 그날 폭설의 장막을 통해 본 도시는 비현실적인 환상의 도시였다. 나는 자주 탄성을 지르며 그날의 외출을 즐거워했다.

그러나 차는 삼일고가 퇴계로 쪽으로 꺾이면서 더 높아지는 언덕배기에서 더이상 움직이지 않았다. 우리 차뿐 아니라 앞의 여러 대의 차가 꼼짝 못하고 밀려 있었다. 운전수의 뜻과는 상관없이 뒤나 옆으로 미끄러지는 차도 있었다. 고가도 높은데 더 높은 데서의 일이었다.

나의 목적지는 바로 코앞에 있었다. 다 온 거나 마찬가지였다. 그러나 땅은 까마득했다. 천길 벼랑 밑만큼이나 깊게 느껴졌다.

동승한 아들과 운전기사가 내려 그곳에서 교통정리를 하고 있던 사람과 함께 앞에 밀린 차부터 밀기 시작했다. 보고만 있어도 간이 오그라드는 것처럼 조마조마하고 위험스러운 모험이었다. 그러나 나는 귀한 내 아들까지 그 일을 하고 있는데도 말리지를 못했다.

왜냐하면 내가 두시까지 가야 하는 곳은 어떡하든 가지 않으면 안 되는 곳이었다. 그곳은 바로 내 딸의 결혼식장이었던 것이다. 나는 차라리 두 눈을 꼭 감고 기도를 했다.

제발 우리가 무사히 땅을 밟게 해주십시오. 땅만 밟으면 이까짓 차 당장 버리고 내 발로 뛰어가겠습니다. 이까짓 차뿐이겠습니까. 앞으론 이 공중에 높이 매달린 고가도로인지 뭔지도 다시 이용하는 일은 없을 것입니다. 제발 우리가 무사히 땅만 밟게 해주십시오.

그때 내 기도와 맹세는 진심이었다. 그때처럼 땅을 밟고 서 있는 사람들이 부럽고 고가도로가 황당한 괴물처럼 보였던 적도 없었다. 정말 앞으로 다시 고가에 오르는 일은 없을 것 같았다.

기도가 통했던지 여럿이 합세해서 위험을 무릅쓰고 차를 미는 일이 성공을 해서 우리 차도 무사히 그곳을 벗어나 땅에 내릴 수 있었다. 땅도 교통 혼잡은 여전해서 나는 즉각 차에서 내려서 뛰기 시작했다. 발밑의 땅의 감촉이 그렇게 푸근하고 믿음직스러울 수가 없었다. 미끄러져도 좋았고, 고꾸라져도 좋았다. 폭설은 여전해서 나의 비단 한복은 엉망이 됐지만 그래도 나는 희색이 만면해서 시간 맞춰 결혼식장에 도착할 수가 있었다.

그러나 그후에도 역시 나는 급하면 택시를 타고 택시는 또 고가도로를 탄다. 일상의 편리에 비해 아쉬울 때 한번 해본 맹세는 이렇게도 하찮다.

고가 위에서 또는 아파트의 십몇 층 높이에서 어떤 계기에 의해서든, 저절로든 땅이 아득히 멀어졌다는 걸 깨닫고 무섬증을 느끼는 건 그 물리적인 거리감 때문은 결코 아닐 것 같다. 오히려 땅의 그 꿋꿋한 기상, 인간의 영원과 교사다운 땅의 생산성, 정직, 근면, 관용과의 정신적인 괴리를 뉘우치고 슬퍼하는 마음이 아닐는지.

'편리'라는 매혹적인 과실은 땅을 박차고 붕 떠올라야 딸수 있도록 허공에 매달려 있을뿐더러 한번 맛보면 잊을 수 없도록 감칠맛이 있고, 먹을수록 포만이 없고 허기만 지는 이상한 문명의 열매다.

내가 매일 시골로 갈 것을 꿈꾸고 앞으로 어느 날 그게 실현된다고 해도 과연 그 편리의 중독까지 끊을 수가 있을까.

나의 공상 속에 농부農夫는 있어도 농부農婦는 아직 없다. 나는 어쩌면 문화적인 환경을 고스란히 시골로 옮기고 그 속에 편히 앉아 농부農夫와 논과 밭과 시내와 산과 그 위에 뜨는 달을 바라만 보려는 게 아닐는지.

흙의 비밀, 흙의 생산성과 사귀기 위해 수고할 각오 없이 다만 시골로 가서 땅 집 짓고 발로 흙을 밟고 싶다는 나의 속들여다뵈는 허위야말로 가소롭다. 편리의 중독을 끊지 못하는 한 어디 간들 땅이 발밑으로부터 멀긴 마찬가지일 게다.

3부

언제 다시 고향에 돌아가리

민들레와 더불어

어쩌다이긴 하지만 짧고 깊은 낮잠에 빠지는 수가 있다. 새벽녘의 불면이 거의 고질처럼 돼버린 후부턴 이런 낮잠은 한 바가지의 샘물처럼 정신과 몸을 함께 맑게 해주고 기운을 회복시켜주기도 한다.

그러나 남들과 함께 자는 밤잠과 달라 남들이 다 바쁘게 살아 움직이는 시간에 홀로 깊이 잠들었다 깨어난 기분은 죽었다 살아난 것처럼 나 없는 사이에도 움직이고 변화한 세상에 대해 섬뜩한 두려움과 단절감을 느끼기도 한다.

오늘 낮에도 그런 잠에 빠졌던 것 같다. 소파에서 쿠션을 베고 책을 읽다가 깜박 졸았을 뿐인데도 심연처럼 깊은 잠이었다. 허리가 둔탁하게 걸리는 잠자리의 불편함 때문에 눈을 뜨고도 의식은 좀처럼 심연에서 떠오르질 않았다.

거실 속의 모든 것은 싫증이 나게 봐온 모습 그대로 오도 가도 못하고 그 자리에 머물러 있다. 나의 팔을 베고 누운 책 갈피까지 내가 보던 페이지에서 옴짝달싹 못하고 있는데도 창밖 한낮의 밝음은 유난히 투명해서 어쩌면 잠들기 전의 그 세상이 아닐지도 모른다는 허황한 생각이 들었다.

용궁에 가서 사나흘 노닐다 돌아와보니 그동안에 이승은 몇백 년이 지났더라는 옛날이야기처럼 낮잠 몇 분 자는 동안에 세상은 몇십 년이 흘렀을지도, 몇십 년이 뒷걸음질쳤을지도 모른다.

나는 누운 자리에서 꼼짝도 못했다. 흐르는 시간으로부터 홀로 내팽개쳐진 이상 다시 이 세상에 참여하는 길은 유령이 돼서 떠돌아다니는 길밖에 없으리란 생각은 두렵기도 하고 한편 재미나기도 했다.

누운 자리에선 비스듬히 상가가 있는 빌딩의 윗부분만이 보였다. 빌딩엔 현수막이 늘어져 있었다. 현수막의 글씨도 중턱이 잘려 반만 보였다. "민들레와 더불어" 거기까지만 보였다.

민들레와 더불어 어쩌라는 건지는 알 수 없었지만 "민들레와 더불어"만으로도 충분히 신기했다. 내가 잠들기 전 세상은 분명히 민들레의 운명과 인간의 운명이 조금이라도 상관이 있는 세상이 아니었다. 더군다나 민들레에 대한 관심을 큰 건물에다 대문짝만하게 써붙일 낭만주의자들의 세상이 아니었다.

내가 잠든 사이에 세상이 엄청나게 바뀐 게 틀림없다.

내 의식은 아직도 수면의 심연에서 떠오르지 못한 채 거기서 우러른 한 조각의 하늘을 보고 온 세상을 공상하는 눈뜬 꿈에 잠겨 있었다.

민들레와 더불어…… 민들레와 더불어…… 창밖의 풍경 속에서 유일하게 떠오른 문자로 미루어 세상은 변해도 아주 유쾌하게 변했으리란 추측이 호기심을 자극했다.

나는 비로소 몸을 일으켰다. 누웠던 자리에 눅눅하게 땀이 배어 있었다. 여름이었다.

내가 잠들 때도 여름이었거늘, 아직도 여름이란 당연한 사실이 문득 불만스러웠다. 시간도 저녁 장을 보러 가기엔 약간 이르다 싶은 시간에 잠들었었는데 저녁 장보기에 알맞은 시간이 되었을 뿐이었다.

바깥 녹지대의 풀이 유난히 싱싱했다. 어릴 때 살던 고향의 풀만큼이나 청청해서 정말 낮잠 자는 동안에 세상이 달라지긴 달라졌단 허황한 생각을 또 한번 했다.

낯익은 얼굴을 만나 눈인사나 하고 지나치려는데 그쪽에서 눈웃음을 치며 말을 걸었다.

"아유, 한 소나기 하고 나더니 더위가 한결 빠져 살 만하죠?"

그러고 보니 싱싱해진 건 풀만 아니라 사람들도 마찬가지였다. 잠든 사이에 나 모르게 감쪽같이 일어난 일은 다름아닌 소나기였다.

그렇다고 실망할 필요는 없으리라. 이 가뭄에 그건 대단한 축복이었다. 시들시들 목 타고 죽어가던 만물에 생명력이 넘친다는 건 잠깐 동안에 일어날 수 있는 변화치곤 너무도 위대한 변화였다. 하늘이니까 할 수 있는 일이지 인력으론 억만 년을 별러도 엄두도 못 낼 일이었다.

낮잠 자는 동안에 한 소나기 했다는 사실에 추호의 불만도 없었지만 그렇다면 "민들레와 더불어"는 어떻게 되나?

나간 김에 가까이 가서 자세히 보니 그건 "인플레와 더불어 살던 시대는 지났습니다"의 윗부분이었다. 나는 씁쓸하게 웃을 수밖에 없었다. 그 씁쓸함으로 허전한 장바구니 한 귀퉁이를 채워서 돌아오면서 문득 자신이 글쟁이란 사실이 두렵게도 역겹게도 느껴졌다.

말이 전달되는 과정에서 왜곡되고 전도되는 일의 책임이

글쟁이에겐 전혀 없는 것일까? 있다고 해도 두렵고 없다고 하면 더욱 두려운 일이었다.

그것보다 더 두렵고도 역겨운 일은 스스로 알게 모르게 빠지는 '말놀음'이었다. 말놀음에 일단 빠지게 되면 전달되는 과정에서 왜곡되고, 전도되는 효과까지 미리 계산하면서 자신은 어떤 궂은일로부터도 안전을 꾀할 수 있게 되는 거나 아닐지.

저녁엔 고숙종 부인이 보석으로 풀려나는 모습을 TV에서 봤다. 허리를 굽히고 엉덩이를 빼고 걷는 걸음걸이가 가슴 아팠다. 이런 경우 가슴 아프단 말은 또 얼마나 얄팍한 속임수인가. 사실은 통곡, 통곡을 해도 시원치 않을 일이었다.

사람들이 사는 모습은 정치가든 예술가이든 농사꾼이든 장사꾼이든 보험쟁이건 열심히 최선을 다해 살 적에 한결같이 아름답다. 우린 이런 삶의 모습이 보호받을 집행할 기관도 만들었다. 그러나 법 앞에 만인이 평등하고 우리는 다 똑같은 인권을 갖고 있다는 말이 한낱 떠도는 말에 지나지 않음을 어찌 고숙종 부인에게서만 왔다고 할 수 있으랴.

그 부인의 경우는 그 고난이 너무나 두드러져 우리 모두에게 큰 충격을 준 것은 사실이나 정도의 차이는 있을망정 그런 구원의 여지가 없는 지옥이 우리 삶 도처에 도사리고 있다면,

그리고 남의 일이 아니라 내 일일 수도 있다면 산다는 게 참으로 두렵다. 태양이 아무리 빛나도 세상은 비명을 지르고 싶게 깜깜해진다.

고부인의 경우에 대해선 더구나 '말놀음'이란 게 역겹다못해 침 뱉고 싶어진다. 고부인이 입건됐을 때 세상의 입은 얼마나 떠들썩하고도 수다스러웠던가. 고부인이 설사 진범이었다고 해도 다만 입건만 된 단계에서 그렇게까지 수다스러울 필요가 있었을까?

학벌, 허영심, 판잣집, 미모, 남편의 직업, 온갖 것을 다 긁어모아 그녀의 범행을 필연적인 걸로 증거했고 함부로 분노했고 개탄했다. 심지어는 그녀의 범행으로 동시대를 사는 우리 모두의 정신 상태까지 진단하는 만용도 서슴지 않았다.

입장을 바꿔서 미루어 짐작건대 그녀의 가족이 받은 고통도 그녀의 피의 사실보다는 이런 세상의 온갖 경박스러운 입방아가 아니었을까.

입으로 인권을 부르짖긴 쉽다. 인권을 짓밟은 짓을 매도하기도 쉽다. 실제로 모든 사람들이 입술에 침을 바르듯이 가볍게 인권이 어떻고 권리와 평등이 어떻고 부르짖길 좋아한다. 무슨 일만 났다 하면 그런 소리는 한층 드높아진다.

그러나 자기 한 몸의 인권을 스스로 지키긴 얼마나 어려운 일이었을까? 고부인의 굽은 허리와 뒤로 뺀 엉덩이를 보면 그 일의 어려움이 눈에 보이는 듯 모골이 송연해진다.

어찌 고여인이 받은 상처가 허리뿐일까. 우리가 눈으로 볼 수 있는 게 그녀의 비정상적인 걸음걸이이니까 허리를 다쳤다는 걸 알 뿐이지만 그녀와 그녀의 가족이 마음에 받은 보이지 않는 상처를 생각할 때면 백주에도 가위를 눌리는 것처럼 비명도 안 나오게 두려울 뿐이다.

그러나 그녀가 입건됐을 때 그녀의 피의 사실만 가지고도 능히 그녀의 범행 사실을 완성시킨 입방아가 두 번씩이나 그녀의 무죄가 선고됐고 그녀의 처참하게 다친 육신을 눈으로 역력히 보고서도 무엇이 그녀로 하여금 그런 억울한 혐의를 쓰게 했나에 대해선 점잖고 말수가 적다.

그녀의 범행을 입증하기 위해 그녀의 성장 과정, 숨은 허영심, 성격, 교우관계 심지어는 판잣집의 가난까지 낱낱이 파헤쳐서 들고 나온 입방아가 그녀에게 그런 끔찍한 피의 사실을 쓰게 한 보이지 않은 괴력에 대해선 일체 함구무언이다. 그 정체는커녕 꼬리조차 보여주려들지 않는다.

이럴 때 문득 그런 괴력과 입방아는 한통속이 아닌가 하는 추측까지 하게 된다. 이건 물론 입방아가 스스로 그것을 의식하지 않았다고 해도 별수 없는 그 결과만의 얘기일 뿐이지만.

그런 괴력에 의해 다친 게 고부인만의 우연이 아니라 그런 괴력이 도처에 충만해 있어 법 없이 살 선량한 사람이라 한들 언제 어디서 정도의 차이만 있다 뿐 비슷한 대상이 될지 모른다 해도 그 괴력의 정체를 덮어둘 수 있는 것인가.

결국 말은 많되 말 같은 말은 없다는 생각이 자신도 글쟁이인 주제에 감히 '입방아'니 하는 자학적인 말로 쾌감을 느끼고 싶게 한다. 언제 나는 무엇이라고 말했다보다는 차라리 언제 나는 잠자코 있었다를 나만의 긍지처럼 간직하고 싶기까지 하다.

말이 역거워 글쟁이인 것까지 부끄럽고 부끄러워, 살맛 없는 와중에도 또 이렇게 말을 보태니, 한번 한 약속이 지엄해서든 입이 있는 한 말을 해야 하는 팔자소관이든 더욱 부끄러울 따름이다.

언젠가 수첩 정리를 하다가 써놓은 전화번호 중에서 유별나게 풀빛 볼펜으로 쓴 전화번호를 보고 깜짝 놀란 일이 있다. 실상 놀랄 만한 까닭은 아무것도 없었다. 그 전화번호를 받아쓸 때 마침 내가 볼펜을 썼는데 그게 우연히 풀빛이었을 뿐이다.

그게 내 수첩이었으니 나는 잠깐 놀라고 곧 실소하고 말았지만 만일 내 아들의 수첩에서 그렇게 남의 눈에 띄는 전화번호를 발견했다면 아마 찢어버릴 것을 권했을지도 모르겠다.

그때가 한창 박상은양 사건으로 몇 명의 대학생들이 리스트에 올라 있을 때였다. 단서랄 것도 없는 꼬투리에 의해서 불려도 가고 놓여나기도 했다. 만일 내 아들의 수첩에 특별히 표시된 친구에게 어떤 불상사가 생겼을 때, 친구들이 여럿 몰려가 조사를 받게 되고 그 과정에서 그 친구를 특별히 표시한 친구가 제일 먼저 용의선상에 오르리란 상상은 얼마든지 가능했다.

그렇다면 마침 가진 볼펜이 없어 잠깐 친구의 색다른 볼펜을 빌려 무엇을 기입했다는 사실로 그런 엄청난 결과까지를 예상한다는 건 얼마나 지나친, 아니 병적인 피해망상일까.

그러나 그런 망상을 아무리 확대해서 안전을 기한다 해도 미흡한 걸 어쩌랴. 이를테면 자기 수첩의 특별한 표시는 지울 수 있어도 남의 수첩의 특별한 표시는 지울 재간이 없다.

어떤 친구의 수첩에 모든 전화번호가 검정색으로 표시됐는데 그중에서 내 전화번호만이 붉은색으로 표시됐다고 치자. 그 친구가 내 변경된 전화번호를 받아쓸 때 마침 검정 볼펜이 다 닳아서 옆에 꽂힌 볼펜으로 썼다는 것밖엔 그 특별한 표시에 딴 뜻은 없었다. 어느 날 그 친구가 비명횡사한다. 범인은 오리무중, 머리터럭 하나 현장에 남긴 게 없다.

그럴 때 앞서 말한 괴력의 심증 수사는 힘을 발휘할 테고 그 괴력의 눈에 피해자가 남긴 특별한 표시가 눈에 안 띌 리가 없다.

친구여, 혹시 내 전화번호를 특별한 잉크로 썼다거나 이상한 표시를 한 친구가 있으면 그것을 지워다오.

나도 그런 것을 지우마.

친구야 웃지 마라. 괴력이 사라지지 않는 세상에서 선량하고 이름 없는 백성이 취할 자구책이 겨우 그뿐이라면 결코 웃을 일이 아니다.

할머니와 베보자기

　내가 국민학교 다닐 때는 일제시대여서 그랬는지 국민학교 4학년부터 수학여행은 어디로 가야 한다는 게 정해져 있었다. 4학년 때는 인천, 5학년 때는 수원, 6학년 때는 개성이었다. 서울서 신촌까지도 기차 타고 다닐 때라 인천 수원 개성이면 가슴 설레는 머나먼 낯선 고장이었다. 그러나 나에겐 개성으로 수학여행 간다는 게 조금도 가슴 설레는 일이 될 수 없었다. 그렇다고 결석을 하자니 고향이니까 가기 싫다는 이유가 통할 것 같지 않았다.

　나를 더욱 우울하게 한 건 할머니가 마중을 나오실까봐였다.

　6학년이 되기 전부터 할머니는 개성으로 완서가 수학여행오면 떡 해가지고 역까지 마중나오실 것을 벼르고 계시다는 걸 알고 있었기 때문이다.

수학여행 날짜가 정해지자 어머니가 할머니께 편지까지 올렸으니 마중나오실 건 틀림이 없었다.

개성역에 내리자 아이들은 왁자지껄 신기한 듯 주위의 풍경을 구경하느라 두리번거렸지만 나는 고개를 푹 숙이고 땅만 보고 있었다. 할머니가 나를 찾다 찾다 못 찾으시고 돌아가시길 바랐다.

고만고만한 2백여 명의 아이들 중에서 식구의 얼굴을 찾아내기란 영악한 도시 사람도 어려운 일인데 할머니는 개성서 20리나 떨어진 두메의 촌부였다. 내가 모르는 척하면 십중팔구는 못 찾고 헛걸음을 하실 거라고 생각했다.

선생님이 호루라기를 불어서 우리들을 모았다. 우리는 개성역 광장에 네 줄로 정렬했다. 그때도 나는 앞에 선 아이의 뒤통수만 보고 한눈 한번 안 팔았다.

이때였다. 어디서 "완서야, 완서야" 하고 부르는 할머니의 목소리가 들렸다.

나는 가슴이 울렁거리고 얼굴이 홍당무가 됐다. 그러나 마음 모질게 먹고 나서지 않았다. 학교에 입학하고부터 곧 이름을 일본말로 고쳐 부를 때라 '완서'가 내 이름이라고 선뜻 알

만한 아이가 없었다. 더군다나 선생님은 일본 사람이었다. 나는 어서어서 선생님이 우리들을 이끌고 어디론지 가주기만을 기다렸다.

그러나 우리가 떠나기 전에 할머니는 마침내 내 이름을 일본말로 부르시는 것이었다.

"보꾸엔쇼야, 보꾸엔쇼야."

그것은 아마 할머니가 입에 담으신 최초의 일본말이자 마지막 일본말이었으리라. 그러니 그 발음이 오죽했겠는가.

어린 마음에도 할머니가 부르시는 소리는 목놓아 울고 싶도록 슬프게 들렸다. 아무도 할머니의 그 괴상한 발음이 내 이름이란 걸 알아듣기 전에 나는 슬픔과 미움과 사랑이 뒤죽박죽된 견딜 수 없이 절박한 마음으로 할머니한테로 뛰어갔다.

할머니는 베보자기에 싼 커다란 보따리를 이고 계셨고, 뻣뻣하게 풀 먹인 당목 치마저고리를 입고 계셨다. 나는 할머니의 촌스러움이 창피해서 할머니하고 같이 땅속으로 꺼질 수 있는 거라면 당장 꺼져버리고 싶었다.

그러나 할머니는 눈치도 없이 나를 안고 "아이고 내 새끼, 차멀미를 했나? 얼굴이 왜 이렇게 축 갔을꼬" 하시면서 볼을 비벼대셨다. 그러고는 어느 틈에 우리 주위에 삥 둘러선 아이들이 보는 앞에서 베보자기에 싼 것을 끄르셨다. 베보자기 속엔 세 개의 작은 보따리가 따로따로 들어 있었다.

할머니는 그중 하나를 끌러 송편을 꺼내 내 입에 넣어주려고 하셨다. 나는 꼭 다문 입을 닷 발이나 내밀고 도리머리를 흔들었다.

그러나 그걸로 일이 끝난 건 아니었다. 할머니는 세 개의 보따리를 다시 베보자기에 싸서 나에게 주시면서 한 보따리는 선생님 드리고, 한 보따리는 아이들하고 나눠 먹고, 한 보따리는 서울 가지고 가서 식구들 하고 먹으라고 신신당부하셨다.

우리 행렬은 곧 움직이기 시작했다. 할머니는 당신 걸음이 예전 같잖아서 우리를 끝까지 못 따라다니는 것을 한탄하시면서 그 자리에서 나를 놓아주셨다.

그러나 베보자기에 싼 것은 별수 없이 내 차지가 되었다.

그때 나는 그게 무거워서 할머니가 원망스럽기도 했지만, 베보자기와 할머니의 당목 치마가 그렇게 창피할 수가 없었다.

참으로 우울한 수학여행이었다.

나는 그 베보자기에 싼 송편을 선생님에게는 물론 친구들에게도 나누어주지 않고 그냥 끌고 다니다가 집까지 끌고 왔다.

깔끔하고 냉랭한 일본인 여선생에게 베보자기에 싼 조선

떡을 준다는 건 나로서는 상상도 할 수 없는 일이었다. 친구들한테도 그냥 무조건 창피하기만 했다.

할머니는 그 전날 아마 밤잠을 못 주무시고 송편을 빚으셨을 테고, 새벽에 쪄서 정갈한 베보자기에 싸서 이고 아침나절에 20리 길을 걸으셨으리라.

이제 와서 회한이 가슴에 사무친들 무엇하리오. 그분이 돌아가신 지는 벌써 30년을 넘어 헤아린다.

나는 요새 남들이 거의 안 쓰는 베보자기를 여러모로 애용하고 있다. 음식을 덮어놓기도 하고 만두 속이나 제육을 거기에 싸서 누르기도 하고 약식이나 빵을 찔 때 깔고 찌기도 한다. 음식에 닿는 섬유는 베가 아니면 딱 질색이다.

그 정결하고 시원하고 성깔 있고 소박한 섬유가 그렇게 좋을 수가 없다.

그렇다고 그때 할머니한테 저지른 나의 불효가 갚아지기야 하랴만, 그 섬유가 할머니의 손길만큼이나 좋은 걸 어쩌랴.

나의 여고 시절

나는 울적하면 영화 구경을 해서 푸는 버릇이 있다. 그런 버릇의 시초는 멀리 여고 시절까지 거슬러올라간다. 나의 여고 시절 화신 백화점은 4층이던가 5층이 영화관이었다. 물론 개봉관은 아니었지만 꽤 괜찮은 외화를 상영했었다.

학교서 5분도 안 걸리는 거리여서 오후 수업을 빼먹고 영화를 보고 와서 시침 딱 떼고 종례 시간에 출석하고 청소도 열심히 했다. 지금의 학교생활보다는 단속이 허술했던지 그러고도 나는 여전히 얌전한 모범생 노릇을 했으니 지금 생각하면 쌍말로 ×구멍으로 호박씨 까는 여학생이 아니었던가 싶다.

그러다가 한번은 탄로가 나고 말았다. 그때만 해도 전기 사정이 극도로 나쁠 때였다. 해방 후 북쪽에서 일방적으로

송전을 중단한 지 얼마 안 되는 때였으니까. 영화의 클라이맥스에서 정전이 되더니 감감무소식이었다. 에라 모르겠다될 대로 되라 식의 배짱까지 생겨 마음 느긋하게 먹고 불 들어올 때만 기다렸다. 마침 나하고 비슷한 사이비 모범생 단짝하고 같이 간 구경이라 그동안이 조금도 심심하지 않았다. 마음에 맞는 친구와 소곤대는 재미도 영화 구경 못지않은 법이다.

그렇게 질기게 기다려 마침내 구경을 끝까지 하고 학교로돌아와보니 청소까지 끝나고 하학한 후라 텅 빈 교실에 친구와 나의 가방만 두 개 오뚝하게 남아 있었다. 그것만이면 나쁠 것도 없겠는데 칠판에는 친구와 나의 이름과 더불어 돌아오는 대로 담임한테로 오라는 선생님의 지엄한 분부가 크게적혀 있었다.

우리는 속으론 억울했지만 추호도 그런 빛을 나타내지 않고 개과천선한 온순하고 후회스러운 태도로 다소곳이 교무실문을 두드렸다. 그러나 얼마나 늦은 시간이었던지 선생님께서도 퇴근하신 뒤였다. 아직 높다란 여름 해가 원망스러웠다. 친구와 나는 머리를 맞대고 사후 대책을 논의했다.

친구도 나도 수업 시간을 빼먹고 영화관에 갈 만한 배짱에어울리지 않는 소심증이 있었다. 그것이야말로, 친구도 나도 불량 학생을 동경하면서도 모범생 노릇을 할 수밖에 없는 까닭이었던 것 같다. 우리의 이런 소심증으로 하여 그대로 집에 가서 그날 밤을 편히 잠잘 수 있을 것 같지가 않았다. 어떡하든 담임선생님을 만나 뵙고 벌을 받든지 용서를 받든지 해야만 다리 뻗고 잘 수 있으리란 데 우리는 합의했다.

서무실에 가니 선생님 댁 주소와 약도까지 비치돼 있었다. 선생님은 참으로 지독한 동네에 살고 계셨다. 꼬불꼬불 골목이랄 것도 없는 비탈길을 더듬어 올라가 묻고 물어서 마침내 선생님 댁을 찾았다. 선량한 눈동자와 해박한 지식과 고매한 인간성을 가진 우리의 선생님이 그런 곳에 사시리라곤 꿈에도 생각 못했다. 그렇다고 으리으리한 부잣집을 상상했던 건 아니다. 학교서 뵐 때 선생님은 청빈해 보이셨고 그런 청빈으로 하여 선생님의 인격이 더욱 돋보였던 것도 사실이었다. 그때만 해도 돈이라는 게 인격을 평가하는 데 아무런 도움은커녕 도리어 해가 되기까지 하던 시절이었다.

그러나 우리의 순진한 마음이 그리던 청빈과 선생님의 가난과는 서로 얼토당토않았다. 우리가 그리던 청빈은 우선 청결하고 한가하고 어딘지 학구적인 분위기하고 통하는 거였다. 아마 옛날 선비들의 초당草堂을 생각하고 있었는지도 모른다. 문방사우와 시중드는 동자와 음식 솜씨 깔끔한 사모님이 계시고, 방엔 난초분이, 후원엔 대숲이, 앞뜰엔 국화가 있는 세속을 등진 초당을.

그러나 선생님이 사시는 동네는 우선 언덕바지라 집터가 불안했고, 주위는 시끄럽고, 댁은 비좁았다. 친구와 나는 울고 싶었다. 선생님 속을 썩여드린 게 마음으로부터 뉘우쳐지기도 했고, 우리가 존경하는 스승이 그의 인격에 안 어울리는 부당한 대우를 받고 계신 것 같아 억울하기도 했다.

선생님은 댁에 안 계셨다. 사모님께서도 곧 오실 테니 기다리라고 하셨다. 우리는 마루에 앉아 기다렸다. 장난이 심해 보이고 선생님을 닮은 다섯 살 정도의 남자아이가 들락거리며 우리를 유심히 봤다.

선생님은 돌아오시지 않은 채 여름날이 어둑어둑해지자 우리는 선생님 댁을 하직했다. 그날 밤 다리 뻗고 잤는지 어땠는지도 생각나지 않는다.

다음날은 친구와 함께 다른 날보다 일찍 등교해서 교무실로 선생님을 찾아갔다. 선생님은 어제 우리가 수업을 빼먹고 어디 갔었나에 대해서는 한마디도 안 물으셨다. 다만 만면에 미소를 띠시고는 우리의 노고를 기특해하시는 거였다. 우리는 몸 둘 바를 몰랐다. 우리는 더욱 선생님을 존경하고 좋아했다. 우리만이 선생님이 어떠한 곳에 살고 계시다는 걸 알고 있다는 걸로 보통 사제지간 이상의 친밀감이 보장된 것처럼 비밀스러운 쾌감까지 느끼게 되었다.

졸업식 날 친구와 나는 생각했다. 졸업식 하고, 훈시 듣고 졸업장 받고, 사진 찍고, 선생님 안녕, 하는 쓸쓸하고 공식적인 방법으로 작별하기엔 우리는 선생님과 너무 특별한 정이 들었다고.

그래서 우리는 대학시험에 붙고 나서 다시 선생님 댁을 방문하기로 했다. 어색하지만 머리 모양을 바꾸고, 교복 아닌 자유스러운 복장을 하고, 있는 티를 내느라 뭘 좀 사가지고 선생님을 찾아뵙자는 신통한 의견을 친구가 먼저인지 내가 먼저인지 내놓았다. 그러나 뭘 사가야 할지 좀처럼 정해지지 않았다. 우리는 광화문통 근처를 수없이 오르락내리락했다. 그러다가 꽃을 한아름 샀다.

그날 선생님은 댁에 계셨다. 그러나 선생님 댁엔 화병이 없어서 사모님이 장독대에서 작은 항아리를 하나 갖다 그 꽃을 꽂으셨다. 우린 그날 무턱대고 즐거웠다.

그러나 그후 곧 6·25가 나고 선생님은 행방불명이 되셨다. 친구와 나는 지금도 만나면 그때 이야길 한다. 그때 꽃 말고 고기나 술을 샀어야 하는 건데라든가, 선생님의 아드님이라도 살아남아 있다면 지금쯤 장년일 텐데라든가, 그런 말을 담

담히 주고받지만 친구와 내가 정말 하고 싶은 말은 전쟁이라
는 것에 대한 끓어오르는 분노의 말인지도 모른다.

언제 다시 고향에 돌아가리

해마다 세모가 되면 우선 상가가 대목을 만난다. 성탄절을 전후한 양력 연말에는 백화점과 명동 일대가 호경기를 누리고 음력 섣달그믐께는 시장이나 대도상가, 평화상가 등이 흥청거리는 것도 해마다 변함이 없다. 호경기를 구가할 때도, 불경기라고 울상일 때도, 이중과세하지 말기 운동이 우세할 때도, 음력설을 공휴일로 하자는 여론이 비등할 때도 이런 대조적인 현상에 어떤 변화가 있었던 것 같진 않다.

우리집은 철저하게 양력과세 한 번으로 일관하고 있다. 시댁 쪽 대소가와 친정도 다 그렇게 하고 있기 때문에 양력설은 기분이 안 나서 못 쇠겠다는 사람들의 기분에 아랑곳없이 우린 우리끼리 기분도 충분히 내고 있다. 그렇지만 성탄절을 전후한 양력 연말에 고급 상가가 지나치게 흥청대는 걸 보면 저항감이 느껴지는 반면 음력 섣달그믐께 대목 만난 시장을 보면 괜히 흥겹고 즐거워진다.

대도상가나 평화상가에서 털 달린 반코트를 입어보면서 그 맵시를 지나가는 사람에게까지 물어보는 소녀의 들뜬 표정이나, 노인네의 털스웨터나 동생들의 양말을 고르는 가냘프고 착실한 손길을 보고 있으면 따뜻한 그 무엇이 가슴까지 차오르는 것 같으면서 불현듯 알지 못할 설렘에 휩싸이게 된다.

음력 세모의 시장에는 귀향 전야의 흥분과 인정이 있다. 안 먹고 안 입고 악착같이 적금을 붓고 저금통을 채우던 각 도의 또순이들이 주머니끈을 풀고 늙으신 어버이의 따뜻한 내복을 사고, 어린 동생들의 때때옷과 김과 북어를 산다. 애당초 주머니끈이란 풀기가 잘못이었던가. 사고 싶은 게 많기도 하여라. 자기 몸치장도 그럴듯하게 하고 싶다. 이럴 때 서울 와서 고생한 보람에 광을 내지 않고 언제 낼 것인가. 이왕이면 금의환향이고 싶다. 그 꿈으로 하여 도시의 온갖 고초와 수모가 오히려 낙이었거늘. 귀향의 흥분에 이런 순진한 허영까지 가세해서 세모의 시장은 붐비고 또 붐빈다.

넌 언제 다시 고향에 돌아가리. 세모의 활황 속에서 나는 문득 기적 소리를 환청하며 이렇게 중얼거려본다.

고향에 가본 지는 오래건만 귀향 전야의 설렘은 어제인 듯 생생하다. 어머니의 허영까지도.

우린 처음에 서울에 와서 참 어렵게 살았었다. 시골뜨기 티를 못 벗고 늘 위축돼 있었다. 그러나 방학해서 고향에 돌아갈 무렵만 되면 어머니는 꼭 엉뚱한 짓을 하셔서 나를 서울 아이로 급조하려드셨다. 여름방학 땐 야시장에서 옷감을 끊어다가 어머니가 손수 원피스를 만들어주셨다.

그 모습이 어떠했는지는 잘 생각나지 않지만 내가 양장을 해보기도 그게 처음이거니와 어머니가 양장 바느질을 하신 것도 그게 처음이었으니 그 꼴이 필시 꼴불견이었으리라. 그러나 그게 그때의 우리 처지로서 할 수 있는 최대의 금의귀환이었다.

겨울방학이 되자 어머니는 차마 오버를 손수 만들진 못하셨다. 시골서 올라올 때 입었던 두루마기를 그대로 입혀주신 대신 친척집에서 얻어온 스케이트를 어깨에 메주셨다. 어머니는 아마 내가 시골 가서 그걸 제대로 탈 수 있길 바랐다기보다는 그걸로 도시적인 멋을 낼 수 있기를 더 바라셨음직하다.

나는 그걸 메고 의기양양 귀향을 했다. 그래도 나는 그걸 단순한 멋으로서가 아니라 탈 수 있기를 벼르고 있었다. 그전에 나는 서울 아이들이 그걸 타는 걸 딱 한 번 구경한 적이 있는데 참으로 신기한 요술이었다. 그때까지 나는 그걸 배우고 연습해야 그만큼 타게 된다는 걸 몰랐었다. 그런 요술은 스케이트라는 날(?)이 달린 이상한 신발만 신으면 저절로 부릴 수 있게 되는 줄 알았다.

고향에 내려간 다음날 나는 자신 있게 얼음판으로 나갔다. 얼음판은 도처에 있었지만 나는 나의 묘기를 될 수 있는 대로 널리 과시하기 위해 아이들이 가장 많이 모여서 썰매를 타고 있는 논으로 나갔다.

그러나 스케이트를 신고 간신히 일어선 나는 얼음을 지치기는커녕 서 있을 수도 걸을 수도 주저앉을 수도 없는 난처한 처지에 빠지고 말았다. 썰매를 타던 마을 아이들이 큰 구경거리를 만난 것처럼 에워싼 가운데서 나는 울상을 하고 온몸으로 제자리 춤을 추고 있었다.

바로 우리집 사랑채에서 빤히 바라보이는 논에서의 일이었다. 집에서 머슴이 겅정겅정 뛰어나왔다. 나는 스케이트란 요상한 구두를 신은 채 머슴의 등에 업혔다. 나는 뭐라고 앙탈을 하면서 들입다 머슴의 등을 두드렸던 것 같다. 그러나 결박 짓듯 단단하게 나를 업은 머슴의 굳센 팔은 꿈틀도 안 했다.

머슴은 나를 사랑마루에 내려놓더니 스케이트 먼저 벗겨

주면서 어서 할아버지한테 들어가보라고 했다. 그때 머슴의 얼굴을 스친 연민의 빛으로 보아 나는 내가 심상치 않은 일을 당하리라는 걸 예감했다. 그러나 거긴 지엄한 사랑마루였다. 이미 당하게 돼 있는 걸 모면할 여지는 전혀 없었다. 거기선 잔꾀나 앙탈이 통해본 적이 없다는 걸 나는 경험으로 알고 있었다.

앞에선 할아버지의 노기 띤 헛기침 소리가 들렸다. 나는 조심스럽게 사랑 미닫이를 열고 안으로 들어갔다. 미처 할아버지 앞에 꿇어앉기도 전에 할아버지의 긴 장죽이 내 정수리에서 사정없이 작렬했다.

"이런 고얀 놈을 봤나. 서울로 신식 공부하러 간다더니 기껏 배워가지고 온 게 덕물산 무당의 작두춤이냐 뭐냐? 그 해괴한지고……"

할아버지의 이런 장탄식을 들으며 나는 울고 웃었다. 정수리에서 불이 붙는 것 같은 통증에도 불구하고 복받치는 웃음을 참느라 어금니를 고통스럽게 악물어야 했다.

스케이트를 덕물산 무당의 작두춤에 비유하는 할아버지의 빈약한 상상력이 그렇게 우스웠다. 할아버지에다 대면 나는 대도시에서 얼마나 많은 것을 보고 들었나, 감히 그렇게 생각하고 있었다.

그 앞에선 오금을 못 펴도록 위엄으로 군림하시던 할아버지를 속으로만 그렇게 만만하게 여기긴 그때가 처음이었다.

어머니가 애써 겉으로 서울 아이 티를 내주시지 않아도 나는 속으로 그렇게 서울 아이가 돼 있었던 것이다.

그게 여덟 살 적 일이니 벌써 40여 년 전 일이다. 이제 나는 금의환향을 꿈꾸지 않는다. 초라하고 표표한 나그네 되어서라도 좋으니 고향 산천을 생전에 한번 스쳐 지나갈 수만 있어도 좋겠다.

설이 봄과 함께 왔으면

올겨울은 유난히 추웠다. 요 며칠 새에 약간 풀렸다고는 하지만 혹한을 좀 벗어났다 뿐 땅속 깊이 얼어붙은 수도를 녹이기엔 어림도 없을 것같이 아직은 매운 날씨이다.

사람이 하늘 마음을 공경하고 닮을 줄 모르니 하늘이 사람 마음을 흉내내는 방법으로 인심의 각박함을 나무라는 것인가도 싶어 문득 몹시 두렵다.

추위가 심할 때 몇십 년 만의 혹한이라는 관상대의 발표보다는 예전이 지금보다 훨씬 더 추웠다는 노인들의 증언이 조금은 추위를 견디기 쉽게 해준다. 일전에도 고향 어른을 몇 분 만날 기회가 있었는데 그중 연로하신 분은 사람과 짐승의 입김이 당장 당장 얼어서 고드름이 되던 예전 추위 얘기를 하시면서 지금 추위가 이게 추위냐고 얕잡으셨다. 그렇다고 내고향이 중강진쯤 되는 건 아니고, 겨우 서울 북방 1백 킬로미터 미만의 개성이다. 다만 갈 수 없는 곳이기에 머나멀고 채워질 길 없는 향수가 그곳의 모든 풍물을 지나치게 과장하거나 미화시키고 있는지도 모른다. 어쩌다 고향 사람들을 만날 때마다 그런 걸 느낀다.

그날도 영락없이 화제는 그렇게 됐다. 마침 음력 섣달그믐께라 개성 설음식 얘기를 안 하고 넘어갈 수가 없었다. 보쌈김치, 조랑떡국, 강정, 편수제육 등 이미 개성 사람 아닌 사람들 사이에도 널리 알려진 이런 설음식을 정작 개성 사람들이 안 해 먹을 리가 없었다. 그러나 한결같이 그때 그 맛이 아니라는 거였다. 우리들의 욕심은 뻔했다. 그런 음식들은 꼭 산자수명山紫水明한 개성이라는 그릇에 담아야만 제맛이 난다는 걸 우리들은 알고 있었다. 우리들은 이심전심으로 쓸쓸해졌다.

누군가가 이번 설엔 가까운 강화도로 여행이나 가서 물 건너 지호지간指呼之間의 개풍군의 땅덩이나 바라볼까 하면서 한숨을 쉬었다. 이때 고향 추위를 과장하시던 노인이 정색을 하고 개풍군에서 강화로 건너는 나루터 얘기를 하셨다.

그 나루터는 개성, 개풍군 일대의 교통의 요지로 어떤 개성 사람이 독점 운영하고 있었다. 조선 팔도의 상권을 거의 다 빼앗았으되 유독 개성에서만은 발을 못 붙인 일본인이 그 나루터에 눈독을 들이게 되었다. 거기에서만은 승산이 있을 것 같았다.

딴 장사하고 달라서 물길의 교통수단은 무엇보다도 안전이 제일이라고 생각한 일본인은 개성인의 배보다 눈에 띄게 크고 안전해 보이는 신식 배를 꾸며 그 나루터에 본격적으로 파고들었다. 여름에는 부채를, 겨울에는 타월을 손님에게 거저 나누어주며 갖은 아양을 다 떨었다. 그러나 손님들은 본체도 안 하고 지루하게 기다렸다가 구식의 조그만 개성인의 배만 탔다. 그렇다고 개성인 선주가 부채나 타월의 선심 쓰기를 흉내내는 것도 아니었다. 어쩌다 일본인의 배에 승객이 있어도 그건 개성, 개풍인이 아닌 타관 사람이었다. 별수 없이 일본인은 신식 배를 개성인에게 헐값으로 넘기고 나루터를 떠났다는 얘기였다.

그런 얘기를 하시는 노인의 얼굴에 형언할 수 없는 비애와 기품이 서렸다. 어느 고장 사람이든 제 고장 자랑이 없는 사람이 없지만 개성인들은 그게 좀 유별나다. 그 고장의 생활방식을 이 나라에서 제일가는 걸로 알고 그걸 평생 사모하고 자랑스러워하며 산다. 그러나 그런 사모의 긍지가 결코 딴 고장

사람들이 생각하듯이 그 고장의 풍물이나 음식의 맛에 대해 서만은 아닌 것이다. 보다 많이 그 고장만의 마음의 맛에 연유하고 있다. 그 고장 마음의 맛의 특징은 뭐니 뭐니 해도 그 깔끔하고 도도한 주체성이 아닌가 싶다.

섣달그믐께 실향한 내 고장 노인의 얼굴에 문득 서린 비애가 조랑떡국을 못 끓여서도, 편수맛이 그 옛날 그 고장에서 빚어먹던 맛이 아니라서도 아닌 그 고장 마음의 맛을 상실해 가는 슬픔이라면, 기품은 아직은 남아 있는 그 고장 마음의 맛의 어쩔 수 없는 발로이리라.

음력설이 봄과 함께 왔으면 참 좋겠다. 봄의 입김이 땅속 깊이 잠자는 수도관의 잠을 깨고, 봄의 단비가 연탄 먼지가 발이 빠지도록 두껍게 쌓인 가난한 골목길을 말끔히 씻어내렸으면 좋겠다.

봄과 함께 더욱 활발해질, 참으로 잘살기 위한 갖가지 방안에 내 고향 마음의 맛은 번잡스럽게 나설 건 없더라도 소금처럼 스며 있을 수 있으면 더욱 좋겠다.

이웃 사랑

　지난겨울의 추위는 혹독했다. 지금 사는 집에서 20년째 살아오는데 지하실에 저장한 김칫독이 꽁꽁 얼어서 한겨울에 김장김치도 제대로 못 먹긴 이번 겨울이 처음이었다. 익지도 않고 겨울을 난 김치가 예년 같으면 군내가 날 요즈음 맛있게 익어서 잘 먹고 있다.

　그래 그런지 수도 동파 사고가 잦았다. 이웃에서 집집마다 수도가 안 얼어붙어본 집이 없는 것 같았다. 우리 골목에선 우리집이 있는 줄은 지대가 낮고, 앞줄은 지대가 높아 집들이 축대 위에 높이 솟아 있기 때문에 한 골목이면서도 어쩐지 이웃 기분이 안 난다. 축대 높은 집들은 평지 집보다 수압이 약간 떨어지는 모양으로 동파 사고도 더 잦아서 그럴 때마다 수

리공이 대문을 두드리고 우리집 수도계량기 통 뚜껑을 열고 굵은 전선을 들이댔다. 양쪽 집 수도관에 강한 전류가 흐르게 해서 녹이는 방법은 전력은 많이 소모되지만 가장 빠르고 쉬운 방법인 것 같았다.

커다란 트랜스를 자전거에 싣고 다니면서 언 수도를 녹여주는 사람이 유난한 추위에도 혼자서 대목 만난 즐거움으로 싱글벙글 우리집을 자주 드나들었다. 너무 자주 대문을 열어주고 계량기 통 속의 보온용 가마니를 풀어줘야 할 때는 그 사람도 미안해서 어쩔 줄을 모르고 연방 고개를 굽신거렸다. 그보다는 정작 수도가 언 집 주인이 우리집에 와서 늘 귀찮게 해서 미안하다는 말을 미리 하고 양해를 구하는 게 예절일 듯싶은데, 그렇게 하는 집은 어쩌면 한 집도 없었다.

수도관 언 것을 녹여주고 돈 받는 사람을 불러 녹여서 물이 나오면 얼마 주겠다고 청부를 준 바에야, 이웃집과 교섭하는 일도 그 사람이 맡는 게 당연하다고 생각하는 것 같았다. 그래도 나는 그게 좀 섭섭했다. 지대가 낮고 수도 관리를 잘해서 얼어붙지 않은 집들 중에서 번번이 우리집만 대문 열고 계량기 통 뚜껑을 열어줘야 하는 일이 짜증스러울 때도 있었다. 선심 중에도 물 선심이 으뜸간다는 말이 있을 정도로 물 없는 고통은 큰 거고, 이웃의 이런 큰 고통을 위해 그 정도의 수고를 하는 게 짜증스럽기까지 했던 것도 이웃의 이런 말없음 때문이었을 것이다.

혹한이 더욱 기승을 떨자 전류를 흐르게 하는 것만으로 안 되었던지, 인부를 대서 땅을 파고 동파된 수도관을 갈아 넣는 집까지 생겨나기 시작했다. 그런 집들이 다 축대 높은 집들이어서 서로 얼굴이나 겨우 알고 지낼 만한 친하지 않은 이웃이었지만, 참 올겨울에 고생이 많다 싶었다.

어느 날 아침 나가보니까 우리집 담 밑에 한 리어카 정도의 흙이 버려져 있었다. 흙이라기보다는 두꺼운 시멘트 콘크리트 층을 깨뜨려낸 것이어서 아마 또 뉘 집에서 수도 고치느라고 마당이나 부엌 바닥을 파헤친 모양이었다. 그래도 기분이 언짢았다. 하필 남의 집 담장 밑에 그걸 버릴 게 뭐란 말인가. 축대 높은 집들 중엔 마당이 2백 평은 되는 집도 있고, 안뜰도 없는데다 막다른 집이어서 흙 한 줌도 자기집 근처에 처리할 수 없는 집도 있었지만, 축대 밑에 버리면 될 텐데 길을 건너 하필 우리집 담장 밑에 버릴 게 뭔가 싶어 생각할수록 이만저만 부아가 나는 게 아니었다.

수도 고칠 때 정작 집주인들한테는 고맙다는 소리 한마디 못 듣고 인부의 말만으로 기꺼이 협조했던 일조차 억울하게 느껴졌다.

그 한 리어카의 흙이 나의 선심에 대한 배신처럼 나를 비웃는 것 같았다.

내가 이렇게 속을 끓이는 것과는 다르게 우리집 식구들의 생각은 훨씬 너그러운 것이었다. 일을 맡은 인부들이 무심히 그랬지 주인이 그렇게 시켰을 리가 있겠느냐는 거였다. 그럴 듯도 싶었지만 그렇다면 미안해서라도 그 흙을 빨리 치워야 할 텐데 며칠씩 그대로 놓아둔 뒤로 눈까지 오자 그건 요지부동, 봄이 와야만 쳐낼 수밖에 없는 바윗덩이로 얼어붙고 말았다.

드나들 때마다 눈에 거슬리는 그것 때문에 나는 축대 위에 사는 다섯 집을 한꺼번에 미워하면서 겨울을 났다. 그 다섯 집 중 한 집에서 한 짓은 분명한데, 안 다니던 집을 그것이 뉘집 짓인가를 조사하기 위해 찾아다닐 만큼 극성맞진 못하고, 그저 그 다섯 집을 한 묶음으로 묶어서 미워하는 게 유쾌하진 못한 채로 고작이었다.

겨울이 다 나고 나서 우리집 온수보일러가 터졌다. 동파가 아니라 연탄보일러로서의 수명이 다 돼서 물이 새기 시작한 것이다. 그것을 갈아내느라고 일꾼을 댄 김에 이것저것 부실한 곳에 손을 보았더니 우리집에서도 한 리어카 정도의 흙덩이 쇠붙이 등이 생겨났다.

이제 날이 풀려서 우리 담장 밑에서 바위처럼 얼어붙었던

흙도 푸실푸실 부드러워졌으니까 사람을 대서 같이 칠 작정으로 그 위에다 우리의 것을 더했다.

흙을 포함한 집수리 후의 그런 폐기물은 매일매일의 연탄재를 수거해가는 청소부 소관이 아니라, 그런 것만 맡아서 치는 인부를 따로 대야 하는 번거로움 때문에 그후에도 며칠을 그대로 있었다.

어느 날 외출을 했다 돌아오면서 보니 우리집 담장 밑의 흙더미가 말끔히 치워져 있는 게 아닌가. 흙만 쳐간 게 아니라 쓰레기까지 깨끗이 해놓아서 골목이 다 훤했다. 집을 보고 있던 파출부에게 누가 치더냐고 물어보았으나 못 보았다는 거였다.

감쪽같이 우리 모르게 거기다 흙을 버렸던 것처럼 또 감쪽같이 그걸 치운 것이다. 우리가 버린 폐기물까지 합해서. 그런 유의 폐기물은 수거해 가면서 상당한 품삯을 요구한다는 걸 알고 있기 때문에, 거저 그걸 친 우리는 누구에겐가 고맙다는 인사를 해야 할 것 같았다. 그러나 뉘 집에서 그걸 쳐주었는지 모르기는 버린 집을 모를 때와 마찬가지였다.

나도 겨우내 뉘 집인 줄도 모르는 채 덮어놓고 이웃을 미워한 걸 뉘우치는 걸로 나의 감사하는 마음을 대신할밖에 없었다. 뉘 집인지는 모르지만 겨우내 우리한테 신세진 걸 그렇게 말없이 갚으려 했던 나의 어떤 이웃처럼.

이웃 간에 미움을 받을 만한 나쁜 사람이 정말 있는 게 아니라 오로지 오해가 있을 뿐이란 생각이 든다. 오해가 높은 담장도 되고 가시울타리도 되어서 이웃 간을 소원하게 만드는 거라면 봄과 함께 그런 오해도 풀려야 할 텐데 오해라는게 어디 얼음처럼 저절로 풀려야 말이다.

오해를 풀기 위해선 말이 있어야 할 것 같다. 이웃 간에 말을 방해하는 건 '제가 모르는 척하는데 뭐가 답답해서 내가 먼저 말을 시켜' 하는 유치하기 짝이 없는 자존심인데, 보아하니 우리 골목에선 내가 제일 나잇살이나 먹은 것 같으니 내가 먼저 그 유치한 딱지를 떼어야 할까보다.

과학문명의 공로

성질이 변변치 못해 문명이 제공해주는 편한 것에 쉽게 길들여지질 못하는 편이다. 쓰고 사는 집만 해도 불편하기 짝이없는 한옥인데도 그냥저냥 20년을 살고 있다. 아이들의 불평이 대단하다.

아이들이라고 해서 대저택을 꿈꾸는 건 아니고 그저 아파트 정도에 살아서 엄마가 밤중에 연탄 가는 소리를 안 듣는게 소원이다. 그럴 때마다 나는 구차스럽게 한옥의 좋은 점을꾸며대면서 그것을 못 잊어 못 떠나는 것처럼 말한다.

내가 꾸며대는 한옥의 좋은 점이란 주택으로서의 기능이아니라 미인데, 그 미도 실은 우리가 살면서 많이 손상되었고, 또 처음에 미적으로 지은 대갓집도 아니고 평범한 서민적인 기와집일 뿐이다. 결국 아이들이 동경하는 '편함'을 나는 막연히 꺼리고 있는지도 모른다.

집에 온수보일러를 설치한 지도 불과 5년 전이다. 이번 겨울에 친구들과 3박 4일의 여행을 하고 돌아오니 그 온수보일러로 올라가는 수도파이프가 얼어서 보일러를 못 쓰고 있었다.

순전히 목욕과 세숫물만을 데워 쓰기 위한 보일러인데도 그게 고장이 나니까 온 집안이 마비 상태에 빠졌다. 연탄이니 가스니 있는 대로 켜놓고 물을 데워대도 당할 수가 없었다. 집안 구석구석은 구질구질하고 빨랫거리는 쌓이고, 마음은 우울하고…… 그까짓 연탄보일러 하나가 우리집에서 그렇게 큰일을 하고 있다는 것을 처음 알았다.

나는 꼭두새벽부터 눈곱을 단 채 여기저기 수소문을 해서 언 파이프 녹이는 사람을 찾아 나서지 않으면 안 되었다. 그 방면의 전문가(?)를 가까스로 찾아내서 언 파이프를 녹이긴 했으나 어디를 잘못 건드렸는지 이번엔 파이프가 새면서 물난리가 났다.

영하 10도의 추운 날씨에 물난리는 곧 대문밖까지 빙판을 만들었다.

이웃 사람들은 먹을 물도 아닌 온수보일러 언 거 해동하면 저절로 풀릴 텐데 그 난리를 할 게 뭐냐고 못마땅해했지만, 나는 도저히 그때까지 기다릴 수가 없었다.

아파트에 사는 친구들치고 단독주택 예찬론자 아닌 친구가 없다. 언제고 단독주택으로 돌아올 것처럼 말한다. 그러나 실제로 돌아오는 친구는 없다.

나도 이번 온수보일러 소동에 질린 나머지 아파트로 갈 것을 진지하게 생각하는 중이고 그렇다고 죽는 날까지 아파트에서 살 생각은 추호도 없지만, 일단 이사를 가서 그 편리한 기능에 길들여지면 죽는 날까지 못 면할지 모른다. 일단 길들여진 편함에는 이렇게 거역할 수 없는 중독성이 있다.

과학의 발달로 우린 많이 풍족하고 많이 편해졌다. 그러나 풍족하고 편한 것이 끼치는 해독 또한 적지 않다. 우리는 그것을 공해라고 부르고 어느 날 갑자기 공해에 의해 모두가 멸망할 것을 우려할 만큼 그 문제는 심각해졌다. 그래서 공해 문제가 논의될 때마다 과학을 원망하면서 지금이라도 과학문명을 배척하고 자연으로 돌아가 원시 형태의 소박한 삶을 사는 게 유일한 살 길인 것처럼 너도나도 목청을 높이지만 그것이 실제로 가능한 건 아니다. 그것은 차라리 공상과학소설보다 훨씬 실현 가능성이 없는 이야기다.

자연을 파괴한 것도 과학문명이지만 자연을 살려주길 기

대할 곳 역시 과학문명인 것을 어쩌랴. 자연과 더불어 살되 편함과 풍족함도 놓치고 싶지 않다는 것이 우리가 과학에 거는 최대의 소망이라면 과학은 그것으로써 스스로의 누명을 벗는 방법을 삼아봄직하지 않을까.

탈선 야외놀이

행락철만 되면 으레 중년 부인들의 야외에서의 음주방
가飮酒放歌 등 탈선행위가 개탄과 비난의 대상이 된다. 같은
중년 부인의 입장에서 조마조마하기까지 하다. 그러나 말이
야 바른대로 말이지 실내에서건 실외에서건 음주방가에다 행
패까지 곁들이는 건 남자들이 맡아놓고 하는 다반사일 뿐 여
자들이 어쩌다 그래봤댔자 수적으로나 질적으로나 남자들의
그것에 미칠 바가 못 된다.

그런데도 여자의 경우 특히 중년 부인들이 그랬을 경우 보
는 사람마다 눈살을 찌푸리고 혀를 차는 것만 갖고는 모자라
다시 사회적인 여론이 되어 못 본 사람까지 낯뜨겁고 속상하
게 만든다.

그것은 우리 모두의 마음속에 모셔놓고 있는 전통적인 모성상을 아끼고 사랑하고 훼손당하는 걸 용서할 수 없는 마음 때문일 것이다.

　그러나 나는 소위 탈선 야외놀이라는 걸 벌이고 있는 중년 부인들을 목격할 기회가 있을 때마다 그분들이야말로 사라져가는 우리의 마지막 현모양처들이 아닌가 하는 좀 외람된 생각을 하게 된다.

　값싼 소주병, 싸구려 화학섬유 한복, 어지간히 속 썩고 참고 견디었음직한 검버섯 핀 얼굴, 거친 손, 두어 잔 술에 개개 풀린 착하디착한 소심한 눈, 각자 싸온 솜씨 부린 도시락⋯⋯ 어디로 보나 농촌이나 도시 변두리의 넉넉지 못한 가정에서 가난과 남편 공경 자식 걱정에 하루도 마음 편한 날이 없었을 것 같은 평범한 어머니일 뿐이다. 그들이 벼르고 벼른 모처럼의 야외놀이의 흥과 마실 줄 모르는 술기운으로 해서 니나노 가락을 좀 뽑았기로서니, 허우적대는 손짓 발짓에 디스코풍이 좀 가미됐기로서니 그것을 탈선이라고 우려할 것까지는 없지 않을까. 그들이 놀이에서 돌아와 술이 깨봤댔자 어려운 살림의 현모양처 자리는 요지부동일 테고 어쩌면 숨막힐 듯 답답하기만 하던 살림살이에 별안간 신바람이 나는 변화쯤 있을 수도 있으리라. 그렇더라도 그건 신식 말로 스트레스

해소쯤으로 해두는 게 온당하지 않을까.

실상 우리가 정말 우려해야 할 중년 부인의 탈선은 그렇게 햇볕 쬐는 개방된 장소에서 뭇사람이 보는 가운데 일어나는 것은 아닐 것이다. 좀더 고상하고 은밀한 장소에서 우아한 방법으로 일어날지도 모른다.

하긴 아무리 비난을 목적으로 하지 않고 이해하고 연민하는 마음으로 봐도 중년 부인들이 야외에서 풀어 헤치고 술 먹고 춤추는 광경을 보기 좋달 수는 없다. 세련되지 못한 원색적인 추태로 해서 보는 사람에게 절로 혐오감을 준다. 그러나 세련이란 뭘까. 오래 거듭한 끝에 얻어지는 미美거늘 그들에게 어디 놀이의 전통이나 경험이 있었어야 말이지.

지금이야 세월이 좋아 젊은이들이 젊음을 발산하는 데도 전통 예술적으로 하게 국가에서 많은 예산을 들여 판을 벌여주기까지 하지만 우리의 전통적인 현모양처 노릇엔 바늘구멍만한 돌파구도 마련돼 있지 않았었다.

주리 참듯 참은 게 터지는 마당에 어찌 세련되게 터지길 바라랴.

추악한 시민

　동네에 마땅한 산책로가 없는 걸 아쉬워했더니 가까이에 호수가 있다는 걸 일러주는 이웃 분이 있었다. 이리로 이사 온 지 얼마 안 돼서의 일이었다. 앞뒤 좌우로 온통 바라보이는 건 높은 아파트뿐인 동네에 호수라니, 헛소문만 같았지만 소문치곤 로맨틱한 소문이어서 절로 미소 지어졌다. 한동안 호수 소문에 가슴을 설레다가 어느 날 새벽 마침내 그곳을 찾아 나섰다.

　뜻밖에 호수는 지척에 있었다. 마침 안개가 짙은 아침이어서 호수는 태고와 같은 혼돈에 잠겨 있었다. 거기 호수가 있다는 것 외엔 넓이도 모양도 헤아릴 길이 없었다. 콘크리트 바닥으로 된 산책로를 끼고 호수의 둘레를 더듬는 동안 해가 먼저 그 모습을 드러냈다. 햇살은 아직도 안개에 빼앗긴 채여서 해는 마치 보름달 같았다. 호수도 웅덩이만큼밖에 안 보이던 시야가 서서히 트이기 시작하더니 어디선가 수많은 새떼가 날아드는 게 아닌가.

제비였다. 제비들은 일제히 수면을 향해 곤두박질쳤다가 아슬아슬하게 수면을 차면서 높이 비상해서 호수 상공을 선회하기 시작했다. 화려한 새가 아닌데도 날갯짓이 환희로워 보기에 매우 화려한 군무群舞였다. 날씬하고 상큼하고 날렵한 모습을 예부터 물 찬 제비에 빗대왔건만 제비에게 물을 차는 습성이 정말 있는 줄은 몰랐고 더군다나 제비가 물을 차는 모습을 보기는 부끄럽게도 오십 평생에 처음이었다.

돌아오다가 보니 구색을 갖추려면 아직 먼 호수가 안 갖추어도 될 구색은 미리 갖추고 있었는데 그건 낚시꾼이었다. 그것도 한두 사람이 아니라 장장한 호숫가에 심심찮게 모든 장비를 갖추고 낚싯대를 드리우고 앉았는 낚시꾼을 볼 수가 있었다. 물고기가 살기나 사는지, 산다고 해도 그렇게 낚아올려도 되는지 미완의 호수는 교통량이 많은 큰길과 인접해 있고 호리병처럼 허리가 오므라든 위만 해도 차량의 왕래가 빈번한 교량으로 돼 있어서 곧은 낚시를 드리우고 다만 사색에 잠긴다 해도 보기 좋은 모습은 아니었다.

호수를 한 바퀴 돌아나오다 보니 게시판에 큰글씨로 수영을 하지 말 것, 낚시를 하지 말 것 등 금지사항이 씌어 있었다. 그러니까 그들의 낚시행위는 불법이었던 것이다. 불법행위란 크든 작든 남의 눈을 속여가며 순식간에 해치우는 것인 줄 알았는데 그들의 불법행위는 너무도 유연하고 눈에 띄었다.

그렇다고 그 행위 자체가 유유자적하거나 대담해 보였던 것도 아니다. 치사하고 옹졸하기 짝이 없어 가히 추악한 시민의 표본이 됨직했다.

자연과 인간의 행복

시내 중심가의 빌딩 앞에서 친구를 기다리느라 한동안 서성거린 적이 있다. 친구 집은 여의도고 마침 '국풍 81' 기간이라 시간이 돼도 안 나타나는 친구를 초조해할 것 없이 마음 느긋이 먹고 기다릴 수밖에 없을 것 같았다.

빌딩 앞에는 양쪽에 대리석으로 동그랗게 단을 쌓고 그 안에 예쁜 꽃을 가득 심어놓은 게 매우 보기 좋았다. 마치 커다란 꽃방석 같았고 그것을 둘러친 단도 걸터앉으면 알맞을 높이여서 나는 기쁜 마음으로 거기 걸터앉아 친구를 기다리기로 했다. 껌껌하고 시끄러운 다방 속보다는 얼마나 좋냐 싶었다. 그러나 곧 나는 거기서 일어나고 말았다.

그 동그란 꽃밭은 한 평이 될까 말까 한, 꽃밭이라기보다는 커다란 화분만한 크기였는데 그 둘레에는 무려 여덟 개의 아크릴 팻말이 꽂혀 있었다. "자연을 사랑합시다"와 "여기 앉지 마시오"라는 내용이 번갈아가며.

둘 다 냉정한 명령문이었다.

도시 한복판에서 비록 방석만한 크기이긴 했지만 아름다운 자연을 발견한 기쁨은 곧 씁쓸한 낭패감으로 변했다. '해라' '말아라' 하는 명령어가 도리어 반발감을 일으켜 그 반대의 효과를 나타내는 일은 비단 아이들의 경우만이 아닌 것 같았다.

그렇게 반갑고 예쁘던 꽃밭이 문득 싫게 느껴졌다. 소중하단 생각보다는 함부로 해도 무방한 허드레 물건으로 보였다.

무릇 소중해하는 마음은 그것이 자신에게 기쁨을 줄 때 저절로 우러나게 돼 있다. 기쁨이 불쾌감으로 변하자 그것이 단박 조화보다도 매력 없는 게 되고 만 건 차라리 당연했다.

그런 경험은 비단 도시 속에서뿐 아니라 모처럼 찾아간 교외에서도 얼마든지 경험하게 된다. 야트막한 야산에 '산림녹화' 또는 '자연보호'라는 간판이 어마어마한 크기로 우리를 위압할 때가 있다. 이때 우리 마음에 있던 자연에 대한 친화감은 삭막한 적의로까지 변할 수 있다.

자연과 인간은 원래 그런 구호가 아니더라도 저절로 교감이 이루어지게 돼 있다.

한때 우리는 국토가 황폐해지도록 자연을 파괴한 적도 있었지만 그건 결코 구호나 간판이 모자라서가 아니라 전후의 빈궁과 그후의 급속한 경제성장을 위한 정서의 황폐에 큰 원인이 있었을 것이다.

자연을 해친 직접적인 인간의 손길로부터 자연을 보호한답시고 그런 울타리를 무수하게 침으로써 자연과 인간을 격리시켜서 어쩌겠다는 것일까? 보다 근원적인 방법으로 황폐해진 인간의 정서를 회복하는 길을 자연과의 화해에서 찾아야 한다는 걸 잊어선 안 될 것이다.

그날 내가 그 예쁜 꽃방석을 둘러싼 장밋빛 대리석 단에 걸터앉아 친구를 기다릴 수 있었다면 그 기다림은 얼마나 행복할 수 있었을까? 마찬가지로 산책을 즐기던 연인들이 거기 앉아서 잠시 쉴 수 있었다면…… 그 정겨운 휴식의 동안 연인의 프로필에 황홀한 청년이 문득 그 꽃방석 중에 작은 꽃 한 송이를 꺾어 연인의 머리에 꽂아줄 수 있었다면 그들의 데이트는 얼마나 행복할 수 있었을까? 자연의 마음엔 그 정도 인간의 애무는 너그럽게 받아들이는 관대함이 있다.

이제 우리를 피곤하게 할 뿐인 안이한 구호로부터 자유로워지고 싶다. 우린 모두 행복을 원하지만 구호로 행복이 창조되지 않는다는 것쯤은 누구나 다 알고 있다.

작은 손이 단죄할 때

　장 여인 얘기가 연일 신문지상과 사람들의 입에 오르내릴 무렵이었다. 장 여인을 이철희에게 소개하고, 수양딸처럼 아꼈고, 씀씀이나 사교성, 불교계에서의 지위 역시 장 여인 못지않았다는 장××보살 얘기를 신문에서 읽고 놀란 적이 있다.

　놀라웠던 건 작년에 타계했다는 그 장 보살 역시 장 여인 못지않은 '큰손'이었고, 고위층과의 친분이 얼마나 두터웠었나 하는 사실 외에도 그 보살이 한말 법무대신 등을 지내고 합방 후 중추원 고문, 자작을 받은 이모 대감의 소실이었다는 게 놀라웠고, 친일한 재산이 오늘날까지 그 당사자들 주변에서 얼마나 안전하게 보호 육성돼왔던가에 대해선 충격을 금할 수가 없었다.

그러나 그게 어찌 장 보살의 경우뿐이겠는가?

일제 36년이라는 민족적인 치욕을 비롯해서 그후에도 수많은 난국을 겪고 비리에 시달렸으면서도 우리는 그 원흉을 한번이라도 정당하게 심판해본 적이 있었던가.

추상같은 단죄가 내려질 듯 서슬이 시퍼렇다가도 어느 틈에 꽁무니를 빼고 흐지부지되고 만 것의 좋은 본보기가 아마 '반민특위'가 아닌가 싶다. 그렇다고 꼭 가혹한 보복을 해야 한다는 소리가 아니다. 묵은 시대를 심판하지 않고 새 시대는 열리지 않는다.

이조 5백 년 동안의 당파 싸움에서 비롯된 정적에 대한 숙청 보복은 끊임없이 있어왔지만, 민중이 주체가 된 정당한 심판이 있었던 적이 없었다는 건 과연 무엇을 의미할까?

독립운동이나 그 밖의 옳은 일에 몸을 바친 사람은 일신의 궁핍은 물론 자손까지 제대로 가르치지도 못해 대대로 지지리 못살고, 나라를 팔든 그 밖의 무슨 떳떳지 못한 짓을 하든 간에 돈만 벌어놓으면 권력층의 언저리에서 맴돌게 되고 자자손손 번영을 누리는 식의 뒤바뀐 현상을 우린 너무도 많이 보아왔다. 바로 이런 본보기가 어떤 비리를 저지르든지 돈만 벌어놓고 보자는 사람들이 두려움을 모르고 살 수 있는 세상을 만들어놓았대도 우리의 관용과 망각이 미덕일까?

우리는 지금 아무도, 구속중인 이철희, 장영자 부부에게 추상같은 법의 심판이 내려지리라고 믿고 있지 않다. 적당한 시기에 적당한 방법으로 나와서 우리보다 훨씬 잘살 거라고 알고 있다. 벌써 집행유예 몇 년일까, 실형 몇 년일까에 내기를 거는 사람까지 봤다.

내가 심판이 미흡하다고 생각하는 건 법의 심판이 아니라 우리 모두가 주체가 된 민중의 심판이다.

지금은 거의 안 쓰는 말이지만 나 어렸을 때만 해도 많이 듣던 말로 '손도摒徒맞는다'는 말이 있다. 도덕에 어긋난 행실을 한 사람을 배척하고 상종을 안 하는 것을 '손도맞는다'고 해서, 조금이라도 양심에 꺼리는 짓을 하고 나면 우선 법보다는 손도맞을 것을 두려워한 게 우리의 과거 풍습이었다.

얼마나 슬기롭고 비폭력적이고도 자발적인 심판의 방법이었을까?

그런데 오늘날의 작태는 어떠한가? 어떤 추악한 방법으로든지 그저 돈만 벌었다 하면 기라성 같은 인사들이 모여들어 갖은 아양을 다 떤다. 자연히 '손도맞는다'는 말도 사어가 되고 말았다.

지금이라도 그 사어를 살려냈으면 싶다.

그러나 그 사어는 우리의 마비된 자존심이 먼저 살아나지 않는 한 살아나지 않으리라. 자존심 없는 사람은 결코 소신 있는 행동을 못한다.

기사와 의사

번화가의 땅이 깊숙이 파헤쳐지고 있었다. 굴착기가 땅의 살을 헤치는 소리, 착암기가 땅의 뼈에 구멍을 뚫는 소리, 레미콘이 자갈과 모래와 시멘트를 섞는 소리, 땅의 깊숙한 상처를 반창고처럼 땜질한 철판 위로 차들이 지나가는 쇳소리, 밀린 차들의 신경질적인 클랙슨 소리, 이런 소리들이 합쳐져 번화가는 뭔가 지긋지긋하도록 시끄러웠다.

그렇게 파헤쳐진 땅속에 찻길이 생기고, 상가가 생겨서 이 거대한 도시가 더 살기 좋아지는 건 나중 일이고, 당장 불편하다는 걸로 사람들은 불평을 하고 신경질을 냈다. 어쩌다 파헤쳐진 땅속을 내려다보면, 절단된 땅의 단면은 생각보다 훨씬 까마득하고, 그 밑바닥은 어둡고 울퉁불퉁하고 여기저기

물이 고여 있기도 하고 이름 모를 기계들의 모습도 보였다.

나는 인간의 힘이 저질러놓은 일의 규모의 엄청남에 새삼스럽게 아연할 뿐 그곳에 찻길이 생기고 상가가 생긴다는 걸 상상조차 할 수가 없었다. 오로지 그 엄청난 일에 대해 무책임하고 싶을 뿐이었다. 별 볼일 없이 불편을 무릅쓰고 그곳을 지나도 행인은 누구나 다 그 일에 대해 무책임했다. 그래서 우리가 참아야 하는 불편에 대해 마음껏 불평을 늘어놓을 수 있었다.

문득 도시의 함정 저 밑바닥에 움직이는 사람의 모습이 보였다. 작업복에 헬멧을 쓴 젊은 기사였다. 그의 얼굴도 표정도 보이지 않았다. 그러나 나는 그가 다부진 몸과 생동감 넘치는 얼굴을 갖고 있는 것처럼 느꼈다. 전체적으로 그는 아름다웠다.

바로 파헤쳐진 거리로 변한 곳에 나의 단골 치과는 자리잡고 있었지만, 견고한 빌딩의 이중창 속이라 거리의 소음으로부터는 충분히 단절돼 있었다. 그러나 대기실에서 기다리면서 듣는 치료실의 금속성 음향은 거리의 소음보다 훨씬 두렵고 생생한 것이었다.

나는 워낙 병원을 싫어하지만 치과는 병원의 몇 배나 더 싫어한다. 그래서 알맞은 치료의 시기를 놓치고, 아까운 이를 뽑아야 하는 불행을 여러 번 감수했다.

남은 이가 때늦게 소중해져서 대대적인 보수를 결심하고 치과를 찾은 지 며칠째, 의사는 지나치게 엄살을 떠는 나를 위해 치료 시간을 매일 조금씩 연장하도록 하고 있었다.

"오늘은 좀 오래하셔도 될 것 같아요."

나는 의사한테 큰 선심이나 베풀 듯 말하고 눈을 감았다.

곧 도시의 땅속에서 벌어지고 있는 엄청난 공사의 굉음이 내 입속으로 옮겨왔다. 도시의 굉음은 귀청을 울렸지만, 입속의 굉음은 뇌수를 진동시켰다. 나에겐 내 입속의 공사가 어떤 국가적인, 어떤 세계적인 공사보다 대공사였다. 이윽고 내 이의 살을 무너뜨리고, 신경을 끊기 위한 굉음이 멎었다. 눈을 뜨고 양치물을 한 모금 입에 물고 의사를 쳐다보았다. 의사는 완강함과 유연함, 망설임과 단호함을 함께 지닌 아름다운 손으로 순백의 마스크를 벗고 있었다. 이마엔 송알송알 땀이 배어 있었다. 의사는 마스크를 벗은 입가에 보일 듯 말 듯한 미소를 짓고 말했다.

"잘 참으셨어요."

그는 아름다웠다.

추석 유감

'더도 말고 덜도 말고 팔월 한가위만 하여라'라는 옛말이 있다.

덥지도 않고 춥지도 않고 배부르고 일손 한가한 게 농경사회에서 얼마나 큰 행복감이 되었던가를 알 만하다.

문헌이나 농가월령가 같은 걸 보면 다달이 이름 붙은 특별한 날이 없는 달이 없었다. 그런 문헌까지 들먹일 것도 없이 내가 어렸을 적만 해도 지금은 별로 안 지키는 명절인 오월 단오, 유월 유두, 칠월 칠석, 백중 등을 꽤 떠들썩하게 지키던 생각이 난다.

하고많은 민속 명절 중에서 음력 설날과 추석만이 아직도 우리에게 큰 명절로 남아 있다. 대개의 민속 명절이 음력이듯이 이 두 명절도 음력인데 그중에서 설날은 음력이라고 해서 공휴일도 못 되는 푸대접을 받는데 추석은 공휴일인 것이 좀 이상하다. 일제시대에도 음력설은 호된 탄압을 받았다. 말기에는 떡방앗간을 문 닫게 하고 떡 찧는 소리가 나는 집을 수색하는 식의 고약한 만행까지 부렸건만 추석은 별로 심하게 굴었던 것 같지 않다.

이래저래 '더도 말고 덜도 말고 팔월 한가위만 하여라'라는 소박한 추석송秋夕頌은 시대의 변천을 초월해서 유구함인가?

그 비슷한 속담으로 '팔월 한가위엔 가난한 집 며느리 뱃덧이 난다'도 재미있다. 하필 왜 가난한 집 딸이 아니고 며느리였을까? 아무리 가난해도 딸은 그래도 며느리보다는 덜 굶주렸을 것이다. 우리의 민화에는 며느리 잔혹담이 실로 무궁무진하다. 부자나 웬만큼 사는 집 며느리도 혹사만 당하고 배는 늘 굶주려 밤에 몰래 부엌에서 누룽지를 훔쳐 먹다 들킨 우스갯소리로부터 며느리밥풀꽃으로 굶주린 유한을 남긴 비화까지 이루 헤아릴 수 없는 많은 이야기가 있거늘 하물며 가난한 집 며느리에 있어서랴.

이런 가난한 집 며느리가 뱃덧이 나도록 실컷 먹었다니 행복한 뱃덧이요, 한가위야말로 얼마나 좋은 시절이라는 걸 알 만하다.

가난하다는 직접적인 표현은 빠졌지만 '더도 말고 덜도 말고 팔월 한가위만 하여라'라는 추석 예찬도 실은 가난한 사람들의 목소리가 아니었을까? 추석의 미덕은 고루 배부르게 함에 있었음직한데 1년 내내 호의호식할 수 있는 부자가 그토록 추석을 최고의 찬사로 예찬할 까닭이 없다.

아직도 남아 있는 양대 민속 명절의 공동의 특질로는 '빔'이라는 게 있다. 설날은 '설빔'으로, 추석날은 '추석빔'으로 차려입고 배부른 다음의 외화 차례를 즐겼었다. 내 어린 날의 명절을 생각해도 뭘 맛있게 잘 먹었다는 음식의 추석은 거의 생각나지 않지만 '빔'의 추석은 생생하고도 애달프다.

설이나 추석에 미쳐 어머니는 먼저 어른들이 입으시던 헌옷의 성한 부분을 발려서 고운 물감을 들이셨다. 지금은 집에서 물감을 들이는 풍속이 완전히 사라졌지만 나 어렸을 적의 시골에선 장날 물감이 빼놓을 수 없는 인기 품목이었고, 명절만 가까워지면 손끝에 갖가지 물감이 혼합되어 거무스름하게 물들어 있지 않은 아낙네가 거의 없었다.

물들인 헌 옷감을 요리조리 발려서 아이들의 '빔'을 지으시느라 밤을 꼴딱 새우다시피 하는 어머니의 모습을 오줌 누러 일어났다가 얼핏 보면서 다시 곯아떨어질 때가 있다. 그럴 때 혼곤한 졸음과 함께 어린 마음에 스미는 훈훈하고 감미로운 느낌을 무엇에 비할까.

나 자랄 때만 해도 어른이나 다 자란 처녀, 총각을 위해서 '빔'을 새로 장만하는 일은 거의 없었고 주로 코흘리개 아이들을 위해서 어른들은 '빔' 걱정을 했었다.

그런데 요즈음에는 '추석빔' '설빔'을 자랑하는 건 대개 처녀나 새색시들인 것 같다. 아이들을 위해서도 새 옷을 마련하긴 하겠지만, 늘 입은 양복이고, 또 평상시에도 아이들을 하도 잘 입혀서 명절날 특별히 '빔'을 입혔다는 기분이 안 난다. '빔'만은 한복이어야 그 어감이 들어맞는 것 같다.

물감을 들이는 수고는커녕 단추 하나 다는 수고 없이도 아이들을 잘 입힐 수 있다는 건 좋은 일이다. 나 역시도 세상이 점점 좋아지는 추세를 따라 우리 어머니로부터 받은 은공을 내 자식에게 갚을 필요 없이, 옷가게에서 옷 사다 입히고 신발 가게에서 신발 사다 신기고, 과자 가게에서 과자 사다 군것질시키면서 내 아이들을 키웠고, 옛날 우리 어머니식의 고된 어머니 노릇을 예찬할 마음은 추호도 없다.

그런데도 요새 부족한 거라곤 모르고 자라는 어린이들을 보고 있노라면 우리의 아이들 기르는 식이 이래도 좋은가, 라는 의문과 근심에 사로잡힐 때가 있다. 풍족하다는 건 좋은 일이고, 한 개인이나 국가가 열심히 노력해서 얻고자 하는 바도 바로 그 풍족이 아닌가 싶을 때도 물론 있다. 그러나 풍족이 오히려 모자라게, 초라하게 만드는 게 있는데 그건 꿈이 아닐는지.

내 어린 날의 명절은 꿈의 금박댕기와 고무신이었다. 금박댕기의 꿈은 이루어지지 못한 채 나는 단발머리를 하게 되었지만, 고무신의 꿈은 딱 한 번 이루어졌었다. 나는 투박한 검정 고무신 말고 분홍 바탕에 흰 꽃무늬가 있고 코가 옥색인 신식 고무신을 얼마나 꿈꿨던가?

꿈속에서 그런 신을 신어본 꿈이 몇 번이나 허탕 친 끝에 나는 그것을 얻어 신을 수가 있었고, 마침내 그것을 얻게 된 날 나는 그걸 발에 꿰기보다는 품안에 품고 잠들었었다.

요새 아이들은 명절에 무슨 꿈을 꾸는 것일까? 가끔 그게 궁금해질 때가 있다. 아이들의 입에서 어떤 요구든지 떨어지기가 무섭게 해주는 부모들을 볼 때도 그 집 아이들은 꿈을 꿀 줄 모를까봐 근심이 된다.

참 걱정도 팔자라고 스스로를 딱해할 적도 있지만 꿈을 꿀 줄 모르는 어린이란 상상만으로도 굶주리고 헐벗은 어린이보다 훨씬 더 불쌍해 뵈는 걸 어쩔 수가 없다. 꿈이야말로 모든 창조적인 것의 원동력이란 내 소박한 믿음 때문일 게다.

친절부터 준비하자

시월 연휴를 이용해서 오랜만에 가족 여행을 다녀왔다. 아이들이 어렸을 때는 부모가 어디를 가려고 하면 하나도 안 빠지고 다 따라나서려고 아우성을 치더니 다 자라 어른이 된 지금은 제각기 빠질 수 있는 사정도 구구해서 좀처럼 함께 모여지지가 않았다. 이번에도 막내는 시험이 끼어서 빠졌는데도 모이고 보니 대가족이었다.

대가족이 이동을 하려면 첫째로 왕복 교통편이 편한 곳을 택해야 한다는 걸 알면서도 이왕이면 안 가본 데를 가보려는 욕심으로 1박 2일 예정으로선 좀 무리한 일정을 짜고 말았다.

진주에서 하동을 거쳐서 쌍계사까지는 참으로 아름다운 여정이었다. 떠나기는 어려워도 떠나서 후회한 적은 없는 게 여행인데 그중에도 이번 여행은 길이 추억에 남을 만한 것이었다. 사람 사는 사연만큼이나 굽이굽이 한도 없고 끝도 없는 아름다운 물길과 흰 백사장, 산너머 또 산, 첩첩한 산중마다 감나무 붉게 익어가는 정겨운 마을과 골짜기마다 황금의 층층다리를 이룬 풍년 든 계단식 논, 쌍계 별장에서 바라다본 무정한 임의 얼굴처럼 미처 붙들 새 없이 순식간에 가버리던 싸늘하고 어여쁜 초승달, 투명하고 청량한 아침 공기 속에서 보석처럼 반짝이던 금잔화꽃 등을 내가 여지껏 살아가면서 만난 아름다운 것들에 보태게 된 것이다. 이 아니 흐뭇하랴.

버스를 갈아타기 위해 이름 모를 정류소에서 서성이면서 만난 운전사도 잊히지 않는다. 그는 택시 합승 손님을 모으기 위해 악양, 악양, 악양…… 끝없이 악양을 외치며 나그네들 사이를 누비고 있었다. 나는 그의 기를 쓰는 것 같은 독특한 발음이 귀에 거슬리면서도 악양이라는 곳에 언제 한번 들른 적이 있는 것처럼 막연한 그리움을 느꼈다.

나는 그 그리움의 실마리를 풀기 위해 그에게 물었다. 악양이 어디죠? 나의 이런 애매한 물음에 대한 그의 대답은 뜻밖이었다. 악양도 몰라요? 『토지』에 나오는 악양도 몰라요? 우락부락 아무렇게나 생긴 운전사의 얼굴에 일순 뼈대 있는 집 후손의 그것 같은 떳떳한 기품이 서리면서 나를 무시하는 기색이 역력했다. 아, 그럼 그곳이 바로 악양면 평사리였던가? 나는 무시를 당하면서도 흐뭇해서 혼자 히죽히죽 넘치는 웃음을 주체할 수 없었다.

민족문화라는 게 그 겨레 개개인의 삶에 과연 무엇을 보탤 수 있을 것인가에 대한 백 가지 이론보다 명백한 한 가지의 실증을 보았다고나 할까?

귀로는 예부터 백제의 문물과 신라의 문물이 교역했다는 유명한 화개장터를 거쳐 구례 쪽으로 빠지기로 했다. 가는 길과 오는 길을 달리하는 것은 한 번 여행으로 두 번 여행한 것만큼 여러 고장을 거칠 수 있다는 좋은 점도 있었지만 돌아올 표를 미리 사놓을 수 없다는 불편한 점도 있었다.

특히 이번 연휴 같은 황금의 연휴엔 고속버스건 기차건 예매 없이는 아예 입석도 구할 수 없으리라는 각오쯤은 하고 있어야 하거늘, 나올 구멍이 있었는데 설마 들어갈 구멍 없으랴 싶은 배짱 하나로 직행 버스를 몇 번씩 갈아타면서 J시까지 나왔다.

J시는 초행이 아니라는 것으로 우선 심리적으로 서울과 가까웠을 뿐 아니라 실제로도 교통의 요지인 고로 그곳에 당도하자 서울엘 다 온 것 같은 안도감을 느꼈다. 이제 다 온 거나 마찬가지이니 표 사는 건 천천히 하고 우선 그 고장의 소문난

음식으로 점심 요기나 하자고 보채는 아이도 있었다.

그러나 기차표는 입석도 매진이었고 고속버스 매표구도 다음날 예매 창구 외엔 굳게 닫혀 있었다. J시만한 큰 도시라면 몰려드는 여행객의 편의를 위해 임시 버스라도 내주겠거니 믿던 마음은 허탕을 치고 우리와 같은 처지의 많은 나그네들과 함께 우왕좌왕할 수밖에 없었다. 우리 식구는 나를 빼놓고는 모두 다음날 출근이나 등교를 해야 했으니 방법은 딱 하나 야간열차를 타는 것밖에 없었다.

우린 그때 지칠 대로 지쳐 있었고 행색은 초라했고 짐은 산더미 같았다. 야간열차에서 내려서 곧바로 출근하는 일만은 면하고 싶었다.

이때 구세주처럼 서울 가는 차편을 알선하겠다고 나타난 사나이가 있었다. 그 사나이가 손가락질하는 터미널 건너 쪽엔 관광버스가 서 있었다.

선착순으로 정원이 차는 대로 곧 떠날 테니 빨리 타라는 사나이의 재촉에 우리 식구들은 일제히 그 관광버스를 향해 곤두박질을 했다. 타자마자 내야 하는 차비는 고속버스의 배가 넘는 액수였지만 야간열차에서 출근하는 일을 면했다는 것만으로 감지덕지였다. 순식간에 정원이 넘고 통로까지 빽빽이 사람이 들어찼다.

서로 비슷한 처지인데 내가 앉았다고 어찌 입석 태우는 걸 시비할 수 있으랴 싶은 아량으로 앉은 자리를 더욱 오므리면서 될 수 있는 대로 많이 태우기를 도왔다. 그러나 서 있는 사람이고 앉아 있는 사람이고 옴짝달싹도 할 수 없게 태운 후에도 버스는 움직이지 않았다.

기사와 업주 간에 보수 문제가 타협이 안 된 모양이다. 어서 떠나라는 재촉이 빗발치자 기사는 버스를 몰고 터미널 주위를 빙빙 돌면서 업주 측과 승강이를 벌이기 시작했다. 원만한 타협이 안 되자 기사는 입석은 다 내리라고 호통을 쳤고 그 부당성을 항의하는 승객에게 반말지거리로 폭언을 퍼부었다.

미리 차비를 받아간 거간꾼 같은 사나이는 보이지 않고 우리는 자신의 인신이 매매의 대상이 되고 있는 것 같은 비참감을 맛보았다. 때마침 차창 밖에선 비까지 뿌리기 시작해서 그 난폭한 기사의 운전 솜씨에 대한 불안감을 더했다. 나는 문득 하나밖에 없는 목숨을 얼마나 위험하고 무모한 모험에 처하게 하는 걸까 하고 섬뜩했다.

드디어 우리의 눈앞에서 한 다발의 지폐가 기사에게 건네지자 버스는 맴돌기를 멈추고 J시를 벗어났다. 기사는 여태껏의 무례가 그제야 미안한지 안내양 대신 마이크를 잡고 고운 말씨로 서울까지의 안전 여행을 약속했다.

사람들이 한꺼번에 많이 모여서 불편을 겪는 장소엔 으레 그 불편을 덜어줄 친절 대신 남의 불편을 이용해서 한탕하려는 이런 불쾌한 상혼이 있기 마련이다.

6년 후면 우리나라에서 올림픽 경기가 열리게 되리라는 꿈같은 소식과 함께 벌써부터 올림픽 경기라는 말이 사람들의 마음을 설레게 하고 있다. 이 올림픽 경기에의 기대도 좁은 땅에 많은 사람이 한꺼번에 모여드는 기회에 한탕하려는 상혼과도 무관하지 않으리라. 그러나 친절이 빠진 상혼이 얼마나 정떨어지는 거라는 걸 새겨둬야 하겠다. 손님을 맞을 가시적인 준비는 6년 동안이면 부족하지 않을지 몰라도 친절을 그동안에 준비하기엔 우리에게 친절의 전통이 너무 없지 않았나 싶다.

그야 '우리나라 사람 외국 사람에게 친절한 거 하나는 끝내준다'고 스스로 비꼬고 위로하는 사람도 있긴 하다. 그러나 가까운 이웃에게 마음에서 우러나는 따뜻한 마음으로부터 비롯되어 저절로 체질화된 친절이 아닌 속셈을 가지고 급조된 친절이 과연 손님을 편하게 할 수 있을까? 그건 친절이 아니라 비굴이 될 테고 비굴한 민족이란 소리는 불친절한 민족이란 소리보다 차라리 모욕적이다.

J시가 아름답게 정돈되고 음식맛 또한 깔끔한 인상 좋은

도시였음에도 불구하고 단지 한 기사의 횡포 때문에 당분간 가고 싶지 않은 고장이 되고 말았다.

6년 후 잔치에 아무리 많은 사람이 모여들어도 그 사람이 우리나라를 다시 오고 싶지 않은 고장으로 기억한다면 그 잔치는 얼마나 허망한 게 될 것인가.

4부

슬픈 웃음거리

우리에게 국회가 있는가

며칠 전 광을 정리하다보니까 쌓아놓은 신문 덩이가 거의 내 키에 육박하고 있었다. 네 개의 일간지를 반년 동안 대강 모아놓은 게 그 정도였다. 나는 그걸 고물장수에게 내주기 위해 힘겹게 끄집어내면서 울컥 짜증이 치미는 걸 걷잡을 수 없었다.

그중 두 개만 돈 내고 보는 신문이고 나머지는 공짜인데 실은 그 공짜도 나의 임의는 아니다. 한정도 없이 공짜 신문을 보는 일이 부담스럽기도 하고 신문 자체가 싫증나기도 해 배달원을 지키고 섰다가 승강이를 벌인 일도 한두 번이 아니다. 때로는 "야, 우린 신문 안 볼 자유도 없냐"고 제법 씩씩하게 언성을 높인 적도 있다. 그러다가도 내가 벼르고 별러 쟁취코자 한 자유가 기껏 신문 안 볼 자유라는 것과, 그것을 위해 싸워야 할 대상마저 너무 어리고 가난한 소년이라는 데 생각이 미치면 그냥 쓸쓸하게 실소할밖에 없다. 무슨 발작처럼 이렇게 문득 시비를 걸게 되는 건 어린 배달원 소년에게 유감이 있어서라기보다는 신문에 유감이 있고, 더 정직하게 말하면 네 개의 신문의 단일성에 대한 내 나름의 항의였음직하다.

신문은 왜 서로 똑같음을 피할 수 없는 걸까. 그건 우리 사이에 사건은 무성해도 정치는 없기 때문이 아닐는지. 크게 양보해서 정치가 있다고 해도 표본처럼 굳어진 정치이지, 서로 상반된 의견, 엇갈리는 주장이 한자리에 모여서 시끌시끌 옳고 그름을 따지고, 보다 나은 방법을 찾아내고, 거기 승복하는 살아 있는 정치에 대해선 소문마저 끊긴 지 오래다.

신문을 네 개씩 보는 주제에 국회가 있다는 데 대해서조차 긴가민가할 적이 많다. 국회가 있다는 걸 믿기 위해선 동양 굴지라든지, 제일이라든지 하는 의사당 건물을 생각하며 설마 그 좋은 집 속에서 하는 일 없을라고 한다든지, 한 표의 권리를 늠름하게 행사하던 선거 때 생각을 하면서 그 애써 뽑힌 사람들이 어디 갔을라고 할밖에 없다.

내가 네 개의 신문에서 가장 애독하는 난은 좀 창피한 얘기가 될지는 모르지만 TV평란이다. 돼먹지 않은 프로에 대해

욕하는 소리, 공들인 기획물에 대해 격려하는 소리에 공감하기도 하고 때로는 고개를 갸우뚱대기도 한다. 거기엔 적어도 나와 남의 의견, 즉 여론이 있다. 한낱 오락물에 대해서도 여론과 만나는 건 반갑고 즐겁다.

당하는 쪽은 당하는 쪽대로 스스로의 존재를 확인하고 유익한 자극으로 삼을 수 있어 좋을 테고. 하물며 우리의 일상을 막강한 힘으로 간섭하는 권력, 밥먹듯이 당하는 비리, 날마다 쏟아지는 각종 법령, 그런 것들에 대해 옳고 그르다 정식으로 따지는 소리가 이다지도 숨죽이고 있어도 되는 걸까.

이번 하형사 사건은 충격적이었다. 웬만한 사건엔 외눈 하나 까딱 안 할 만큼 무디어질 대로 무디어진 사람도 이번 사건엔 크나큰 충격과 슬픔을 맛보았다. 단순히 한 경찰관의 돌이킬 수 없는 실수, 경찰 내부에 안고 있는 고질적인 문제점 등으로만 보아지지 않고 우리가 어떤 세상 어떤 시대에 살고 있는가로까지 확대해석하면서 새삼스럽게 소스라쳤던 것도 이번 사건의 특징이 아니었던가 싶다. 우리에게도 국회가 있다는 걸 깨우쳐준 것도 그 사건 때문이었다.

나는 묘한 감회로 심야에 불 밝힌 의사당 사진을 보면서 실로 오래간만에 그 속에서 주고받은 푸짐한 말을 관심 있게 읽었다. 다 읽고 나선 허전했고 엉뚱하게도 어떤 운전기사 생각이 났다. 내가 하형사 사건을 처음 알기는 합승한 택시 속에서 방송을 듣고였는데 너무 놀란 나머지 모르는 승객끼리 단박 말이 통해 경찰관이 과연 그럴 수 있느냐, 반신반의하는 말로 각자 한마디씩 했었다.

그때 운전기사가 혼잣말처럼 중얼거렸다. "아주머니들 되게 순진하십니다그려." 그 소리는 우리를 얕잡는 것 같기도 하고 비꼬는 것 같기도 했다. 한마디로 매우 기분 나빴다. 우리는 그 뜻이 무엇인지도 분명치 않은 채 찬물을 끼얹힌 것처럼 섬뜩한 느낌에 입을 다물었다. 나는 곧 그 차를 내렸지만 순진하다고 한 그의 말이 풀어야 할 수수께끼처럼 마음에서 지워지지 않았다. 그 씹어뱉는 듯한 말투나 삭막한 분위기로 미루어 뭘 모르거든 입다물고 있으라는 핀잔 같았다.

그렇다면 그는 우리보다 뭘 어느만큼 더 알까. 그가 운전기사라는 걸로 미루어 경찰관에게 수시로 당해온 불쾌한 건수를 상상할 수는 있었다. 그러나 막연한 상상에 그칠 뿐 그가 남모르게 어떤 일을 당하고 있으며 무엇을 간절히 바라고 있는지 모르긴 마찬가지였다. 우리는 피차 자기보다 못한 사람이 당하는 고통에 대해 얼마나 무지한가. 그 운전기사는 우리의 이런 아니꼬운 무지를 순진하단 말로 표현했는지도 모른다.

무슨 일만 났다 하면 관계 장관은 즉각 인책 사임하라고 호통치는 일이 유일한 해결방안이요 '정말로 고문한 사실이 없는가'라고 물어 고문한 사실이 없는 걸로 안다는 답변을 얻어내면 없는 걸로 알 정도로 단순하고, 국민이 당하는 일에 대해 뭘 모르는 우리의 국회의원님들에게도 이 순진하다는 핀잔을 드리고 싶은 걸 어쩔 수가 없었다.

그들이 자정을 넘기면서까지 수고를 아끼지 않는 건 선량으로서의 의무였을까. 선거 때 목청 터지게 외친, 국가와 민족에 대한 사랑이었을까. 혹시나 마침내 기회는 왔다고 재빠르게 발동한 자기현시욕은 아니었을까. 자기보다 못한 사람들이 겪는 고통에 대해 뭘 모르는 걸 보통 사람의 경우라면 세상물정 모르는 걸로 가볍게 보아 넘길 수도 있겠지만 적어도 선량이라면 그래서는 안 될 줄 안다.

그들은 국민이 겪는 고통 중 개인적인 운명이나 잘못, 가족관계에 연유한 것을 뺀 우리 사회의 구조적인 모순에 연유한 모든 고통에 대해 알아야 하고 덜어줘야 할 의무를 스스로 걸머졌기 때문이다. 이번 사건을 계기로 그들이 이해하고 근심하고 덜어주어야 할 고통도 일반 민중의 짓밟힌 인권과 함께 격무와 박봉으로 최소한의 긍지마저 위태롭게 된 우리들 지팡이의 인권도 포함되어야 할 것이다.

이런 종합적인 안목과 대책 없이 다만 현재 격앙중인 국민 감정을 일시적으로 속시원히 풀어주는 데만 급급한 건 이 기회에 자기 존재를 과시해 보이려는 인기 전술로밖에 보이지 않는다. 그들이 그들의 의당 할 일을 바로 찾을 때 정치는 살아나고 국민들도 비로소 우리에게도 국회가 있다는 걸 알게 될 것이다.

약속이 못 미더운 나라

하도 자주 갈려서 요새는 어떤지 모르지만 얼마 전까지만 해도 종로 신신백화점 건너 쪽이 화곡동과 시내를 왕래하는 버스의 종점이자 시발점이었다. 나는 친정이 화곡동이라 한 달에 한두 번쯤은 그 버스를 탈 일이 생겼는데 전철로 종로까지 나가서 그 버스를 타면 영락없이 앉아서 갈 수가 있어서 여간 편리하지 않았다. 시내에서 화곡동까지는 장장한 거리고, 그 노선은 어떻게 된 게 중간에서 내리는 사람은 없고 타는 사람만 있어서 첫발에 못 앉으면 거의 한 시간을 만원 버스 속에서 주리를 틀리다시피 해야 했다. 그래서 종로에 있는 종점이자 시발점에는 누가 시키지도 않았건만, 그쪽 승객들만 따로 질서 있게 한 줄로 줄을 서서 기다리다가 앉을 수 있을 만큼만 순서껏 타고 나면 급한 사람을 빼고는 다음 차를 기다리는 좀 색다른 승차 풍경을 볼 수가 있었다. 물론 출퇴근 시간이 아닌 한가한 낮 시간의 얘기다.

지난해였다고 기억된다. 나는 화곡동에 가기 위해 그 자리에 줄을 섰다. 그 자리는 딴 버스들이 타고 내리는 정거장보다 약간 앞쪽에 따로 있었다. 팻말도 따로 되어 있었다. 그날은 어쩐 일인지 그 줄이 다른 때보다는 짧았다. 아마 버스가 방금 출발해서 그러려니 했다. 그러나 곧 버스가 또 한 대 도착했다. 승객이 다 내리자 줄 선 사람들이 입구로 몰렸다. 그러나 차장은 아무 말도 없이 빈 차인 채로 문을 닫고 출발하려고 했다. 줄 가운데쯤 서 있던 젊은 남자가 날쌔게 뛰어들어 닫히려는 문을 잡고 왜 사람을 안 태우느냐고 따졌다. 그제야 차장은 마지못해 이제부터 이 자리에선 사람을 내려주기만 하고 태우는 곳은 길 건너 쪽이라 했다. 그럼 여지껏 줄 서서 기다린 사람은 어쩌느냐고 하니까 길 하나만 건너면 되는데 뭘 그러냐고, 그게 싫으면 안 타면 될 거 아니냐면서 문에 매달린 남자를 밀쳤다. 남자는 악착같이 버스에 한 발을 올려 딛고, 한 손으로 매달리면서 다른 한 손으로 팻말을 가리켰다.

"저건 뭐요? 승차하는 데가 바뀌었으면 우선 저거 먼저 옮겨 달고 안내문을 붙여놓든지 하지 않고 저건 뭐냐 말요? 난 길 건너가서 못 타겠소. 여기서 타겠소. 태워요, 어서……"

그 남자의 말은 백번 정당했는데도 부당한 요구를 하고 있는 것처럼 무모하고 아슬아슬해 보였다. 왜 그랬을까? 그런 정당한 주장이 우리 주위에서 점차로 희귀해지기 때문이기도 했고 그런 정당한 주장이 이기는 걸 그다지 보지 못했기 때문이기도 했으리라. 아무튼 그 남자를 제외한 우리 모두는 어깨를 축 늘어뜨리고 그러나 발길은 허둥지둥 길 건널 태세를 취하고 있다가 그 남자의 외로운 싸움을 구경하기 위해 주춤했다.

차장은 더는 그 남자에게 대꾸도 하지 않고 밖으로 밀어내면서 차를 출발시켰다. 운전사도 차장을 편들어 차를 키 까불 듯이 흔들면서 몰았다. 차장은 떠다밀고 차는 들까불고 마침내 남자는 길바닥으로 고꾸라졌다. 대낮에 그것도 종로 바닥에서 어떻게 그런 일이 있을 수가 있단 말인가. 그 남자는 곧 일어나고 그 남자를 떨군 버스도 속력을 냈지만 나가떨어질 때의 그 남자는 꼭 한 조각 걸레 같았다. 그러나 그 남자보다 더 추악한 건 우리 구경꾼들이 아니었을까. 그 남자가 길에 떨어지는 순간 구경꾼들은 모두 킬킬댔으니 말이다.

킬킬대고 나서 그 남자를 떨군 버스를 얻어타려고 허둥지둥 길을 건너는 우리들의 모습은 희극적이기도 비극적이기도 했으리라. 그러나 자신을 이런 꼴불견으로 만드는 일은 이름 없는 백성으로 태어나 삶을 이어가노라면 수도 없이 겪는 일이다.

실상 이런 일은 버스 회사의 부주의로 생긴 작은 일에 지나지 않는다. 교통 정보 시간 같은 데서 한마디 짚고 넘어가도 그만, 안 짚고 넘어가도 그만인 작은 일일 뿐이다. 이름 없는 백성으로 태어난 팔자타령까지 하면서 분개할 일이 못 된다. 분개해봤댔자 그 남자 꼴이 되고 만다.

그 남자를 구경하면서 킬킬대던 우리의 웃음이 뒷날 생각해도 꼴사나운 기억으로 남는 것은 그저 자기만은 그 남자 꼴이 안 된 것을 천만다행이라고 자위하기 위해 그 남자의 정당한 분개를 외면하고 비웃고 있었기 때문일 게다.

버스 정류장을 당초에 그 자리로 정한 건 버스 회사였지 승객이 아니었다. 그러니까 버스 회사의 약속을 믿고 승객은 거기 따랐다가 버스 회사가 일방적으로 약속을 어겼기 때문에 승객은 골탕을 먹었다. 그리고 골탕을 잠자코 얌전하게 먹지 않고 주제넘게 항의한 오직 한 사람 승객은 공개로 망신을 당했고 만인의 웃음거리가 되었다. 이건 뭔가 좀 이상하다. 암만해도 잘못된 일 같다. 그러나 아무리 이상하고 잘못된 일이라도 도처에서 다반사로 행해지면 그걸 이상해하는 쪽이 되레 이상해지고 만다. 마치 버스에 매달리다가 걸레처럼 길바닥으로 내팽개쳐지면서 만인의 웃음거리가 된 그 남자처럼.

우리는 실로 수많은 약속과 계약 속에서 살고 있다. 몇시에 어디서 만나자는 애인들끼리의 약속도 약속이지만 몇시라는 시간도 어디라는 곳도 알고 보면 약속이다. 우리가 일용하는 물건에 붙어 있는 상표도 약속이다. 상표를 건 약속의 소리를 우리는 날마다 달콤하게 또는 시끄럽게 듣고 보면서 산다. 너무 그럴듯하고 구미에 맞아서 어쩨 믿을 만한 것이 못된다 싶은 약속도 거듭해서 듣고 또 듣는 사이에 권위 있는 약속으로 받아들이게 된다. 그래서 가장 약속의 반복이 심한 상품은 써본 일이 없더라도 가장 믿을 만한 상품으로 인정하려고 들기도 한다.

이렇게 어떤 목적을 가진 특정인이 불특정 다수를 향한 약속 말고 특정인끼리의 약속에선 서로가 지켜야 할 의무를 계약서로 꾸며 양자가 서명 날인해서 서로 한 통씩 보관하기도 한다. 양쪽의 서명 날인은 물론 증인의 날인과 인지까지 더덕더덕 붙은 어마어마한 계약서도 있다. 그러나 우표딱지만한 상표이건 액자만한 버스 노선 표지이건 격식을 갖춘 계약서건 그것들은 공통점을 하나씩 가지고 있다. 물건이나 일의 소유권, 주도권을 가진 자가 계약서의 작성자가 되고 계약서에선 그들을 '갑'이라고 부른다. 정식 계약서가 없는 약속이라고 해서 갑이 없는 것은 아니다. 상표가 계약서 대신인 약속에선 생산자가 갑이고 소비자가 을이다. 처음 보기로 든 버스와 승객과의 관계에선 버스 회사가 갑이고 승객이 을이다.

크고 작은 이런 모든 계약의 공통점은 계약 조건이 전혀 갑의 편의와 이익의 편이라는 것이다. 적어도 그것 하나만은 모두 믿어도 되는 유일한 약속인지도 모른다. 모든 계약은 갑의 이익의 편이라는 것이야말로 마치 시간이나 지명의 약속처럼 우리가 모두 약속이라는 의식조차 없이 받아들일 수 있을 만큼 모든 자잘한 약속들을 통틀어 수용할 수 있는 대전제 곧 기본 정신이 되는 아주 큰 약속이다.

서민이 가장 많이 써본 월세나 전세의 계약서만 보아도 그렇다. 이 계약에서도 집주인은 갑이고 세를 들려는 사람은 을이다. 계약서엔 예닐곱 가지쯤 되는 계약 조건이 나열돼 있고 그 계약 조건을 갑이 어겼을 때는 갑은 을에게 계약금의 두 곱을 주기로 되어 있고 을이 어겼을 때는 계약금은 무효가 되고 돌려달라는 청구를 할 수 없는 것으로 되어 있다. 얼핏 보기엔 갑과 을은 평등한 조건으로 계약을 맺는 것처럼 보이고 또 이런 계약서는 부동산 소개소에 흔히 비치돼 있는 것이지 특별히 갑의 편의를 위해 갑이 작성한 것도 아니다. 그러나

무슨 일이 생겼을 때에 이상적인 평범한 계약서조차도 영락
없이 집주인인 갑의 편을 들게 되어 있다.

계약서에 나열된 조건들은 거의 중도금은 언제 내고 잔금
은 언제 내고 하는 식으로 을이 지켜야 할 약속의 대부분을
차지하고 있다. 지켜야 할 약속의 가짓수가 많을수록 어길 수
있는 확률도 높아지기 마련이다. 또 이 약속을 어겼을 때에
갑은 약속대로 계약금을 떼어먹기가 매우 쉽게 되어 있다. 왜
냐하면 그 계약금은 이미 갑의 손안에 있는 거니까. 그러나
갑이 약속을 어겨 을이 해약을 청구했을 때에 갑은 대개 계약
금만 돌려주고 끝내려들지 두 곱으로 배상하지 않는 것이 통
례로 되어 있다. 아무리 계약서에 명시되어 있어도 남의 손에
서 돈을 타 내기란 쉽지 않다. 마침내 소송을 해서 받아내야
되는데 이런 경우에 을은 대개 갑보다 사회적으로나 경제적
으로 약자이기 마련이고 약자는 소송을 본능적으로 두려워하
는 생리를 지니고 있다. 소송은 우선 켯속이 까다로울뿐더러
많은 비용을 들일 각오를 해야 된다는 것만으로도 능히 가난
하고 어리석은 사람을 겁주기에 알맞다.

세 들려는 사람이 알고 보니 아이들이 여럿이라는, 계약서
의 계약 조건에 명시되어 있지도 않은 트집을 잡아 집주인이
해약을 요구하는 일을 적지 않게 보아왔지만 계약금이나 돌

려주면 간단히 끝나지 배상을 해주는 것도 배상을 해달라고 요구하는 것도 보지 못했다. 계약에서는 을이 아무리 똑똑한 체해봤댔자 을이 골탕 먹게 돼 있다는 계약의 기본 정신을 어째볼 수 있는 건 아니다.

그러께에 나도 아파트 청약에 당첨이 된 일이 있다. 아파트 청약 제도가 주택은행에 청약 예금을 정해진 만큼 하는 사람에게만 추첨권을 주기로 제도가 바뀐 뒤였다. 다섯 번이나 연거푸 낙첨을 했지만 일곱 번만 낙첨을 하면 우선권을 준다고 해서 어서어서 일곱 번을 채우고 싶은 마음에 여섯번째는 아파트의 위치나 모델하우스란 것도 확인하지 않고 청약 신청을 했다. 그러나 웬걸, 여섯번째 가서 당첨이 된 것이다. 일곱 번 떨어지면 우선권이 주어질 생각만 했지 그 어려운 경쟁에서의 당첨은 상상도 못했던 일이어서 우선 기뻤다. 그러나 알고 보니 청약자가 모자라는 아파트였다. 청약자가 모자라니 청약자 전원이 당첨될 수밖에. 기분이 묘했다.

뒤늦게 아파트의 소재지를 확인하고 모델하우스란 것도 구경했다. 청약 신청 전에 해야 할 것을 순서가 뒤바뀐 것이다. 순서를 뒤바꾼 잘못은 그뒤에도 계속해서 나에게 화를 미쳤다.

청약자가 모자란 아파트답게 시내에서 너무 멀다는 걸로

식구들이 그리로 이사 가기를 꺼렸다. 나는 별수 없이 계약을 포기하기로 작정했다. 그랬더니 계약을 포기하는 건 자유지만 한번 당첨되었던 사실만은 지울 수 있는 게 아니어서 앞으로 두 해 동안 아파트의 추첨권이 상실된다는 거였다. 그건 나에게 전혀 새로운 올가미 같은 사실이었지만 순전히 나의 경솔함과 부주의로 걸려든 올가미이니 누구를 탓할 일이 못 되었다. 무추첨 당첨도 당첨은 당첨이란 사실에서 헤어날 재간은 없었다. 그 사실은 올가미라기보다는 전과였다. 그때의 우리 식구는 한옥에서 나는 겨우살이에 거의 전전긍긍하다시피 하고 있었기 때문에 교통이 좀 멀더라도 어차피 당첨된 아파트로 이사를 가기로 다시 합의를 보았다.

나는 청약 예금을 찾은 액수에다 얼마쯤을 더 보태서 계약금을 마련해가지고 분양 사무실로 계약을 하러 갔다. 그랬더니 은행으로 가서 우선 계약금을 입금시키라고 했다. 은행에 가서 계약금을 입금시키기 전에 계약서를 좀 보자고 했더니 계약서는 분양 사무실에 있고 입금전표를 가지고 가면 저절로 보게 된다고 했다. 계약서도 보지 않고 계약금부터 먼저 내게 되어 있는 그쪽의 순서가 매우 비위에 거슬렸으나 나 혼자 그 순서를 바로잡아보겠다고 나설 엄두 같은 건 나지 않았다. 나도 또한 남들이 다 하는 거면 그대로 고분고분 따르면서 살아온 생활 습관이 몸에 배어 있는 평범하디 평범한 백성에 지나지 않았다. 가끔 속으로 남보다 똑똑한 체할 적도 있지만 이불 속에서 활개치는 꼴을 벗어나본 적은 없다.

마침내 계약서도 못 본 채로, 남들이 다 하는 대로 나도 하고 있을 뿐이란 믿음 하나로 계약금만 내고 입금전표를 받아 들고 다시 그 머나먼 분양 사무실로 왔다. 그러나 분양 사무실에서도 또한 계약서를 미리 보여주거나 누구나 볼 수 있도록 계약서가 게시되어 있거나 하지 않았다. 실상 계약금을 내고 나서 그걸 봤댔자 이미 쓸데도 없는 일이었지만. 계약금을 냈으면 이미 칼자루는 그쪽에서 쥐고 있는 거나 마찬가지였다. 입금전표와 도장을 내니까 한참 만에야 비로소 계약서가 돌아나왔다.

나는 집으로 돌아와 그 계약서를 찬찬히 읽었다. 계약서엔 청약자 곧 을이 지켜야 할 의무가 조목조목 나열되어 있었다. "을은 중도금 납부 기일에 중도금을 납부치 못했을 때에는 은행의 정기예금 이자율 범위 안에서 연체율을 납부한다"를 포함해서 중도금을 내야 할 날짜와 그 액수로부터, 을에게 의무 이행을 재촉하는 절차 없이 갑이 일방적으로 해약할 수 있는 조건이 두 가지, 그 밖의 해약 원인도 세 가지나 밝혀져 있었다. 특히 갑이 일방적으로 해약할 수 있는 조건은 을에게 매우 큰 두려움과 압박감을 주었다. 이런 경우의 해약이란 곧 계약금의 상실을 뜻하니까.

그러나 업자인 갑이 지켜야 할 의무, 그 의무를 만일에 갑이 소홀히 했을 때에 을이 해약과 배상을 청구할 수 있는 조건은 눈을 씻고 찾아보려야 찾아볼 수가 없었다. 아무리 업자 쪽에서 만든 계약서라곤 하지만, 제 힘으론 변두리에 겨우 땅이나 확보해놓고 청약금을 거둬들여 그 돈으로 공사를 맡아 하는 업자가 지켜야 할 의무는 청약자가 지켜야 할 의무보다 조목도 많아야 하고 엄격하기도 한술 더 떠야 마땅하련만 전혀 그렇지가 않았다.

"을은 중도금 납부 기일에 중도금을 납부치 못했을 때에는 은행의 정기예금 이자율 범위 안에서 연체율을 납부한다"라는 을의 의무에 견줄 만한 갑의 의무를 밝힌 조항이 한 군데 있긴 있었다. 즉 "갑은 중도금 납부 기일의 기준인 공정이 미달한 경우에는 납부 일자를 연장한다"가 바로 그것이다. 제법 그럴듯하다. 그러나 이 얼마나 유명무실한 조항이냐. 허허벌판에 철근과 시멘트의 기둥이 올라가는 걸 쳐다보고 누가 그것이 중도금 납부 기일의 공정에 미달했는지 도달했는지를 알아차린다는 말일까. 갑이 저 혼자 정한 날짜에서 하루만 늦어도 꼬박꼬박 연체 이자를 내는 건 을이지, 공정이 좀 늦어지고 있으니 중도금 납부 일자를 연장한다고 통고해온 업자가 있다는 소리는 아직 듣지 못했다.

건축에서 공정을 지키는 것은 날림 공사를 피하기 위해서도 매우 중요한 일이다. 그러나 청약자인 을이 알아볼 수 있는 것은 오로지 완공된 모습뿐이다. 연체 이자까지 꼬박꼬박 받아먹으면서 공정을 마냥 늦추다가 완공 일자가 임박해서 부랴부랴 서둔대도 알 도리가 없다. 그런 억지스러운 공정의 단축이 바로 부실 공사의 중요한 원인이 되고 있는지도 모른다. 도대체 중도금 납부 기일의 기준인 공정이 구체적으로 어디까지라고 을에게 밝혀줌이 없이 어떻게 을로부터 연체 이자만을 받아내려드는 것일까.

또 "갑은 준공 예정일(사업 승인상 준공일)에 입주를 시키지 못할 경우에는 기 납부한 중도금에 대하여 을이 지불한 이자율 한도 내에서 지체 상금을 지불하거나 주택의 대금에서 공제한다"라는 계약 조건도 문제다. 그 조건도 갑이 거의 지키는 일이 없어 입주자들이 떼를 지어 항의하는 소동은 신문에도 이미 여러 번 오르내렸지만 이렇게 널리 알려진 소동은 몇 달씩 입주가 늦추어진 경우고 몇 주일쯤은 으레 늦추어지고 있고 입주자들도 으레 그러려니 하고 조용히 받아들이고 있다. 말이 몇 주일이지 그때까지 청약자가 부담한 액수에다 연체 이자율을 곱해보아라. 어마어마한 액수가 될 것이다. 그러나 갑은 외눈 하나 깜짝 않고 미안하단 말 한마디 없이 그 거액을 떼어먹는다. 계약서라는 게 얼마나 갑의 편의와 이익만을 편들게 꾸며졌고 설사 갑의 횡포를 견제하는 조목이 한두 가지 있다손 치더라도 그게 사실은 유명무실한 거라고 말할 수 있는 것도 바로 이런 까닭이다. 이렇게 어렵게 장만한 아파트에 나는 아직 이사를 못 가고 있다. 그뒤로 부동산 경기가 떨어져 지금 내가 살고 있는 집이 팔리지 않기 때문이다.

이보다 액수가 작은 계약이나, 계약서가 없는 계약이라고 해서 갑의 횡포가 덜한 것은 아니다.

지난해에 나는 이름 있는 상표가 붙은 바바리코트를 한 벌 산 일이 있다. 내가 이름 있는 상표라고 생각한 것은 그 상표가 붙은 상품을 써본 경험 때문이 아니라 그 상표를 내건 그 회사의 화려한 약속을 귀가 따갑게 거듭해서 들었기 때문이지만, 아무튼 모양이 마음에 든데다가 상표를 믿었기 때문에 선뜻 그것을 살 수가 있었다.

그 옷을 입은 첫날에 공교롭게도 비가 왔다. 비를 맞은 바바리코트는 솔기마다 조글조글 오그라들면서 우스꽝스러운 모양으로 바뀌었다. 큰비도 아니었는데 딴 옷도 아닌 바바리코트가 그 모양이었다. 이름난 상표의 실수치곤 좀 심한 편이었지만 어차피 저지른 실수니 재고 판매를 곧 중단하고 이미 팔린 것도 회수해서 현금이나 딴 물건으로 교환해주어야 한다고 생각했다. 나는 옷을 가지고 명동 한복판에 번듯하게 서 있는 가게를 찾아가서 그 이야기를 했지만, 그쪽의 태도는 뜻밖에 냉담하고도 오만불손했다. 딴 일까지 상관할 것 없이 옷이나 놓고 가라고 했다. 고치는 데까지 고쳐보겠다고 했다. 고쳐놓겠다는 날에 찾으러 갔으나 그대로 있었다. 화를 좀 냈더니 집으로 배달을 해주겠다고 약도를 그려놓고 가라고 했다.

그러나 기다려도 기다려도 배달은 되지 않았다. 찾으러 갔더니 고쳐놓긴 고쳐놓았는데 오그라들었던 솔기만 펴졌을 뿐 안이 엉망이었다. 그런대로 찾아왔지만 이미 바바리를 입을 철은 지나서 장 속에 걸어놓았다가 올봄에 다시 꺼내 입었다. 몇 번 입다가 더러워져서 물빨래를 했더니 다시 솔기가 당겨서 못 입을 꼴이 됐다. 나는 뭔가 참을 수 없는 기분으로 옷을 들고 명동의 그 큰 가게를 다시 찾아갔다. 이번엔 더 냉담했다. 그동안에 경영자가 갈렸으니 전 경영자가 판 옷에 대해 책임을 질 수가 없다고 상대도 안 하고 거들떠도 안 봤다. 상표를 그대로 인수한다는 것은 그 상표가 내건 약속이 계속해서 유효하다는 뜻도 될 텐데 그게 아니었다. 그만 못한 구멍가게를 인수할 때도 전기 요금, 수도 요금을 포함해서 집세,

외상 거래, 세금 따위에 관련된 영수증을 인수하고 미납된 것은 공제하는 절차를 밟는다. 주인이 바뀌었다고 해서 그 가게가 질 의무가 없어지는 것이 아니기 때문이다. 그러나 그 이름난 상표의 새 주인은 그가 인수한 상표에 그만한 책임감도 없이 오로지 이미 얻어온 유리한 이름의 덕만 보려고 들고 있었다. 나는 그때에 그만 내 옷 한 벌로 입은 피해를 떠난 공분 같은 것에 사로잡히고 말았다.

그래서 그 일의 해결을 소비자보호센터라는 곳에 의뢰하기에 이르렀다. 비록 경찰이나 법원을 통한 고소장이 있는 고발은 아니더라도 고발이라 이름 붙은 것을 오십 평생에 처음 해본 내 마음은 몹시 언짢았다. 나의 조부님은 이웃이나 친척 사이에 불화나 분쟁이 있어 서로 말로 해결을 못 지었을 때에 고발을 하겠다고 위협하는 사람만 봐도 "에잇, 상것들이군!" 하면서 상대를 안 하는 별난 어른이셨다. 그래서 고발은 상것들끼리나 하는 거라는 좀 우스꽝스러운 양반 노릇을 가풍처럼 지키면서 살아온, 양반이라기보다는 어떤 억울한 일에도 조용히 삭이면서 사는 데에 잘 길든 평범한 집 출신답게 나는 고발이라는 말 자체에 각별한 역겨움을 갖고 있었다. 그러나 고발은 이미 저질러진 뒤였다. 하회를 기다리기로 했다.

고발센터라는 곳에서 일하는 분들은 친절하고 성실했지만

결과는 또 허탕이었다. 그사이에 그 업체가 아주 문을 닫아버렸기 때문이다. 그런 식으로 경영하는 업체는 마침내 망하게 되어 있는 것을 공연히 그 고발이라는 걸 해보았다는 고약한 뒷맛은 아직도 남아 있다.

이런 일도 있었다. 딸애가 만 원 남짓을 주고 이름난 상표가 붙은 전자계산기를 이름난 백화점에서 산 일이 있다. 얼마 안 쓰고 고장이 났다. 문자판에 불이 엉망으로 들어와 읽을 수가 없었다. 딸애가 그걸 산 백화점으로 가지고 갔더니 자신들은 못 고치고 서비스센터란 곳으로 보내서 고쳐와야 된다고 해서 놓고 왔다. 얼마 있다가 찾으러 갔더니 수리비 3천 원을 내라고 하면서 저희가 맡겼으니까 그만큼 싸게 했지 서비스센터라는 곳에 직접 맡겼으면 5천 원은 주어야 했을 거라고 하더란다. 만 원 남짓한 물건에 3천 원이나 수리비를 물고도 잔뜩 공치사만 들은 딸애는 뒤늦게 억울한 생각이 들었던지 그 물건을 살 때 받은 보증서를 꺼내보니 1년 안에 생긴 고장은 무료로 고쳐준다는 약속의 말이 명시되어 있었다. 딸애는 구입한 백화점보다는 오히려 서비스센터라는 곳의 횡포에 더 분개해서 직접 전화를 걸었더니 자기네는 절대로 그런 물건을 돈 받고 고쳐주는 일이 없고 더구나 그 무렵에 그 백화점으로부터 그 물건의 수리를 의뢰받은 일도 없다고 했다.

딸애는 이 말의 진부를 가리기 위해 다시 백화점 매장으로 전화를 걸어 따졌더니 그때는 그쪽에서 횡설수설하면서 그렇게 3천 원이 아깝거든 저들이 손해를 보더라도 무리꾸럭을 하면 될 거 아니냐는 둥 말도 안 되는 소리를 했다. 사실은 가려진 거나 마찬가지였다. 딸애는 고지식하게 그 돈을 돌려받으러 갔다. 갔다 와서 딸애는 엉엉 울음을 터뜨렸다. 내 딸애는 국민학생이나 고교생이 아닌 대학을 졸업하고 사회 경력이 2년이나 되는 어엿한 어른이다. 그런 어른이 소리 내어 우는 곡절은 이랬다. 3천 원을 돌려받긴 돌려받았는데 갖은 야유와 모욕적인 언사를 다 들은 모양이었다. '장사를 몇십 년 했어도 당신 같은 지독한 사람은 처음 봤다'며 딴 가게에 있는 사람까지 불러모아 딸애를 구경시키고 웃음거리로 삼은 모양이었다.

이렇게 계약이나 약속에서 늘 불리한 처지에만 놓이는 이름 없는 사람들일수록 자기가 지킬 계약이나 약속엔 그렇게 성실할 수가 없다. 그들이 폭넓게 사회 저변층을 차지하고 있음으로써 우리 사회가 혼란한 것 같으면서 기본 질서는 흔들림이 없이 지탱되고 있는지도 모른다. 그들이 약속에 성실한 것은 결코 무력하거나 고발을 하거나 당하는 게 두려워서만은 아니다. 양심의 가책에 예민하기 때문이다. 왜냐하면 아무

꼬투리 잡힐 일 없고 문서도 없는 약속이라도 지키지 못했을 때에 몇 날 며칠 단잠을 설치고 양심을 앓은 경험을 이름 없는 사람은 누구나 한두 번쯤 갖고 있기 때문이다.

이를테면 외딴 골목이나 혼잡한 버스 속에서 연약한 여학생이 악한이나 치한의 잔혹한 손길에 위험을 당하는 것을 보았을 때에 이름 없는 사람은 반사적으로 여학생의 위험을 막아주려다 말고 식구들의 단란한 저녁상과 내일의 평안을 위해 꾹 참는다. 그리고 못 본 체한다. 도망할 수 있으면 그 자리에서 멀리 도망친다. 그때 그에겐 무엇보다 식구와의 약속이 더 중요하다. 그러나 그날 밤 그는 식구와의 약속보다 더 큰 약속을 어긴 것 같은 양심의 가책으로 번민한다. 그러나 암만 해도 그 여학생과 언제 어떤 약속을 했는지도 생각나지 않는다. 생각나지 않는 채로 무슨 약속을 한 것 같은 느낌은 점차로 더 분명해진다. 새벽녘에야 그는 깨닫는다. 그것은 이승의 약속이 아닌 전생의 약속이었음을. 전생에서 사람으로 태어나기 위해 인두겁을 얻어 쓰면서 사람이 지켜야 할 도리를 준수하기를 약속했음을.

그 여학생이 부당하게 박대받는 것을 못 본 체했음은 전생의 약속인 인도에 어긋나는 일이었다는 각성과 가책이 이름 없는 사람의 잠을 좀 설치게 했기로서니 그게 그리 대단한 일이 못 될지도 모른다. 그러나 그런 살아 있는 양심이 우리 사회의 보이지 않는 구석구석에서 허구한 날 소금 노릇을 하고 있다면 그것은 확실히 대단한 일이다.

남자를 위해 만들어지는 여성

라디오 방송의 낮 시간대는 거의가 여성을 위한 시간이고, 그 시간의 청취율은 대단히 높은 것 같다. 집에서 의식적으로 듣지 않더라도, 외출해서 버스나 택시를 이용하려면 저절로 듣게 된다. 우선, 버스나 택시의 운전기사 대부분은 남자이건만 승객의 기호엔 아랑곳없이 그 시간을 일방적으로 서비스 해준다.

상당히 오래전부터, 낮 시간대는 각국마다 여성 청취자들의 편지를 읽어주는 시간이고, 답지하는 편지의 양도 막대한 걸로 알고 있다. 여성들이 집안에서 속상하는 일을 속으로만 다스려 가슴앓이를 만들거나, 기뻤던 일을 우물가에서 조심스럽게 자랑하지 않고, 매스컴이라는 나팔치고도 어마어마하게 큰 나팔—온 나라에 울려퍼지게 큰 나팔로 불러대기를 서슴지 않게 되었다는 건 실로 놀라운 발전이라고 생각한다.

자기 생각을 자유롭게 말하고 또 남의 생각을 듣는다는 건 자신의 정신 건강을 위해서나 자기 발전을 위해서 매우 유익한 방법이다. 남성 시간은 없는데 여성 시간은 있어서, 이런 대화의 광장을 마련해주고 또 그게 크게 환영받아 꾸준히 성업중이라는 건 여성에 대한 특혜라기보다는 그 밖의 다른 방면에서 주어지는 여성 발언의 기회가 너무 인색하기 때문이 아닌가 싶다. 그런 뜻으로 그런 시간은 매우 고무적인 어떤 시작이 될 수도 있겠다.

그러나 그 시간에 보내온 편지 내용을 조금만 귀기울여 들으면 낯간지러울 적이 많다. 거듭 말하거니와 매스컴이란 매우 큰 나팔이다. 전국 방방곡곡에 안 울려퍼지는 데가 없다. 조그만 일에 기쁨이나 슬픔을 느낀 얘기도 좋지만 우물가에서 해도 눈총을 맞을 소리는 곤란하다.

남편의 일거수일투족에 흐렸다 개었다, 속상했다 풀렸다 하는 얘기는 우물가에서, 요샌 우물가도 흔치 않으니까 전화통 정도 붙들고 자랑을 하든지 푸념을 하든지 하는 정도면 족하지 않을까?

'매스컴'이라는 큰 나팔을 통해 불려면 크고 거창한 소리를 해야 한다는 게 아니라 아무리 작은 기쁨, 작은 슬픔이라도 집의 울타리를 넘어야 할 타당성이 있어야 할 것이다. 나누고 싶은 생활의 지혜라든지 듣는 사람이 같이 기뻐하거나 속상해해줄 공동의 문제, 사회성 같은 것이 있어야 할 것이다.

물론 그런 게 없는 전혀 사사로운 얘기도 재미는 있을 수 있다. 그러나 한두 번이라면 몰라도 허구한 날 그런 얘기를 듣는다는 건 짜증스럽기도 하다. 행복에 겨운 얘기 중엔 흡사 애완동물이 주인의 애무를 받고 교성을 지르는 걸 듣는 것처럼 민망한 것도 적지 않다.

여자들이란 온종일 밥 먹고 생각하는 것이 미혼이면 적당한 남자를 잡는 것, 기혼이면 남편의 사랑을 놓치지 않도록 기교와 전략을 짜고 '저녁엔 무슨 반찬을 해놓고 무슨 옷을 입고 남편을 기다릴까'가 전부인 것 같은 나팔을 허구한 날 불어댄다는 건 남성과 여성에게 동시에 미치는 세뇌작용이 막강할 줄 안다. 여성의 인간화는커녕 인간적인 고민이나 자기 나름의 주장, 사회적인 관심을 가진 여성도 스스로 주제넘는 것 같아 자제하게 될 수도, 남성들은 옳다구나 그런 여성을 무슨 괴물처럼 기피할 수도 있을 것이다.

오늘날 우리의 행동 규범이 의식적이든 무의식적이든 매스컴에 동의함이 적지 않음을 생각할 때, 이런 여성 시간이 여성 모두를 애완동물로 퇴행시킬 우려조차 생각 안 할 수가 없다. 모처럼의 발언 기회요, 또 처음 가져보는 큰 나팔을 슬기롭게 이용할 수 있는 여성 자신의 각성과 매스컴의 제작 태도 반성이 아쉽다.

라디오의 여성 시간만이 아니라 텔레비전 화면이나 신문에서도 여성들의 발언을 자주 대하게 되는데 그때마다 제일 민망한 건 남편에 대한 존댓말이다. 결혼한 지 채 1년도 안 돼 보이는 애티나는 새댁이 화면에 나와 아빠가 이러시고저러시고, 진지를 잡수시고, 말씀을 하시고 등등 최고급의 존댓말을 쓰는 걸 들으면 얼른 꺼버리고 싶어진다.

심지어는 극중에서도 새며느리가 시부모 앞에서 서방님께서 '말씀하시고' '진지 잡수시고' '안 계시고' 하는 투로 말하는 것도 봤다.

남존여비가 철저했을 적에도 아내가 남에게 남편을 말할 때는 남편을 자기와 동격으로 봐서 자기를 낮춰야 할 윗사람 앞에선 남편도 낮추고, 아랫사람 앞에선 남편도 높여 말하는 게 우리의 어법이다.

시부모에게 남편을 말할 때 애비가 어쩌고저쩌고가 마땅하지, 아빠가 이러시고저러시고는 옳지 않다. 그러나 남편의 제자가 찾아왔다거나 할 때는 물론 선생님이 이러시고저러셨

다고 해야 한다. 이런 어법에 비춰볼 때 새파랗게 젊은 새댁
이 청취자 앞에서 제 남편에게 최고의 존댓말을 쓰는 건 청취
자를 모두 자기의 아랫사람 취급하는 거와 다름없다. 그야 제
집 안방 속에선 남편의 용안을 우러러 수라상을 받든대도 남
이 아랑곳할 바 아니지만 매스컴이란 공적인 장소다. 영향력
이 막강하다.

이젠 이런 잘못된 어법이 거의 일반화되다시피 해서 딸의
친구로부터 아빠께서 식성이 까다로우셔서 어쩌고 하는 애교
섞인 하소연을 듣고도 그게 즈이 아버지 얘기가 아니라 남편
얘기임을 알아차리게 됐다.

하대보다도 존댓말이 나쁠 것은 없지만 동격의 관계에서
일방적인 존댓말이 보편화된다는 건 자칫 동격의 관계를 귀
천의 차이가 있는 관계로 자타에 인정시키는 일이 되지 않을
까 싶다.

여성지를 보건대 여성지니까 여성 문제를 집중적으로 다
루는 건 당연하나, 오늘의 여성 문제가 과연 유행, 화장, 요리,
육아, 그리고 사랑받는 것이 전부일까? 적이 반감을 느낄 때
가 있다. 가장 여성 문제를 직시해야 할 여성지가 여성으로
하여금 여성 문제로부터 눈을 돌리게 하기 위해 있는 게 아닌
가 하는 생각까지 들 지경이다.

여성지에서조차 여성은 주체가 아니라 대상이다. 사랑받기 위해, 선택받기 위해, 또는 선택된 자리를 유지하기 위해 어떻게 해야 된다는 말초적인 기교, 아니면 인내의 미덕을 가르치기에만 급급하다. 시대적이며 필연적인 욕구인 여성의 인간화를 주도하기는커녕 그 초점을 흐려놓기에 안간힘을 쓰고 있는 것처럼 보인다.

그러나 거의 공기처럼 선택의 여지가 없이 돼버린 전파 매체와는 달리 여성지의 이런 오도의 책임은 여성지에게만 있다고 보지 않는다. 여성지는 우리가 돈 주고 사는 상품이고 상품은 고객의 기호를 눈치보며 만들어지게 마련이다. 그러나 지금의 실정은 우리 여성이 여성지의 고객인가조차 의심스럽다.

여성지를 사는 사람은 남편들이란 말이 있다. 실제로 월말 월초에는 여성지를 봉투째 든 선량한 남편들을 심심찮게 보게 된다. 여성지가 여성보다 남성의 눈치를 봐가며 남성이 길들이고 귀여워하기 편한 여성을 만들기에 주력하는 까닭을 알 만하다. 여성이 스스로의 읽을거리도 스스로 선택할 수 없는 한 여성의 지위 향상은 언제나 '시기상조론'으로만 거듭될 것이다.

참으로 어려운 일

　슈퍼마켓이란 데가 참 묘한 데다. 당장 계산대에서 걸릴 것도 물건을 주워 담을 동안만은 공짜 같기도 하고 외상 같기도 해서 분수없이 이것저것 사게 된다. 단 몇 분 동안의 외상이 시장이나 가게에서 손님을 붙들고 늘어져 갖은 애교를 다 떠는 것 이상의 상술이 되고 있다.

　언제부터인지 슈퍼마켓에 무공해 식품이란 게 등장해서 눈길을 끌기 시작했다. 두부, 콩나물, 계란, 참기름, 감자 따위 평범한 식품들이 무공해란 딱지를 붙이고 귀족 행세를 하고 있다. 달리 귀족이 아니라 생긴 건 보통 것만도 못생긴 주제에 엄청나게 비싸니 말이다. 사다 먹어봐도 입맛이 예민치 못해 그런지 보통 것보다 맛이 좋은 것도 같고 그저 그런 것도 같다.

맛이 문제가? 공해로부터 안전한 게 문제지. 이래서 발길
이 자연히 그 무공해 식품이란 것 앞에서 주춤거리게 된다.
슈퍼마켓뿐 아니라 거리를 지나다 봐도 자연식품을 판다는
가게가 요새 부쩍 많이 눈에 띈다. 그러나 아직은 취급하는
종류가 몇 가지 안 된다.

처음에 무공해 식품이란 걸 따로 파는 걸 봤을 때만 해도
공해의 심각성이 걱정되기보다는 얼핏 신기하고 반갑기조차
했다. 그러다가 차츰 역겨워지기 시작했다. 그것들은 아직 종
류도 빈약하고 볼품도 없는 주제에 제법 목청 높은 주장을 가
지고 있다. 자신이 무공해란 당당한 주장은 결국 그 밖의 것
은 다 공해 식품이란 소리와도 같게 들린다.

돈 몇 푼 아끼려고, 또는 무공해 콩나물은 팔아도 무공해
배추는 안 팔아서 공해 식품들을 주섬주섬 바구니에 주워 담
노라면 장보기가 슬그머니 서러워진다.

제까짓 게 무공해라고 아무리 주장해도 그걸 어떻게 믿는
담. 이렇게 그쪽에다 눈을 흘기기도 하고 아직 무공해 쌀이란
게 안 나온 걸 다행스러워하기도 한다. 그러나 시장에만 안
나왔다 뿐이지 어디선가 의심할 여지없는 진짜 무공해 쌀, 무
공해 채소, 심지어는 무공해 물까지 무공해로만 먹고 사는 귀

족들이 있다는 소문이 점점 더 믿을 만한 게 되면서 고약한 굴욕감을 맛보게도 된다.

내 감히 어떻게 사람과 사람 사이의 빈부 차이에 불평을 말하랴. 그러나 사람의 목숨에 귀천이 있다는 것은 차마 못 참겠다. 부자의 밥상이 성찬이고 빈자의 밥상이 소찬인 것을 불평하려는 게 아니라 누구의 밥상에도 독이 들어가선 안 된다는 정도의 목숨의 귀함만은 평등하게 보장받고 싶다. 다소의 독이 들은 식품이 현대를 사는 우리 대다수의 피할 수 없는 운명이라면 마땅히 그 운명은 함께 나누어야 될 것 같다.

차라리 다 함께 목숨이 천해지는 한이 있더라도 목숨의 귀천만은 없었으면 싶은 것은 육신을 해치는 공해보다 심성을 해치는 공해가 더 싫고 두렵기 때문인지도 모르겠다.

잘사는 사람들에 대한 상식이 부족해서 무공해 식품을 예로 들었을 뿐 실제로 그들에 대해 떠도는 소문은 황당할 정도로 기상천외해서 보통 사람에겐 거의 현실감이 없다. 우리네 살림살이와는 가당치도 않은 얘기인데도 올봄, 여름은 거의 그런 화제가 서민의 오락이 되다시피 되고 보니 알게 모르게 그 영향을 안 받을 수가 없다.

식구들이 제각기 맡은 바 일을 열심히 하며 사는 푼수로는 우리가 너무 못사는 것 같아 억울한 생각이 문득문득 드는 것도 그런 영향이 아닌가 싶다. 억울한 생각 같은 건 하는 것이 잘못이다. 사는 것 자체가 싫어지고 더구나 복작대는 도시에서 온갖 거짓 소리를 직통으로 받아들이며 사는 게 견딜 수가 없어져 언제부터인지 시골 가서 땅을 한 천 평만 갈고 살자는 말을 하게 됐다. 처음엔 그렇게 말하는 것만으로도 한숨이나 재채기처럼 숨통이 좀 트이더니 점점 더 위안이 되고 나중엔 꼭 그래야만 할 것 같아졌다.

아이들 공부도 거의 다 시켰겠다, 아직 기운은 좀 남아 있겠다, 이 도시를 떠나 새로 힘든 일을 시작하려면 지금이 적기였다.

농사일이 얼마나 고되다는 걸 모르는 게 아니었다. 지금 일하는 것보다 몇십 배 고되고도 소득은 몇 분의 일밖에 안 되리라는 건 각오하고 있겠지, 하고 몇 번이고 자신에게 물었다. 까딱하다간 농사의 구경꾼 노릇이나 하게 되리라는, 그래서 1년도 못 돼서 시골에 꼴사나운 별장이나 하나 남기고 돌아오게 되리라는 경고로 자신을 겁주기도 했다. 그래도 꼭 가야 할 것 같았다. 그럴수록 여지껏 도시에서 몸 편히 살았다는 게 죄지은 것 같고 죽기 전에 그 죄를 속죄하는 방법은 먹이를 위해 고되게 수고하는 길밖에 없을 것 같았다.

말하기 쉬워 한 천 평쯤이라 하던 것을, 내 말이 결코 한번 그래보는 빈말이 아니라 굳은 결심이라는 걸 식구들에게 경고하기 위해 한 5백 평쯤으로 줄였다.

그러곤 드디어 어느 날 그런 땅을 찾아나섰다. 서울에 넌더리가 났다는 생각과는 딴판으로 속으로는 열심히 서울로부터의 거리와 소요 시간을 계산해가며 서울권에서 너무 멀리 벗어날까봐 전전긍긍하고 있었다.

시골의 가뭄은 서울에서 듣고 짐작한 것보다 훨씬 더 심했다.

겨우 젖어 있는 논바닥과 도랑을 파는 일손에 장정이 얼마 없고 거의 노인과 부녀자 들이라는 게 불볕보다 더 보는 사람의 마음을 무참하게 했다.

그럴수록 나는 설사 농촌이 나를 거부하기 위해 아무리 그의 최악의 상태를 보여준다 한들 결코 결심을 꺾지는 않으리라 자신을 부추겼다. 그러나 어디서 내가 싸우고 길들일 수 있는 5백 평이나 3백 평쯤 되는 땅을 만날 수 있을 것인가? 뙤약볕 밑에 흙먼지 풀썩이는 시골길은 가도 가도 끝이 없고, 나는 서울로부터의 교통편이 어려운 데로 접어들수록 못내 난감해지고 있었다. 일행 중 한 사람이 야트막한 산자락에 붙어 있는 밭을 가리키며 저 땅이면 싸게 살 수 있을 것 같다고 말했다. 남향으로 비탈이 지고 그 이웃의 밭농사도 잘 돼 보이는 좋은 밭인데 버려진 채 잡초가 무성했다.

일행은 그 근처에서 걸음을 멈추고 지나가던 농부에게 넌지시 그 근처의 땅값을 물었다. 나는 왠지 농부가 땅값을 잘 모른다고 하길 바랐다. 거기 앉은 자리가 평당 얼마라는 걸 늘 의식하고 살아야 하는 도시민의 속성에 대한 일종의 반발이었을 것이다. 그러나 농부는 논은 얼마, 밭은 얼마라고 마치 장사꾼이 물건값 말하듯이 망설임 없이 말하는 것이 아닌가.

동행한 사람이 그 잡초 밭을 가리키면서 "저건 그보다 좀 싸게 살 수 있겠군요" 한다. 농부의 얼굴에 비꼬인 냉소가 번졌다.

"웬걸입쇼. 저 밭은 땅값이 한창 비쌀 때 서울 사람이 평당 만 5천 원씩에 사놓은 건뎁쇼. 돈 있는 서울 사람이 안 팔면 안 팔았지 뭣 땜에 밑지고야 팔겠습니까?"

우리는 그 양지바른 땅이 왜 그렇게 게으르고 추악해졌나를 알 수가 있었다. 더 곤란한 건 그 농부였다. 사놓으려면 논밭보다는 산이 유리할 거라며 생각 있으면 자기가 흥정을 붙여보마고 했다.

팔려고 내놓은 산이 있냐니까 이 동네 산은 모두 ××김씨의 종중산인데 내놓다니 말도 안 된다고 또 펄쩍 뛰었다. 그러나 그의 눈은 종중산도 팔아먹을 수 있을 만큼 눈치 빠르고 비굴해 보였다. 그는 이미 농부가 아니었다. 서울 사람에 의해 땅에서 눈길을 돌려, 떠다니는 돈을 쫓기 시작한 얼치기 장사꾼이었다.

누가 그를 그렇게 만들었나? 나도 그를 그렇게 만든 사람 중의 하나였다. 나도 여지껏 내가 공해의 피해자라고만 생각 해왔지, 나 자신이 공해 그 자체가 되고 있음을 모르고 있었다.

그 농부뿐 아니라 잠깐 쉬어간 구멍가게나 나무 그늘에서 만난 시골 사람들을 통해서도 시골의 서울 사람 공해가 얼마 나 심각한지 알 수가 있었다. 뙤약볕 밑에서 밭 갈기보다도 더 어렵고 귀한 건 보통 사람도 이 시대를 의젓하고 늠름하게 사는 일이 아닌가 싶다.

여자답기 전에 사람답게

대학을 졸업한다는 건 축하할 만한 일이다. 아직도 우리에 겐 대학 교육이 소수의 선택된 사람만이 누린 혜택이요, 사회 는 그들을 위해 보다 좋은 자리, 보다 좋은 대접을 마련해놓 고 기다리고 있다.

이렇게 축하할 만한 졸업이건만 여자가 대학을 졸업하는 것을 볼 때는 축하하는 마음과 안쓰러운 마음을 반반씩 갖게 된다. 여자대학이라고 그동안에 본인들이 바친 학문을 위한 노력과 정열이나 학부모가 쏟은 정성이나 경제적인 뒷받침이 남자 대학보다 조금이라도 덜했을 리는 만무하다. 입학이 됐 을 때도 똑같이 축하를 받았을 테고 입학을 위한 극심한 경쟁 이나 피나는 노력도 여자라고 누가 조금이라도 감해줬을 리 없다. 편견 없이 볼 때 뛰어난 남자 대학생이 있는 것처럼 뛰어난 여대생이 있고, 열등한 여대생이 있는 것처럼 열등한 남자 대학생도 있다. 항간에서 막연히 생각하고 있는 것처럼 결코 남자는 일반적으로 뛰어나고 여자는 일반적으로 열등하지 않다. 남자에게 천차만별의 개인차가 있는 것처럼 여자에게도 천차만별의 개인차가 있을 뿐이다.

그런데도 남자가 대학을 졸업할 때는 진심으로 축하하는 마음뿐인데 여자가 대학을 졸업할 때는 겉으로는 같은 축하를 하지만 속으론 근심하는 마음이 지나쳐 때로는 여자의 대학교육이라는 데 대한 근본적인 회의마저 일 때가 있다.

아직도 대학을 졸업한 대부분의 여자가 배운 걸 고스란히 사장死藏하고 지내거나, 배운 것이 도리어 사는 데 방해가 되는 억울한 처지에 있기 때문이다.

간혹 배운 걸 활용할 수 있는 일자리를 얻더라도 여자라는 이유만으로 사회는 미리 한계를 그어놓고 있다는 것을 알면 곧 좌절하게 된다. 졸업생 중 10분의 1, 아니 100분의 1쯤이 남자와 동등한 대우를 받으며, 남자와 동등한 실력을 발휘해서 일할 수 있다손 치더라도 곳곳에서 소위 '여자다움'이라는 게 얼마나 완강한 억압이 되어 작용할 것인가를 생각만 해도 안쓰럽다. 일을 잘해도 눈치 보이고 못해도 눈치 보이는 게 여자다. 잘하면 '여자가 건방지게' 못하면 '여자가 별수 있냐' 하는 식이다. 남자는 일을 잘하건 못하건 당사자 개인의 책임이지 성별로 책임질 필요까지는 없다.

여자만이 끊임없이 '여자다움'을 의식하느라 남자보다 몇 배 신경을 소모해야 하고 그렇지 않으면 여자답지 못하다는 비난을 받아야 한다. 남자와 미팅이라도 몇 번 해본 여대생이면 알 것이다. 장난스럽게 담배나 술을 권하는 남자가 있다. 안 받으면 사양할 거 없다고, 남자가 하는 거 여자라고 못할 거 뭐 있냐고 유혹한다. 받으면 마치 큰 재롱이라도 보는 것처럼 즐거워하며 구경한다. 그러나 돌아서면 곧 욕이다. 아무개 못 쓰겠더라. 계집애가 담배를 뻐끔뻐끔 피우지 뭐야 하고.

여기서 술 담배가 좋고 나쁘고를 논하려는 것은 아니다. 남자는 순전히 개인적인 기호에 따라 좋아하고 싫어할 수 있는 걸 여자는 성별로 제한받아야 하는 데 문제가 있다. 소위 여자답다는 건 어디까지나 남자에게 종속되기 편하게 만들어진 일종의 허구일 뿐 여자가 타고난 본질적인 여자다움과 아무런 상관도 없는 게 대부분이다. 그중에는 학문의 세계에서 배우고 믿어온 사람다움까지를 철저히 배반한 것도 있다.

어릴 때 남자와 여자가 싸운다. 남자가 먼저 여자를 때렸다고 치자. 부당하게 맞았을 때 대항해서 맞때려주고 싶은 게 사람의 자연스러운 자기보호 본능이다. 그러나 여아는 그것조차 억압받는다. "안 돼. 계집애가." 여아가 맞고 울면 비로소 여자답다고 위로받고 사랑받는다.

만약 여아가 먼저 남아를 때렸을 때 남아는 즉각 두 대를 때려 보복할 것을 사주받는다. 두 대를 때려 여아를 울리면 비로소 박수와 갈채를 받는다. 우리가 믿는 소위 '여자다움'이란 이렇게 해서 길들여진 것이다.

남자는 가해자로서 여자는 피해자로서, 남자는 울리는 자로서 여자는 우는 자로서 길들이는 것이 과연 옳을까.

그러나 이렇게 어려서부터 길들여진 여자도 사회에 나가면 다시 조직적이고 지능적인 여자 길들이기에 당면하여 당황하게 된다.

요즈음 인재난이라고들 떠든다. 우수한 사원을 스카우트하기에 혈안이 되어 있다고들 한다. 그러나 여자 졸업생에겐 먼 딴 나라 이야기다. 아직도 입사시험 자격란에는 병역을 필하거나 면제된 남자라는 딱지가 찰떡같이 붙어 있다.

어찌어찌해서 그런 단서가 들어 있지 않은 구멍을 찾아내어 극심한 경쟁을 물리치고 일자리를 얻는 데 성공한 여자가 있다고 치자.

일자리 속에도 이 여자 길들이기의 음모는 겹겹이 도사리고 있다.

남자는 다 대학에서 배운 걸 마음껏 발휘해서 직업을 통해 야망을 성취할 수 있는 일거리를 주는데 여자에겐 오로지 여자다움을 발휘할 수 있는 일거리를 준다.

손님을 접대하고 고운 목소리로 전화를 받고 꽃을 꽂고 하는 일을 여대 졸업생에게 시킨다. 일자리가 여자에게서 필요로 하는 건 그의 능력이 아니라 여자다움이기 때문에 일을 시키는 연한도 여자가 가장 여자다운 꽃다운 나이에 한한다.

도대체 여자가 직장이라고 다니면서 화장품값이나 벌면 됐지, 직업을 통해 뭔가를 성취해보려는 야심이 있다면 그야말로 팔자 사나운 입맛 떨어지는 여자라는 완강한 편견 속에서 능력 있는 여자가 설 자리는 없다.

그러다가 결혼이라도 하게 되면 이 사회의 여자 길들이기의 음모는 완성된 거나 마찬가지다. 마침내 사회에서 내쫓겨 현모양처가 되게 돼 있으니까.

현모양처가 되기 위해서라도 대학 교육은 꼭 받아야 하는 걸까, 그것도 다분히 의심스럽다.

언젠가 여성 교육에 일생을 바치셨다는 여성 교육자 한 분이 시집을 가게 되어 인사 온 제자에게 이르는 말들을 옆에서 들은 일이 있다.

"애야, 시집을 가면 그저 시집 풍속에 순종해야 하느니라. 소금 섬을 물로 끌라면 끄는 시늉이라도 하고, 오이를 거꾸로 먹으면 너도 따라서 거꾸로 먹거라. 아무리 틀리는 일을 봐도 여자란 이치를 내세워 따지는 게 아냐. 아는 것도 물어서 하나하나 새로 하거라. 행여 아는 척하지 마. 시집가기 전에 배운 건 모르는 것보다 해가 되는 수가 많아."

이건 결국 여성 교육 자체를 부정하는 소리가 아니고 무언가. 자칭 여성 교육에 일생을 바치셨단 분이 여성 교육을 무화시키는 말씀을 서슴지 않고 하는 걸 들으면서 일말의 비애를 안 느낄 수가 없었다.

결혼이란 남자와 여자가 동등한 자격으로 만나는 거라면 마땅히 서로의 인격이 조화되어야지 하나의 인격이 다른 인격에 종속되기 위해 숫제 무화될 필요가 어디 있겠는가.

앞으로 여자대학 졸업생은 여자다움이라는 그럴듯한 유혹으로 여자의 인격을 완전히 무화시키려는 우리 사회의 조직적인 음모와 싸우든지 그렇지 않으면 가정에 들어앉아 배운 걸 무화시키든지 둘 중의 하나를 택하지 않으면 안 될 것 같다.

우리의 부모나 사회의 눈은 아마 전자를 팔자 사나운 여자, 후자를 팔자 좋은 여자로 보아줄 것이다. 나는 적어도 대학을 졸업한 여자는 팔자 사나운 길을 택하라고 권하고 싶다.

배운 지식이나 기능을 오랫동안 써먹지 않으면 자연히 무화된다. 그러나 올바른 대학 교육을 받았다면 무화되기는커녕 갈수록 또렷해지는 게 반드시 남아 있을 것이다.

그건 바로 아이 낳고 남편 뒷바라지 하는 여자의 일만으로는 충족되지 않는, 독립된 인간으로서의 자기실현의 욕구일 것이다. 그건 정당한 욕구다.

전통사회가 요구하는 여자다움과 스스로 뭔가 자기만의 일을 이룩해보려는 정당한 욕구 사이의 갈등은 대학을 졸업한 여자면 꼭 한번 거쳐야 될 줄 안다.

우리 사회에 떠도는 여자에 관한 헛소문으로 '여자가 더 좋아'란 것이 있다. 이런 헛소문도 여자가 사람대접 받고자 해야 할 수고를 교묘히 방해하고, 여자의 의식을 게으르게 하는 데 한몫을 한다.

여자가 남자보다 조금도 더 좋은 건 없다. 좋기는커녕 같아지려면 아직 아직 멀었다. 또 좋을 필요도 없다. 남자가 여자보다 더 좋을 필요가 없는 것처럼.

대학 졸업장을 시집갈 때 예물쯤으로 써먹으려면 모를까, 그렇지 않고 배운 것을 통해 자기가 진정으로 원하는 것을 성취하고자 할 때 수많은 난관이 있을 것이 예상되어 걱정스럽고 격려해주고 싶다.

겨울 문턱에 서서

바바리 깃을 세우고 몸을 웅송그렸다. 그래도 추위는 덜어
지지 않았다.

첫추위가 휘몰아치는 거리가 어두워가고 있었다. 깃에 털
이 달린 파카를 입은 청년이 부러웠다. 시월에 엄습한 추위치
곤 혹독했다. 전파사의 열 대도 넘는 텔레비전이 일제히 켜졌
다. 아래위 좌우에서 온통 눈이 내리고 있었다. 아침나절 서
울에서도 잠깐 눈발을 본 것 같았는데 지방에 따라선 상당한
눈이 온 모양이었다.

산과 들, 지붕에 쌓인 눈이 포근해 보이지 않고 서글펐다.
아직 시월이기 때문일까? 시월에 눈이라니? 시월의 홍수보
다야 낫지. 나는 혼자서 시월의 첫추위를 위로했다. 계속해서

화면은 내일의 날씨를 예고했다. 영하 4도까지 내려갈 거라고 했다. 일기예보는 언제나 비가 올 때는 홍수를, 바람이 불 때는 폭풍우를, 더위가 심할 때는 몇십 년 만의 혹서를 예보했다. 기상 변화가 있을 때나 일기예보에 관심을 가지기 때문에 그런 것 같을 뿐인지도 모르겠지만.

내 집 방향으로 가는 버스를 벌써 두 대째 그냥 흘려보냈다. 출퇴근 시간엔 거의 외출하는 일이 없기 때문에 어쩌다 그런 시간과 겹치면 만원 버스에 덤벼들 엄두가 좀처럼 나지 않는다. 집이 돌아갈 수 없이 먼 고장처럼 느껴진다. 킬로 수나 리里 수로 집까지의 거리를 헤아려보려 하지만 잘 되지 않는다. 집은 멀고 어둠이 짙어질수록 느낌으로서의 추위도 더해져 한파가 뼈에 사무친다.

문득 자신이 세모의 거리에서 몹시 헐벗은 채 갈 곳 없이 헤매고 있는 게 아닌가 하는 생각이 든다. 지금이 시월이라는 증거는 아무것도 없다. 자신의 몸이 예민한 수은주가 되어 내일 새벽의 영하 4도를 목표로 인하를 계속하고 있는 기온을 가늠하고 산너머엔 눈이 쌓여 있다 한다.

신호에 걸려 서 있는 차들 중에 연탄을 가득 실은 육중한 트럭이 보인다. 연탄만 보면 반사적으로 반갑고 그리고 몸서리가 쳐진다. 거의 인간관계로서의 애정과도 흡사하다.

연탄을 면한 지가 반년이 되건만 연탄이 어쩌고저쩌고하는 정보에 접하거나 연탄의 실물을 보거나를 막론하고 나를 엄습하는 이 감회인지 감동인지는 변함이 없다. 그도 그럴 것이 나의 결혼 생활은 연탄과 더불어 시작됐대도 과언이 아니다.

휴전이 되고 정부가 환도한 해였는데 서울엔 그해부터 구멍이 열아홉 개인 연탄이 본격적으로 보급됐었다.

세 개의 아궁이 중 우선 하나를 연탄아궁이로 고치고는 남보다 먼저 대단한 문화생활을 누리고 있는 것처럼 흐뭇하고 뽐내는 마음이었다. 조석으로 밥 짓는 일은 물론 더운물이 필요하거나 찌개를 데우기 위해서도 장작불 아니면 숯불을 따로 피워야 했던 불편한 연료밖에 모르다가 24시간 살아 있으면서 방도 데워주고 취사에도 얼마든지 이용할 수 있는 연탄불이 편리함을 지나 문화적으로 보인 건 당연했다.

나는 내가 결혼하고부터 그런 새로운 연료가 생겨난 걸 무슨 축복처럼 고맙게 받아들였다.

지금 같은 연탄집게나 화덕도 없어서 진흙으로 엉성하게 만든 아궁이에다 탄불을 갈 때는 위에서 밑으로 눌러서 재가 탄불을 부서뜨려서 밑으로 파내는 방법도 불편한 줄을 몰랐다. 겨울엔 하루 두 장이면 온 방이 끓고 온종일 더운물을 쓸

수 있고 밥해 먹고 반찬 하기에도 충분했으니 그렇게 고마울
수가 없었다. 광 속에 2백 장의 연탄만 들여놓으면 새댁의 겨
울은 푸근하고 걱정 없었다.

그후 4반세기가 넘는 동안 우리의 생활은 급격히 변했다.
전쟁의 상흔은 감쪽같이 아물고 마침내 고도성장의 시기로
접어들었다. 발달된 과학기술은 도처에 눈부신 변화를 가져
왔다. 돈만 있다고 문화생활을 할 수 있는 것도 아니었고 정
보에도 밝아 허겁지겁 따라가지 않으면 곧 뒤질 정도로 그동
안 우리 생활의 변화는 급격했다. 작년에 첨단을 가던 게 올
핸 구닥다리가 되어 광 속에 틀어박히는 게 문화적인 생활용
품의 운명이었다. 과학기술 발달에 따른 품질의 향상이 가져
온 필연적인 결과였다.

다만 서민 생활의 중요한 에너지원인 연탄만이 모든 발달
과 향상과는 정반대의 길을 걸었다. 해마다 조금씩 나빠지고
약해졌다. 나아진 거라곤 집게 등 몇 개의 보조기구 정도인데
그것도 나아졌다기보다는 최소한의 것이 생겨났을 뿐이었다.

2백 장의 연탄을 들이고 한없이 푸근했다던 새댁은 그동
안에 식구가 늘긴 했지만 2천 장, 3천 장의 연탄을 들이고도
밤마다 전전긍긍했다.

3천 장이 뿜어내는 살인 가스는 도대체 얼마만큼의 인명

을 살해할 수 있는 걸까? 해마다 독은 늘어나고 열량은 줄어드는 연탄 가는 시간 때문에 깊이 잠들어서는 안 되는 밤, 나는 이런 생각으로 잠을 쫓았다. 아무리 추위가 무섭기로서니 그 무시무시한 살인 가스의 통로를 한 겹 구들장 밑에 깔고 밤마다 잘 사람이 우리나라 사람 말고 또 있을까? 자정에 간 연탄을 꼭두새벽에 갈기 위해서도 잠을 설쳤지만 방방이 돌며 내 사랑하는 식구들의 숨결을 확인하기 위해서는 숙면도 금물이었다.

연탄가스 사고를 미연에 방지하려면 적어도 잠들기 두세 시간 전에 연탄을 갈라고 제법 그럴듯하게 가르쳐주는 양반에게 주먹질을 한 적도 있다. 자기집에서 연탄을 때지도 않는 주제에 연탄에 대해 아는 척하는 소리를 나는 믿지 않았다. 연탄의 역사와 함께 시작된 나의 결혼 생활에서 연탄과의 악전고투에 바쳐진 시간이 차지하는 몫에 나는 때때로 아연해지곤 했다. 딴것에 그만큼 공을 들였다면 돌멩이가 보석이 됐음직한 동안이었다.

그러나 그동안 연탄은 자꾸 나빠만 갔다. 과학기술이나 생활의 향상과는 상관없는 곳에 연탄은 있었다. 현재 내가 가지고 있는 주름살, 각종 노쇠현상, 신경질 등의 책임까지 몽땅 연탄에게 떠맡기고 싶을 만큼 나는 연탄에 대해 원한이 많다.

드디어 3천 장의 연탄으로는 모자라 5백 장을 더 들이고도 추운 겨울을 나야 했던 작년 겨울을 마지막으로 나는 연탄 집을 하직했다. 청춘을 바치다시피 한 것에 미련은 조금도 없었지만 아직도 우리나라 사람의 대부분이 그 연료에 의지하고 있다는 걸로 죄책감 같기도 하고 패배감 같기도 한 착잡한 감정마저 없을 순 없었다.

연탄을 그렇게 날로 저질로 만듦으로써 폭리를 취한 업자, 그런 업자한테 뇌물을 받은 관리 등이 이제야 세상에 알려져 연일 규탄의 대상이 되고 있다.

그들은 그 짓 해서 돈 많이 벌었을 테니 설마 연탄 집에서야 안 살았겠지. 그런 생각을 하면 뭔가 막막해진다. 여지껏 수없이 연탄값을 올릴 때마다 질을 높이겠다는 약속은 첨부되었었고 그 약속은 번번이 반대로 지켜져왔다는 걸 주부들은 진작부터 알고 있었다. 그까짓 주부들의 단잠쯤 접어두더라도 귀한 목숨의 위험을 배가시켜가면서까지 그 많은 돈을 버는 일이 그렇게 오랫동안 어떻게 아무런 문제도 되지 않았을까 도무지 믿어지지 않는다.

그게 믿어지지 않기 때문에 앞으로 연탄 질이 향상되리라는 약속에 대해서도 고개가 갸우뚱해진다. 그 많은 부당이익을 환수해서 독 없는 연탄 연구에 집중 투자할 의사는 없는지.

연탄을 둘러싼 고장이 유난히 후지고 어수룩한 게 어쩌면 그 고장 사람들조차 이미 연탄 집에 살지 않기 때문인지도 모른다고 생각하면 내가 겨우 연탄 집을 면한 사실조차 역겹다.

일요일 아침에

　지금부터 10여 년 전 나는 강남으로 집터를 사러 다녀본 적이 있다. 그때 그곳은 황량한 빈 들이었고 땅값도 지금과는 비교가 안 되게 쌌지만 나는 그때 집터를 장만하지 못하고 말았다.

　그때 그 싼 땅값도 내 주머니 사정으론 벅찼기 때문이기도 했지만, 소개업자들이 망망한 허허벌판을 가리키면서 '여기는 무슨무슨 기관이 들어설 자리' '저기는 몇십 미터 도로가 지나갈 자리' 하면서 자신 있게 설명을 하는 게 꼭 도깨비한테 홀린 것처럼 허황해서 어렵게 모은 돈을 투자할 마음이 내키지 않았다.

　그때 '복덕방 영감'이 아닌 '부동산 회사 젊은 사장'이 그려

보인 미래도는 이미 공식 발표된 것도 있었지만, 그만이 알고 있는 일급비밀도 있었다. 그는 공식 발표보다는 일급비밀 쪽의 투자가치를 더 권장하면서 이렇게 말했었다.

"저만 믿으시라니까요. 사모님, 그만한 정보통도 끼지 않고 이 사업 할 수 있는 게 아니라니까요."

그때 그의 일급비밀이 맞아떨어졌는지 지금 확인할 길은 없다. 강남 땅은 이미 그때의 빈 들도 아니고 나 같은 사람이 넘볼 싼 땅도 아니다. 그동안 여러 사람이 거기서 큰돈을 벌기도 하고 더러는 푼돈을 얻기도 했다. 큰돈과 푼돈의 차이는 있을지언정 강남 땅에 투자해서 밑지는 법 없다는 건 이제 우리 모두의 상식이 되었다. 그렇게 여러 사람을 거치면서 지금과 같은 금싸라기 땅이 됐고 그동안 당국과 업자가 중대한 비밀을 놓고 서로 은밀히 내통했으리란 혐의는 늘 있어왔다. 심지어는 모모 하는 고관의 부인이 투자하는 땅 근처로만 따라다니면서 투자를 했더니 영락없더라는 그럴듯한 경험담까지도 유포되었었다.

설사 그런 아름답지 못한 혐의가 전혀 무근한 것이더라도 땅값의 광적인 앙등과 그에 따른 막대한 불로소득을 막지 못한 것은 정부의 중대한 실책 중의 하나로 기억되고 있다.

일하지 않은 사람이 큰 부자가 되고, 늘 활발히 움직여야

할 기업의 돈이 요지부동 잠자고 있는 괴이한 현상의 밑바닥
엔 반드시 땅이 있었다. 땅이 지닌 최대의 미덕은 우리에게
미더운 안식의 터전이 되어주고 또 땀흘려 일하는 자에게 어
김없이 소출을 준다는 것이었다. 그러나 우리는 그 고마운 땅
이 투기를 일삼는 사람에게 막대한 이익을 주도록 잘못 길들
였다. 그런 잘못은 원활한 경제 질서를 해쳤을 뿐 아니라 성
실하게 일하는 사람을 번번이 손해 보이고 결과적으로 바보
를 만듦으로써 건강한 사회 기풍을 크게 오염시켰었다.

근래 공해로 오염된 하천이 큰 근심거리가 되고 있지만 인
간의 악덕으로 땅을 오염시킨 죄 또한 이에 못지않게 크다 할
것이다.

오염되었던 과거에서 벗어나 새 역사를 이룩하려는 큰 역
사가 진행중인 이때, 땅을 가지고 욕심을 부리는 온갖 요망한
농간이야말로 청산해야 할 으뜸가는 잘못이 아닐 수 없다. 그
러나 그것이 결코 과거의 일이 아니라 진행중인 현재의 잘못
이란 것을 넌지시 일러주기라도 하려는 듯한 사건이 요즘 불
쑥 터졌다. 시청 이전에 따른 도시계획상의 비밀이 누설돼 한
몫 본 사람이 생기고, 그 사실이 탄로나 공무원이 입건된 사
건이 그것이다. 참말로 딱하고 민망한 노릇이다. 그러나 더
딱하고 민망한 것은 그런 일에 그저 그런가보다, 별로 놀라거

나 분개하려들지 않는 민심인지도 모른다. 도리어 동정적인 말까지 하려든다.

"뭘 그만 일로 새삼스럽게……, 그런 일 어제오늘 비롯된 일인가. 하여튼 별로 높은 사람도 아닌 사람들만 또 억울하게 됐군."

우리들에게 이처럼 큰 잘못을 쉽게 용서하려는 마음이 있는 것은 결코 우리가 특별히 관대해서가 아니며 더군다나 악에 대한 특별한 기호가 있어서도 아닐 것이다. 보다 큰 악은 늘 완전하게 은폐되어 있게 마련이고, 따라서 겉으로 드러나는 악은 대개 작고 보잘것없는 악이었다는 오랜 경험에서 얻어진 어떤 감식안과 기묘한 동정심 때문이라면 딱하다못해 슬픈 일이 아닐 수 없다.

업자는 언제나 관권과 결탁하기를 꿈꾸게 마련이다. 그들의 궁극의 목적은 이윤 추구고 관권은 그것을 보다 쉽게 보다 많게 해주기 때문이다. 약자의 정당한 이윤을 보장해주되 절대로 테두리를 넘을 순 없다는 확고한 원칙을 가진 의연한 관권이 되지 못하고 약자가 꿈꾸는 불법에 영합할 허점을 여봐란듯이 드러낸 것이 여지껏의 우리 관의 모습이었다. 그래서 우린 그런 일에 놀라는 게 차라리 촌스럽다.

그러고 보니 지금 일대 혁신의 기운이 일고 있는 것 같은 건 환상이고, 실제로 달라진 건 아무것도 없다는 생각까지 든다. 그야 '말'이 많이 달라진 건 사실이다. 금기였던 '말'이 웅크리고 숨어 있던 뜨거운 가슴속을 벗어나 활개치더니 감히 의정 단상에도 나타나고, 공관이나 호텔의 만찬회 석상에서도 우대를 받는다.

그러나 쉽게 들뜬 기운을 어느만큼 가라앉히고 보니 말만 새로워졌을 뿐 사람은 그 사람이 그 사람이다. 그 '말'을 입에 올리지도 못하게 하던 분들이 이젠 그 '말'로 우리에게 넌지시 미소를 보낸다. 그동안 '말' 때문에 핍박받던 그분들 대다수의 신분이 정치권력과는 거리가 먼지라 지금 그 '말'을 가장 화려하고 유효하게, 목적에 맞춰 구사하고 있는 이들은 정녕 그분들은 아니다. 이래놓으니 아무리 정신을 차려도 뭐가 뭔지 종잡을 수 없을 수밖에 없다. 생각다못해 과연 정치란 머리 좋은 사람이 할 수밖에 없는 거로구나 하고 감탄이나 하는 게 고작이다.

용기 없는 탓으로 감히 입 밖에 내지 못하고 입속에서 중얼거리기만 해도 매번 가슴이 울렁대던 그 '말'조차 이제 마음껏 외쳐도 별로 감동스럽지 않다. 어쩌면 그 '말'의 알맹이는 아직도 골방이나, 뒷골목, 혹은 말없는 사람의 답답하고 뜨거운 가슴속에 그대로 남아 있고 그 껍데기만 기회 잘 타고 머리 좋은 정치하는 사람의 입술 끝에 올라 있지 않나 하는 생각도 든다.

우리 여자들 사이에서 흔히 쓰는 말이지만 한 말을 금세 번복하고 딴소리 하는 사람한테 '그 입술에 침이나 마르거든 딴소리하라'는 핀잔을 준다.

똑같은 핀잔을 천년, 만년 정치권력 편에만 서려는 기회주의자들에게도 해주고 싶다. 곰곰 생각해보면 우리나라의 정치권력의 주변처럼 기회주의자들에게 만만한 온상은 없었던 것 같다. 일제시대에서 오늘날까지의 최근세사만 살펴보아도 그들에게 그야말로 입에 침 바를 틈도 없이 계속해서 말할 기회를 준 데 대해 문득 치욕을 느낀다.

보복 없는 정치니 관용이니 하는 말이 그럴듯하게 유행되고 있다. 참으로 좋은 말이다. 그러나 그 좋은 말에도 기회주의자의 입김이 서려 있을지도 모른다고 생각하면 썩은 냄새가 난다.

기회주의자들에게 잠깐만—그들이 바로 어제 잘못을 옳다고, 허위를 진실이라고, 흑을 백이라고 우겼던 입에 침이나 마를 동안만—권력 주변에서 스스로 물러나 자숙하기를 바라는 것까지 정치 보복이라고 부르지는 않을 것이다. 그 정도의 숙정도 바라지 말고 무조건 관용으로 화해해야 한다면 앞으로 국민의 범죄나 부정은 무슨 명목으로 다스릴 것인가. 잘못을 벌주는 법조문보다 잘못을 잘못으로 부끄러워할 줄 아는 의로운 풍토 조성이 시급하다는 걸로도 그런 자숙의 기회는 반드시 주어지는 게 마땅할 것 같다.

소위 정치 발전을 위한 논의는 금주에도 도처에서 있었고 아마 앞으로도 활발하리라. 그런 논의에서도 제발 극단의 기회주의자들은 좀 빠져줬으면 좋겠다. 어떤 헌법이 되든 간에 대다수 국민들이 '이래서는 안 되는 건데……' '사람이라면 최소한 이럴 수는 없는 건데……' 하고 가슴을 쳤던 피맺힌 염원을 정신으로 하지 않는다면 아무리 말이 아름다워도 허구임을 못 면할 것 같다. 헌집의 새는 지붕과 썩은 기둥과 무너진 벽을 그냥 두고 그 위에 번쩍거리는 타일만 더덕더덕 발라놓은 새집이 말짱 허구이듯이……

타일 치장은 두고두고 하더라도 비바람 막아주고, 식구들과 오순도순 분수껏 행복할 수 있는 권한을 보장받을 수 있는 탐탁한 집에서 살고 싶다는 국민의 염원을 모든 정치인들은 잊지 말아야 할 것이다.

우리들의 실향

서울 같은 도시를 고향으로 부를 수 있다고 생각해본 적은 한 번도 없다.

그래서 서울에서 태어나 서울에서 자란 사람은 서슴지 않고 고향 없음을 자처하는 걸 보게 된다.

내 아이들은 그런 고향 없는 아이들이었다.

그러다가 올해 20년 동안이나 살던 동네를 떠나고 나서 비로소 서울에도 아직은 고향이라고 부를 만한 곳이 군데군데 조금씩일망정 남아 있는 게 아닌가 하는 생각을 하게 된다.

변두리에 있는 전형적인 대단위 아파트 단지에 살면서 우리 부부와 아이들이 먼저 집을 그리워하는 마음이 절절하면서도 목가적임은 향수라고밖에 달리는 부를 수 없는 것이기 때문이다.

전에 우리가 살던 동네는 서울에서는 드물게 변화의 물결을 타지 않고 몇십 년이 여일하게 조촐한 한옥이 추녀를 맞대고 있었고, 이웃은 자주 이사를 다닐 줄 몰라 어딘지 경제적으로 침체해 보이면서도 품위가 있고, 말씨엔 요즈음 세상에서 가장 인기 없는 서울 토박이 사투리가 남아 있는 사람들이었고, 대문엔 빗장이라는 어수룩하고 고풍스러운 문단속만으로도 도둑맞는 일이 없고, 그 복잡한 서울 한복판이면서도 오히려 태풍의 눈처럼 적막한 그런 동네였다.

우리의 향수는 한동네에서 지낸 20년이란 시간과도 상관 있는 거겠지만 더 많이는 이런 환경과 상관이 있을 것 같다.

우리 식구는 감미롭고도 고통스러운 마음으로 먼저 집에 우리가 심어놓은 개나리 덩굴과 이끼 낀 화강암 댓돌 밑에서 자생하던 우리집에만 있는 이름 모를 풀들과, 아이들이 어렸을 적부터 키가 자라는 대로 그 성장을 일목요연한 눈금으로 새겨놓은 기둥과, 육중하고 우아한 대들보와, 삐걱대는 마루와, 시커멓게 찌든 예전 장지문을 생각하고 그리워했다.

못 하나도 박을 수 없는 콘크리트 건물에 비해 목조건물은 얼마나 순순히 사람을 받아들이고 안아주고 편안히 마음놓이게 하는 것일까?

이렇게 떠나온 동네 생각만 간절하다가 새 동네에 정을 붙이긴 이름부터였는데 그건 실로 조그만 발견에서부터 비롯됐다.

주로 전철만 이용하다가 처음으로 버스를 타고 와서 동네 앞에서 내렸을 때였다.

분명히 우리 아파트 앞인 줄 알고 내렸는데 내 앞에 펼쳐진 풍경은 근대화의 첨단을 가는 아파트 단지와는 얼토당토 않은 거였다.

버드나무와 미루나무의 아름드리 고목이 첩첩이 양쪽에서 짙은 녹음을 드리운 가운데 빈터엔 옹기전이 자리잡고 있었고 길가 쪽 땅에 닿을 듯이 휘늘어진 버드나무 아래엔 흙바닥에 그대로 참외·수박·복숭아를 쌓아놓고 파는 과일장수가 있었다.

나는 잠시 도시의 소음을 잊고 아찔하고 망막한 기분으로 시골 소도시에서 한적한 들판으로 빠져나가는 지점쯤에 서 있는 외로운 나그네 같은 착각에 빠져들고 있었다. 이사할 때 처치 곤란해서 제일 골칫거리인 게 장독이었던 나에게 특히 옹기전의 독들은 그리우면서도 비현실적인 태고연한 풍경이었다.

그러나 나는 옳게 내린 거였고 거기서 멀지 않은 곳에 비스듬히 우리 단지의 슈퍼마켓이 건너다보였다.

그날부터 나는 그곳 과일 노점의 단골이 되었다.

그곳은 슈퍼마켓보다 멀고 또 복잡한 찻길을 건너야 했다.

지난여름처럼 더위가 기승스러울 때 거기까지의 뙤약볕 길은 실로 아득했다. 더군다나 거기선 배달 같은 것도 해줄 리가 없었다.

그래도 꼭 거기서만 과일을 사오는 나를 아이들은 딱해하다못해 지독한 알뜰 주부로 취급하기까지에 이르렀다.

"싸면 몇 푼이나 더 싸겠다고 이 더운데 거기까지 가셔서 그 무거운 걸 손수 들고 오세요? 차라리 과일을 안 먹어도 좋으니 제발 그만두세요."

그러면 나는 몇 푼 아끼려고만 그러는 게 아니라 거기 과일이 맛있기 때문이라고 변명을 했다.

"거기 과일하고 슈퍼마켓 과일하곤 질적으로 다르단다. 너희들이 몰라서 그렇지 꼭 원두막에서 맛보는 과일처럼 싱싱하고 달지 않디?"

이런 내 의견에 아이들이 동의하는 것 같진 않았다.

하물며 내가 옹기전이 있는 빈터 과일전에서 맛보는 기쁨과 평화를 이해할 수 있을 리가 없었다.

그야말로 나만의 것이었다. 아이들은 서울 태생이지만 나는 본시가 시골뜨기이니까. 그곳에서는 전철이 높은 시멘트 기둥 위의 철길에서 서서히 완만하게 지하로 침몰해간 광경을 바라볼 수도 있었다.

뙤약볕 아래를 달려와 버드나무 그늘에서 땀을 식히며 참외를 고르다가 문득 높은 철길 위를 지나는 열차를 바라볼 때는 눈 속에 아직도 유년기의 원초적인 환희의 충동이 남아 있음을 느낄 수도 있었다.

어느 짧은 순간 전동차는 칙칙폭폭 검은 연기를 내뿜는 증기기관차가 되고 철길은 철교가 되고 나는 그 밑으로 흐르는 유연한 강물에서 벌거벗고 미역을 감는 부끄러움을 알기 전의 어린 계집애가 되어 기차를 향해 두 손을 높이 들고 폭죽 같은 환성을 터뜨리고 싶은 충동에 사로잡힐 때가 그랬다.

그건 비록 순간적인 착각일망정 콘크리트 숲 속에서 허덕이는 내 침체된 의식엔 뜻밖에 신선하고 놀라운 돌파구였다.

그곳이 좋은 또다른 까닭은 그곳에 서린 소멸의 예감이었다.

어느 누가 이 눈부신 발전의 한 모퉁이에 남아 있는 고목나무들과 넓은 맨흙땅과 옹기전이 오래 남아 있을 수 있다고 믿을 수가 있겠는가?

그게 아무리 보기에 좋아도 그것의 소멸은 시간문제였다. 소멸해가는 것에 대한 애틋한 사랑이 나로 하여금 그곳에 하염없이 머무르게 했다.

그러나 그것을 위해 복중에 냉방이 잘된 편리한 슈퍼마켓을 외면하고 철판처럼 달아오른 아스팔트길을 걸어 혼잡한 찻길을 건너 그곳까지 과일을 사러 간다는 걸 식구들은 이해하지 못할 뿐 아니라 마침내는 부담스러워하기 시작했다.

그래서 일부러 내가 그곳에서 사온 것과 똑같은 과일을 슈퍼마켓에서 사다가 그 값과 맛을 비교해서 보여주려고 했다.

놀랍게도 그곳 과일값이 슈퍼마켓보다 훨씬 비싼 값을 받고 있었다.

원두막에서 사 먹는 것처럼 마음을 푹 놓아 에누리할 생각을 안 했으니 그건 차라리 당연한 결과였다.

또 시설이 좋은 장소엔 장소값이라는 게 따로 붙는 소위 문화적인 분위기에 따르는 분위기값을 우리가 묵인하고 들어가는 것처럼 이 목가적인 분위기에도 당연히 분위기값을 치러야 하는 건지도 몰랐다.

그러나 그동안 내가 결코 몇 푼 싸게 사기 위해 그곳을 찾지 않았음에도 불구하고 손해나는 어리석은 짓을 오랫동안 해왔다는 증거는 내 마음을 대단히 쓰리고 아프게 했다. 그건 거의 배신감에 가까웠다. 나는 그후 식구들의 뜻대로 그곳에 발길이 뜸해지고 슈퍼마켓에서 정가대로 사고 배달을 시키는 편리에 익숙해졌다.

우리가 진정으로 기리는 목가적인 분위기, 소멸해가는 것의 아름다움은 그 외형에 있는 게 아니라 그 내용, 사람을 마음놓이게 하는 진국스러운 순박함에 있는 게 아닐까. 다목적 댐에 의해, 고속도로에 의해, 공업단지에 의해 소멸해간 것들의 옛스러운 게 그 외형뿐 아니라 내용까지라고 생각할 때 우리의 실향은 참으로 참담하다.

스스로 안목 높이는 독서를

쇼펜하우어던가 이런 말을 했다. "악서는 아무리 적게 읽어도 너무 적게 읽었다고 할 것이 없고, 양서도 아무리 많이 읽어도 너무 많이 읽었다고 할 것이 없다. 악서는 정신의 독이며 슬기를 무디게 한다"라고.

좋은 말이지만 이런 생각이 선뜻 책 읽기를 두려워하게 하는 것 같다.

무슨 책을 어떻게 읽어야 할지 모르겠다고 호소하면서 조언을 요청하는 사람일수록 책을 안 읽는 사람이다. 대개는 구체적으로 책의 이름이나 저자의 이름까지를 들려주길 바라는데 나는 그런 사람에게 한 번도 그렇게까지 친절해보지는 못했다. 내가 그렇게까지 친절할 필요가 없을 만큼 여러 사람의 양식과 오랜 세월을 거쳐 추려진 소위 고전이라는 안심하고 권할 수 있는 책의 목록은 이미 정해져 있기도 하려니와, 그런 사람에겐 무슨 책을 읽느냐보다는 우선 책을 읽는 일을 시작하게 하는 게 급할 것 같아서이다.

그래서 나는 "뭐든지 재미있는 책부터 읽기 시작하세요"라고 권하는 게 고작이다. 이런 대답을 들은 분들은 대개는 못마땅해하거나 섭섭해하고, 어떤 분은 "그럼 나보고 저속한 책을 읽으란 말이냐"고 항의를 하기도 한다.

참으로 많은 사람이 재미란 곧 저속이라고 생각하는 것 같다. 하긴 텔레비전에서 코미디를 보고 깔깔대는 것도 재미겠지만 적어도 책에서 구하는 재미는 진리를 깨닫고 정신을 고양시키려는 지적인 욕구를 채우는 즐거움에 위배되는 것이어선 안 될 것이다. 어떤 책을 읽고 저속했다 생각했으면 그건 이미 재미있어 한 게 아니다. 그건 즐거움이 아니라 혐오감이었을 테고 즐거움은 반복되길 바라지만 혐오감은 다시 반복될까봐 꺼리는 감정이다.

이런 혐오감과 마찬가지로 독서를 방해하는 게 또하나 있는데 그건 난해성이다. 악서를 두려워한 나머지 자기 나름의 독서 경험 없이 당장 정평 있는 고전부터 읽으려들면 재미를 붙이기 전에 난해성이 높은 담장처럼 가로놓이게 마련이다.

여기 어떤 덕망과 학식을 겸비한 분이 있어 자기가 평생 읽은 만 권 서적 중 괴테의 『파우스트』를 가장 감명 깊은, 누구에게 권하고 싶은 단 한 권의 책이라고 밝혔다고 치자. 그럴 때 그분은 자기도 모르게 거짓말을 하고 있는지도 모른다. 왜냐하면 『파우스트』를 완전히 이해하기까지의 밑거름이 된 수많은 독서 경험을 덮어두고 그 책을 유일한 책으로 꼽았기 때문이다. 그의 꾸준한 독서 경력의 시작은 어쩌면 어린 날 헌책방 구석에서 우연히 뽑아본 김내성의 『마인』의 재미에서 비롯됐는지도 모른다. 그러나 그가 『마인』을 단 한 권의 권할 만한 책으로 드는 일은 아마 없을 것이다.

재미있는 책부터 읽기 시작해보라고 권하는 뜻도 거기에 있다. 자신의 안목은 자신이 높여가는 게 가장 바람직한 방법이다.

어학교육에도 중용을

　이웃의 젊은 어머니들이 아이들의 영어회화를 국민학교 때부터 시킬 것인가 중학교 갈 때까지는 내버려둘 것인가로 심각하게 고민하는 소리를 들은 적이 있다. 물론 문교 행정과는 상관없이 집에서 각자 따로 시키는 공부 얘기였는데 피아노나 미술 학원, 태권도 도장처럼 아이들을 위한 영어회화 학원이 따로 있는 것인지, 있다면 혹시 금지된 과외공부에는 안 걸리는 것인지 집에 그만한 어린이가 없는 나로서는 거기까지는 알 수가 없었다.

　그러나 때마침 독해력 위주로만 치우쳤던 종전의 영어교육을 듣고 말할 수 있는 교육으로 바꿀 것 같은 새로운 조짐이 보이자 매스컴도 거기 맞장구를 쳐서 연일 떠들어댈 때여서 젊은 어머니들의 이런 고민이 유난스러운 극성으로 들리지는 않았다.

그때 내 관심을 끈 것은 어머니들의 고민이 어떤 방향으로 매듭지어지나보다는 그 옆에서 놀고 있는 아이들이 하는 놀이와 그 놀이의 용어였다.

아이들은 유리구슬 따먹기를 하고 있었는데 우리 어렸을 때처럼 땅에서 굴려서 상대방 구슬을 맞춰서 따먹는 게 아니라 주먹에다 쥐고 폈다 오므렸다 하면서 무슨 주문 같은 소리를 외는데 도무지 못 알아들을 소리였다.

'으찌' '니' '쌍' 소리를 가장 많이 했고 간혹 '나가리'니 '방까이'니 하는 소리도 들렸다.

놀이에 열중하고 있는 아이들한테 그게 무슨 소리냐고 물어보는 것도 주책스러운 것 같아 눈치로 알아들으려고 했지만 끝내 어림짐작도 할 수가 없었다.

그러고는 그 일을 쭉 잊고 있다가 집에서 무슨 말 끝엔가 그 말이 생각나기에 혹시나 해서 막내한테 물어봤더니 지금 대학생인 그애가 어렸을 때도 그런 놀이를 하고 놀았다는 거였다. 막내의 자세한 설명에 의해 비로소 내가 들은 으찌·니·쌍이 일본말의 이찌(하나)·니(둘)·산(셋)에서 유래했다는 것을 알 수 있었고 나가리(流)·방까이(挽回)도 이해할 수가 있었다.

'으찌' '니' '쌍' 하면서 노는 어린이들 옆에서 살아 있는 영어가 어떻고, 조기교육이 어떻고 열을 올린 우리 어른들의 모습이 약간 우습기도 하고 더 많이는 서글프게 느껴졌다.

겨우 말을 배우기 시작하는 어린이를 가진 부모로부터 대학생 자녀를 가진 부모에 이르기까지 앞으로 영어교육이 독해력 위주에서 회화 위주로 전환되리라는 새로운 조짐에 대한 관심과 지지는 대단한 것 같다. 거기에 대해 당국이 한 일은 아직도 획기적이고 구체적인 어떤 방향 제시라기보다는 독해력 위주라는 오래 괸 물에 문득 돌을 던져 파문을 일으킨데 지나지 않건만도 그렇다.

여지껏 수없이 바뀐 문교 정책치고 학부모들이 즉각적이고 민감한 반응을 불러일으키지 않은 게 없었지만 이번처럼 그 반응이란 게 전폭적인 지지로 나타난 적도 없었던 것 같다. 그걸 주도하고 부채질한 건 물론 매스컴이었지만……

어떻든 이런 지지와 관심은 독해력 위주의 종전 영어교육에 대한 회의와 불만, 불안이 그만큼 오래 축적됐다는 얘기도 되겠지만 그동안 과외공부 폐지로 부득이 움츠러들었던 아이들에게 쏟고 싶은 정력과 재력이 마침내 돌파구를 만났다는 얘기가 될지도 모르겠다. 재빨리 해외연수 쪽으로 몰릴 수 있는 청소년군을 볼 때 더욱 그런 생각이 들었다. 그렇더라도 해외연수가 함부로 비난이나 질투를 받아서는 안 될 것 같다.

언어 습득이란 게 해외만 나간다고 단기간에 가능한 것은 아니더라도 여건만 허락된다면 여행 그 자체로도 충분한 의의는 있을 테니까.

그것보다는 사람들의 생각이 한결같이 영어교육은 회화 위주여야 한다는 데로 치우친 나머지 종전의 독해력 위주의 교육을 전적으로 부정하고 혹독하게 비난하려는 데 문제가 있는 것이 아닐까? 외국 구경을 갔을 때, 구경을 온 외국 사람을 맞았을 때 또는 물건을 사고팔기 위해 외국에 나가거나 외국 사람을 맞아들였을 때 학교에서 독해력 위주로 익힌 영어가 별로 쓸모가 없었다고 해서 독해력에 의해 우리보다 앞선 외국의 학문과 기술을 받아들이고 날로 변화하고 발전하는 세계의 사조에서 뒤떨어지지 않을 수 있었다는 공로까지 부정되어서는 안 될 것이다.

폐단이 있었다면 독해력 자체에 있는 게 아니라 독해력에만 치우쳤다는 데 있을 테고 반대로 회화에만 치우칠 때 더 큰 폐단이 없으란 법도 없다. 어려운 문장을 독해할 능력 없이 다만 관광과 쇼핑에 불편 없는 회화 실력으로 그 나라 사람도 소정의 과정을 성실하게 거쳐야 알아들을 수 있는 대학 강의를 알아듣는 게 더 어려운가, 처음부터 차근차근 문장을 구조적으로 파악하고 단어를 익혀 어려운 원서도 척척 읽어내는 실력으로 일상적인 회화를 익히는 게 더 어려운가는 구태여 경험자에게 듣지 않아도 자명한 일이다.

물론 가장 좋은 건 어느 한쪽으로 치우치지 않고 두 가지를 함께해가는 일이 되겠지만.

더욱 민망한 건 사람들 생각이 너나없이 회화가 제일이다로 치우친 나머지 영어교사들에 대한 불신과 야유를 공공연히 입에 담고 심지어는 즐기기까지 하는 것이다. 덕수궁 바로 앞에서 외국 사람이 덕수궁이 어디냐고 물어보는 소리도 못 알아듣는 교사가 버젓이 고3 영어 과목을 맡고 있으니 한심하다는 둥, 어느 학교에선 외국 손님이 오자마자 자그마치 다섯 명이나 되는 영어교사가 모조리 행방불명이 되더라는 둥 빈정대고 깔깔대기를 서슴지 않는다. 지금 중고교에서 영어 과목을 맡고 있는 분이라면 언제라도 생각만 좀 고쳐 하기 따라선 얼마든지 무역회사 사원이나 대기업의 세일즈맨으로 뛸 수 있는 분들이라고 생각한다.

그분들이 그렇게 하지 않고 보수조차 그런 기업보다 훨씬 뒤지는 교직에 남아 있는 것은 그분들 나름의 사명감과 긍지 때문일 것이다. 그분들의 자존심을 짓밟는 일만은 비록 농담으로라도 삼가야 할 줄 안다. 이 물질만능의 세상에 그분들이 결코 물질과도 안 바꾼 자존심이라면 그 누구도 짓밟을 권리는 없지 않을까?

어찌 중고등학교 영어교사뿐일까? 외국에서 박사학위까지 받고 와서 엘리어트의 명강의로 이름난 교수가 국제적인 세미나만 있다 하면 비사교적으로 과묵해지는 현상에 대해 마침내 흉측한 꼬리라도 잡은 듯이 수군대고 회심의 미소들을 교환하는 것을 본 적도 있다.

이렇게 극단적으로 독해력을 무시하고 회화 쪽으로만 치우치다가는 머지않아 관광호텔 웨이터를 중고교의 시간강사로, 미국인이라면 학력 불문 대학강사나 교수로 초빙하는 사태가 일어나지 말란 법도 없겠다.

사람도 그렇지만 어떤 제도나 방법도 절대적으로 옳고 절대적으로 그른 것이 있는 게 아닌 바에야 한쪽으로 왈칵 치우칠 게 아니라 둘의 좋은 점을 알맞게 수용할 수 있는 떳떳한 중용의 자세가 무엇보다도 아쉽다. 지나친 교육열과 함께 교육 문제엔 특히 이성을 잃고 한쪽으로 치우쳐 과열하고 낭패한 적이 한두 번이 아니었다. 지난 일이지만 광적인 과외열만 해도 그런 현상의 하나였을 것이다.

물에 뜬 배가 조난을 당하는 건 거의 적재 적량을 초과해서라고 하지만 수직으로 곧장 가라앉는 일은 없다.

그만한 위험 감각쯤은 사람에게 본능적으로 있게 마련이다. 무게가 한쪽으로 왈칵 쏠렸을 때 배는 전복한다.

독해력과 회화 실력, 국어교육과 외국어교육, 학교교육과 가정교육 또 앞으로 더욱 활발해질 해외연수에서 머리속에 넣어올 것과 가방 속에 넣어올 것 등등 서로 지나치거나 모자라지 않는 중용의 도로써 우리의 교육을 스스로 난파로부터 구해야 할 것이다.

슬픈 웃음거리

  2, 3년 전 일이다. 어느 잡지의 특집기사를 보고 충격을 받은 일이 있다. 어린이를 위한 특별기획이었던 듯 이 땅의 아이와 부모와 교사 들의 생각과 희망, 그리고 아이들의 밝은 장래를 위한 어른 노릇의 문제점과 책임 등을 다각도로 다루었다고 기억된다. 그중 '잘사는 여의도 아이들'이란 이색 화보가 있었다. 그 화보의 제목을 처음 볼 때 별로 기분 좋은 건 아니었다. '여의도 아이들'이면 또 모를까 '잘사는'을 붙인 게 마땅치 않았다. 그 고장에 사는 아이들에게나 딴 데 사는 아이들에게나 바람직하지 못한 우월감과 열등감을 조장하게 될 걱정 때문이었다. 그러나 그 기사를 읽어보면 여의도 아이들의 문제점보다는 '잘사는 아이들, 과연 무엇이 문제인가'를

심각하게 생각하게 되는 걸로 어쩌면 적절한 제목인 듯도 싶었다.

여의도 말고도 서울엔 이름난 부촌이 많다. 그러나 제아무리 소문난 부촌도 지척에 산동네를 끼고 있거나 서민층이 사는 평범한 동네와 이웃하고 있어서 그곳 아이들이 다니는 학교에는 각양각색의 어린이들이 섞여 있게 마련이다. 물론 잘사는 집 아이와 못사는 집 아이의 비율은 학교마다 다르겠지만 공립학교치고 백 퍼센트 잘사는 집 아이들만 모여 있기란 흔치 않다. 그중 여의도만이 사정이 좀 다른 것 같다. '도시 속의 섬'이라는 특수성 때문에 타지역과 격리돼 있으면서 섬 속의 생활수준은 보통 우리가 잘산다고 볼 수 있는 수준으로 통일돼 있다. 물론 사람이 사는 고장이니만큼 어느 정도 차이야 없을 수 없겠지만 그 차이란 게 그 기사에 의하면, 자가용의 차종이 브리사인 아이를 보고 고물차라고 놀리는 정도다.

2, 3년 전이건만 벌써 집에 컬러텔레비전 없는 아이 없고, 비디오 없는 아이 없고, 또 그 비싼 과외공부를 하루에도 몇 번씩 하는 등 가지가지 신기한 사실을 그 기사는 보도하고 있지만 내가 충격을 받은 건 그게 아니었다. 그곳 아이들과 기자와의 일문일답은 여느 아이들과 마찬가지로 꾸밈없이 천진한 것이었는데 그중엔 이런 것도 있었다.

"커서 무슨 사람이 되고 싶니?"

"회사 사장요."

"선장요."

"판사요."

"변호사요."

"넌 왜 변호사가 되고 싶니?"

"불쌍한 사람을 도와주려고요."

"불쌍한 사람이 누군데?"

"음…… 슈퍼마켓에서 장사하는 사람들이에요."

그 아이들을 나무라려는 게 아니다. 그 아이들의 잘못은 아무것도 없다. 두메산골에서 한 발자국도 못 나와본 아이들에게 도시란 한낱 추상명사에 지나지 않는 것처럼, 그애들도 필시 불우이웃돕기를 남보다 잘하고 커서 가난한 사람들을 위해 좋은 일을 해야 된다는 착한 마음씨는 여느 어린이 못지 않았겠지만 정작 가난이 뭔지 알 턱이 없다.

아이들이 어려서부터 참으로 알아야 할 것은 결코 가난의 체험이나 우리가 도와야 할 가난한 사람이 아닐 것이다. 생활 정도가 다른 아이들끼리 섞여 우정을 나눌 수 있는 기회를 통해 가난이란 게 참되고 아름다운 사람됨과는 아무런 상관이 없다는 것을 자연스럽게 깨닫게 되는 것이야말로 의무교육 기간에 반드시 거쳐야 될 인격 형성의 중요한 과정이 아닐까? 그런 의미로 여의도란 특수한 지역은 그 일례일 뿐 도처의 아이들 사회에까지 남에 대해 뭘 모르는 계층 간의 폐쇄성이 날로 두터워지고 있다는 건 적이 우려할 만한 일이었다.

그때만 해도 과외공부의 열기가 절정에 달했을 때였다. 과외공부에 소요되는 비용이 엄청나게 상승되는 데 비례해서 그 기교도 발달과 세련을 거듭해서 아무리 머리가 특출나고 남보다 노력해도 과외 안 받고 좋은 대학 가기란 하늘의 별따기처럼 어려워지고 있었다. 그런 추세로 나가다간 앞으로 2, 30년 후의 우리 사회의 지도층은 될 수 있는 대로 많은 돈을 들여 일류로 가는 잘사는 집 출신만을 망라하지 말란 법도 없었다. 그건 생각만 해도 으스스한 일이었다. 무식 중에도 이웃, 타인에 대한 무식처럼 두려운 건 없다. 무식쟁이한테 딴건 몰라도 애국이나 동포애 같은 걸 맡기고 싶진 않았다.

다행히 이런 큰 불행은 안 일어나게 아슬아슬한 고비에서 과외는 근절이 됐다. 그 방법이 너무 심하단 소리가 있긴 해도 워낙 뿌리가 깊은 만큼 근절을 위해선 그만큼 가혹할 수밖에 없다고 생각한다.

그러나 과외 근절과 함께 1981학년도부터 서울대학 등 국립대학의 등록금을 올린 건 잘 납득이 안 됐다. 그 극성맞은 과외에도 불구하고 서울대학은 역시 가난한 영재의 꿈의 배움터였었다. 과외 폐지로 가난한 영재들에게 더욱 문호가 넓혀지는가 싶자마자 등록금을 올리는 건 문을 열어주는 척하다가 더 굳게 닫는 것처럼 여겨져 일종의 배신감마저 느끼게 했다. 그때 인상된 액수도 서울대의 종전 등록금에 비해선 곱절이 넘는 대폭적인 것이었다.

하지만 일은 여기에서 그치지 않고 앞으로는 국립대학 등록금을 사립대학과 같은 수준으로 인상하겠다는 정부당국자의 잇단 발언이었다. 그 발언을 접하면서 앞서 말한 '잘사는 여의도의 어린이' 기사가 제일 먼저 뇌리에 떠오른 건 무슨 까닭일까? 고등교육기관이 돈 있는 사람 저희끼리 높은 담을 쌓고 점점 배타적 폐쇄적으로 되어간다는 느낌 때문이다. 이건 분명히 교육의 목적의 역행이다.

과거엔 서울대학 합격을 장원급제로 비유하는 사람이 더러 있었다. 이런 시대착오적인 발상조차도 우리가 그윽한 미소로 바라볼 수 있었던 건 그래도 신분의 차별을 두지 않았기 때문이다. 그러나 서울대학마저 등록금이 그렇게 비싸짐으로써 '상사람'은 아예 과거를 넘볼 수 없었던 거와 마찬가지로, 가난뱅이는 아예 대학 교육을 넘볼 수 없게 되고 말았다. 하긴 모든 물가 인상엔 아름다운 약속이 따르듯이 등록금 인상에도 장학금 혜택의 대폭 확대라는 전제가 따른다는 걸 모르진 않는다. 그러나 실제로 학부모 노릇을 해본 사람이라면 그게 얼마나 실속 없는 허구라는 걸 알고 있다.

우리집엔 서울대 두 명, 사립대 한 명 모두 세 명의 대학생이 있었는데 등록금이 인상된 후 그 학비 조달의 어려움이 이만저만이 아니다. 이번 2학기 등록 때도 장학금에 대한 기대가 없을 수가 없었다. 그러나 아이들은 신청도 안 하는 게 옳은 일이라고 되레 설득하려고 했다. 이유인즉 성적보다 가정 형편의 어려움을 첫째 조건으로 하기 때문에 우리 정도로 살면서 장학금을 신청하면 나오지도 않을뿐더러 신청하는 행위 자체가 교수나 친구들한테 면목없다는 것이다. 그러니까 우리 정도면 서울대학에선 장학금 혜택과는 얼토당토않는 고소득층이란 소리다. 그런 고소득층의 형편이란 게 이 이상 더 등록금이 인상됐다간 셋 중 둘은 학업을 포기해야 할 형편이다. 다행히 그전에 둘이 한꺼번에 졸업하게 된 걸 천만다행으로 알고 있지만 그건 어디까지나 개인적인 행운일 뿐이다.

국립대 등록금이 사립대 수준으로 오르는 걸 찬성하는 소리엔 이런 것도 있다. "흥 이제 서울대학도 별거 아닌 게 됐군." 이건 아마 서울대학의 지나친 엘리트 의식을 아니꼽게 본 사람의 마음일 수도 있겠는데 이런 감정적인 옹졸한 생

각으로 '별것'을 우리 의식에서 몰아내도 되는 걸까? 그 '별
것'은 우리의 사랑과 기대를 아낌없이 받은 우수한 두뇌와 비
상한 노력의 긍지, 자존심, 패기, 사명감일 수도 있다. 그래도
그걸 없애도 되는 걸까? 서울대학이 있기에 우린 감히 기회
의 균등을 믿을 수 있었고, 가난한 영재의 야망은 목적 있는
돌파구를 가질 수 있었다. '별것'이 아니꼬우면 제 나름의 가
치를 정립해서 '별것'과 경합해야지 '별것'을 없앰으로써 너
도나도 '별것' 아닌 걸로 평준화하자는 건 슬픈 웃음거리다.

　담이 높되 모든 젊은이들에게 공평하게 열려 있는 유일한
고장의 문을 제발 닫지 않기를 바란다.

상청하탁 上清下濁 세상인가

　비록 삼간두옥三間斗屋을 겨우 면한 거긴 했지만 처음부터 집 없는 설움은 모르고 살림을 시작할 수가 있었다. 그래 그런지 집 없이 시작하는 딸의 신접살림이 늘 마음에 걸리던 차에 작은 아파트라도 장만할 눈치를 보이자 그렇게 기쁠 수가 없었다. 우선 주공에서 무주택자에게 우선권을 주어 분양하는 아파트부터 시작하는 게 좋을 거라고 의견을 모았다. 분양가도 민간 아파트에 비해 저렴할뿐더러 장기간에 걸쳐 상환할 수 있는 융자금이 포함돼 있고 또 시공에 대해서도 안심할 수 있다는 여러 가지 이점이 무주택 서민에겐 복음이 아닐 수 없었다.

　그러나 막상 주공 아파트의 분양공고가 나와서 신청을 하려니 무주택자라고 다 우선순위가 되는 건 아니었다.

붓고 있는 적금의 종류에 따라 순위가 달라지는데 아쉽게도 딸이 붓고 있는 건 거기 해당이 안 되었다. 비록 순위가 저만치 미끄러떨어지긴 했어도 우선순위가 미달되는 데 따라 청약이 접수되게 되어 마침내 그 접수 마감날이 되었다. 그런 일이 처음이라 그런지 마치 입학시험이라도 보러 가는 것처럼 아침부터 마음이 설렜다. 그러나 아침부터 폭우에 가까운 가을비가 내려 하늘만 쳐다보다가 어린것이 딸린 딸을 대신해서 내가 가기로 했다.

우중에도 불구하고 어마어마한 인파에 우선 질렸다. 하긴 하루의 행락도 아니겠다, 크나큰 일에 비가 무슨 문제랴. 가까스로 줄의 끝을 찾아내어 줄서기를 할 수가 있었다. 모든 줄서기가 다 그렇듯이 줄은 좀처럼 앞으로 좁혀지지가 않았고 어디쯤이 접수창구인지조차 보이지 않았다. 그야말로 은근과 끈기를 요하는 일이었다.

목이 빠지고 침이 마르고 기다리고 기다려서 겨우 중간쯤은 되었는가 하면 그게 아니었다. 극장 비슷한 건물 좌석 사이로 난 줄은 돌아들어갔다가 다시 구부러져 밖으로 나왔다가 다시 돌아들어가고 그 꾸불꾸불 창자 속 같은 굽이가 도대체 몇 굽이인지 짐작도 할 수가 없었다.

실상 그 굽이가 열두 굽이가 된다고 해도 그게 그리 큰 문제는 아니었다. 피차 집 없는 사람끼리 순서껏 기다리고 기다리면 언제고 차례는 오게 돼 있었다. 문제는 새치기꾼이었다. 새치기를 요령껏 하는 사람일수록 놀랍게도 한꺼번에 열 세 대분의 무주택 증명과 그만큼의 청약금을 가지고 있었다. 열 몫은 용케도 열 몫 끼리끼리 새치기도 잘 시켜줘서 한 몫의 은근과 끈기를 얕잡고 비웃는 것 같았다.

"당첨되는 건 꼭 저런 새치기꾼들이라니까."

은근과 끈기뿐인 한 몫들은 가끔 이런 소리나 주고받으면서도 결코 그 비장한 은근과 끈기를 잃지 않았다. 열 몫은 당첨될 확률도 열 배로 늘어나게 되니깐 그들이 당첨되게 되리라는 건 뻔한 이치였다. 한꺼번에 열 채의 집 살 돈을 가지고 날뛰는 사람들이 과연 무주택 서민일 수가 있으며 무주택 서민이라 한들 어떻게 한꺼번에 자그마치 열 개의 무주택 증명을 뗄 수가 있었을까?

선거 때 누구나 한 표의 권리밖에 행사할 수가 없다고 해서 인간 평등을 믿었다면 그 순진성에 스스로 얼굴을 붉힐 일이다.

어느 곳에서나 많이 가진 자가 적게 가진 자보다 당당하고 눈에 띄듯이 그곳에서도 열 몫이 한 몫보다 당당하고 나 같은 사람에게 적발을 하라고 해도 쉽게 적발을 할 수 있을 만큼 눈에 띄었다. 인기 있는 호화 아파트 신청 장소에서라면 모를까 무주택 서민을 위한 국가적인 사업의 일환인 주공의 소형 아파트 신청에 어떻게 이런 짓이 횡행할 수 있을까? 내가 당했게 망정이지 소문으로 들었더라도 믿기지 않았을 것이다.

하여튼 그날 순전히 은근과 끈기로 신청 서류를 접수시킬 수가 있었고 일주일 후에 보기 좋게 낙첨된 것을 알 수가 있었다. 그후 거기 관련된 복부인을 조사중이란 보도가 나돌았지만 거기에 별로 기대하는 마음도 없고 그날의 울분이 가실 리도 만무하다.

또 적발된들 과연 몇 명이나 적발될 것이며 적발된 것이 무주택 서민에게 순서껏 돌아갈 것을 기대할 수 있을까? 불행히도 그런 것을 기대할 만큼 순진하지가 못하다. 복부인을 위해서가 아니라 무주택 서민을 위해서 그런 일은 사후가 아닌 미연에 방지됐어야 옳았었다. 미연에 방지될 여지는 충분히 있었다. 그들은 너무도 공공연히 드러내놓고 그 짓을 했었으니까. 한꺼번에 열 몫이나 신청을 하는 게 접수되는 것부터가 잘못이다.

투기꾼들 일은 접어놓고라도 없는 사람이 혜택을 받을 수 있는 일이라고 해서 그렇게까지 모욕적인 불편을 감수케 할 것은 또 뭐였을까? 새치기꾼이 끼어들지 못하게 접수번호를 준다든가 신청금을 미리 은행에 납부토록 한다든가 조금만 연구하면 신청자의 고생을 얼마든지 덜어줄 수 있었다고 생각된다. 그런 데서 당하는 수모와 고생처럼 심신을 지치게 하고 사람을 살맛 없게 하고 제 나라를 원망스럽게 하는 일은 없을 것이다.

돗자리 하나를 어쩌고했다고 해서 신문지상에 오르내리는 높은 분이 있는가 하면 아파트를 열 채 스무 채씩 어쩌고한 복부인이란 사람도 자주 매스컴을 탄다. 매스컴의 위력이란 대단한 것이어서 풀이나 돌멩이처럼 우리의 일상에서 흔하게 발길에 채이던 것도 매스컴한테 뽑혀갔다 하면 전혀 새로운 대수로운 게 되어 주목을 받게 된다.

돗자리 사건 때만 해도 참 말이 많았다. 그만한 자리에서 돗자리 하나쯤 받은 게 과연 그렇게까지 비난받아야 마땅할까 하는 동정론과 정부의 깨끗한 정치에의 결의가 그 어느 때보다도 분명하고 확고한 이때 그 부처의 그만한 자리에서 그게 될 법이나 한 소리냐, 높은 곳에서 일어나는 작은 과오일수록 엄히 다스려야 마땅하다는 강경론이 팽팽히 맞섰었다. 그러나 이런 논쟁을 보는 입장에선 어느 편을 들 마음도 안 났거니와 긴장하고 귀기울일 만큼 흥미 있지도 않았다.

만약 그때 나에게 마이크가 돌아와 한마디하라고 했다면 그냥 비실비실 웃는 게 고작이었을 것이다. 왜 웃느냐고 묻는다 해도 한층 쓸쓸하고 못나게 웃을 수밖에 없었을 것이다.

그건 무관심하고도 달랐다. 그런 일로 여론이 물 끓듯 비등하는 것에 도무지 현실감을 가질 수가 없이 재미없는 연극 구경하듯 받아들일 수밖에 없었다. 왜냐하면 저 높은 곳에서 돗자리 하나 주고받은 것으로 그런 망신을 당하는 일과 일반 서민이 눈뜨고 합법적으로 집 한 채를 새치기당하는 일을 도저히 같은 현실에서 일어난 일로 수용할 수가 없었기 때문이다.

일반 국민의 시야가 미치지 않는 고위층의 정화운동을 헛소문이나 꾸며낸 구경거리가 아닌 확고한 진의로 받아들이기 위해선 어떤 모습으로든지 그 운동의 영향이 도처에 나타나고 있다는 걸 느낄 수 있어야 할 것이다. 그건 일반 국민이 특별히 미련하고 고지식해서가 아니라 윗물이 맑으면 자연히 아랫물도 맑아진다는 우리가 오래 믿어내려온 이치까지 한낱 뜬소문으로 돌리고 싶지는 않기 때문이다. 그걸 믿으며 기다려보는 수밖에. 윗물이 아랫물에 이르기까지는 시간이란 게 필요한 것이겠기에.

신영순 교사의 죽음

학생들을 대신해서 유리창을 닦다가 추락사한 신영순 교사 얘기는 우리들에게 적지 않은 충격이 되고 있다.

누구나 마음으로부터의 애도와 함께 살신성인의 희생정신이니, 사도의 귀감이니 하는 아름다운 말로 그분의 고운 스승의 마음을 기리고 있다. 가신 그분을 위해선 오히려 말이 모자라는 허전함을 금할 길이 없다.

그렇더라도 제2, 제3의 신영순 교사가 있어서는 안 되겠다. 그것은 아름답고 거룩한 일이었지만 그분이 마지막이 되어야겠다. 실상 우리가 조금만 공정한 마음으로 돌이켜본다면 그분이 그런 엄청난 불행을 당했기에 그분의 고운 마음이 극대화되어 우리 모두에게 충격을 준 것이지 우리 아이들치고 어떤 아이 하나라도 그런 스승의 자상한 보살핌의 덕 없이 철부지 국민학교 시절을 탈없이 보냈다 할 수 있으랴. 청소 시간에 아이들 대신 위험한 유리창을 닦고 겨울이면 구식 난로에다 화력 없는 저질탄을 때느라 고운 얼굴에 함부로 검댕을 묻힌 교사들은 신영순 교사 전에도 수없이 있어왔고, 지금도 수없이 있다.

우리는 전통적으로 청소도 교육으로 가르쳐야 할 중요한 덕목으로 쳐왔었다.

중국과 우리나라에서 예로부터 함께 통용돼오던 아동용 교훈서인 『소학小學』에도 청소하는 방법까지를 자세히 가르치고 있다. 이런 전통 때문인지 어린이는 어떤 경우에도 부림을 당하면 안 된다는 근대적 사고와 국민학교의 청소 시간은 조금도 모순됨이 없이 서로 잘 공존해왔다.

시설 좋은 사립학교에 보내면서 그 사립학교에선 청소까지 용역을 주고 아이들한테는 빗자루 한번 안 들게 하는 것을 매우 유감스럽게 생각하고 진지하게 우려하는 학부모도 있는 걸로 알고 있다.

이렇게 중요한 청소 중의 하나인 유리창 닦기를 신영순 선생님을 비롯한 우리들의 경애하는 수많은 선생님들은 왜 아이들을 대신해서 손수하려고 하는 것일까? 그것은 거기에 안전사고의 위험이 도사리고 있기 때문일 것이다. 어른이라면 마땅히 아이들을 안전사고로부터 지켜줘야 한다는 것은 교육 이전의 문제, 아이들과 우연히 한자리에 같이 있게 된 인연 하나만으로도 어른이면 누구나 자동적으로 지게 되는 의무이기 때문일 것이다.

그러나 그것은 어디까지나 우발적인 안전사고의 경우이다. 능히 예상하고 충분히 예방할 수 있는 안전사고의 위험으로부터 내 자식을 보호하기 위해 그러잖아도 고달픈 선생님들을 방패막이로 삼을 수밖에 없었다는 건 언어도단이다. 안전사고로부터 목숨을 보호받을 수 있는 것은 우리 누구나의 기본권이요 또 자기 직책 외의 부당한 일을 거부해도 되는 것은 직업인이 누려야 할 마땅한 권리이다.

신영순 교사를 비롯한 선생님들이 그걸 왜 모르리오마는 그걸 감수해온 것이 우리 교육의 현실이었다. 이번 신영순 교사의 희생은 다만 그것을 칭송하고 감동하는 것으로 끝내선 안 될 줄 안다. 그런 희생이 다시 있어선 안 되겠고 그러기 위해선 우리 교육의 현장에 도사린 해묵은 비리와 선생님들이 감수하는 부당한 어려움을 더이상 덮어두어선 안 될 것 같다.

선생님들이 감당해야 하는 과중한 잡무의 양이 거론될 때마다 변명은 한결같았다. 가난의 폭력에 하도 잘 길들여져서

인지 우린 '예산이 없다'는 변명에 대해선 두말없이 승복하고 의심이나 검토 같은 걸 해볼 척도 안 하는 묘한 습성이 있다. 잡무를 따로 용역 줄 만한 예산이 없다는 건 알고도 남는다. 그걸 할 예산이 있으면 선생님께 드리는 낯뜨거운 박봉에 엎어드리고 싶다.

그렇더라도 현재 선생님들이 감당하고 있는 잡무량을 더이상 줄이거나 덜어낼 수 없는 절대량인가쯤은 일단 의심하고 짚고 넘어가야 옳지 않을까?

취직이나 등록, 해외여행 등의 수속을 위한 서류 중에도 줄일 여지가 얼마든지 있듯이 선생님들이 작성해야 하는 잡다한 문서 중 줄여도 될 불필요한 것은 과연 없는 걸까? 폐품수집·저축운동·각종 모금운동·환경미화·무결석 등도 좋은 것이긴 하지만 그런 걸 교육자적 자질이나 근무 성적과 직결시켜가며 경쟁적으로 독려하는 교장선생님이나 감독 관청 때문에 선생님들이 자신의 올바른 교육관에 위배되는 일에 심신이 고달프지나 않았는지?

청소의 경우만 해도 장학관이 시찰을 나온다고 해서 학생들이 할 수 있는 정도 이상으로 깨끗이 하고자 온갖 법석을 떨게 한 적은 없었는지? 도대체 일선 교사에게 상부 관청에서 시달되는 지침 외에 자유재량권이라는 걸 줘본 적이 있는지?

이런 여러 의문 중에서도 나로선 맨 나중의 물음이 가장 궁금하다. 유리창이 깨끗한 걸 싫다 할 사람은 없지만 그것을 깨끗하게 하기 위해 어린이들의 위험까지도 각오해야 할 때 차라리 흐린 유리창인 채로 놓아두는 쪽을 택하고도 얼마든지 떳떳할 수 있는 정도의 재량권도 허용 안 하면서 어찌 교사의 창의성인들 기대하려 할 것인가? 교사의 창의성을 달가워하지 않는 풍토에서 교육의 발전을 찾는다는 건 연목구어緣木求魚나 다름이 없겠다.

또 아직은 유리창 닦기까지 용역을 줄 만한 예산이 없다는 것까지는 이해하겠으나 의무교육 시설 전반에 걸친 10년이여일한 낙후성과 최저생활비에도 못 미치는 교사의 박봉에 대해 언제까지 예산 부족 핑계만 댈 것인가?

외국에 2, 3년만 나갔다 와도 살던 동네를 못 찾을 만큼 요즈음 도시의 발전은 눈부시다.

길은 시원시원히 넓어지고 그 길가엔 빌딩이 우뚝우뚝 솟는다. 새로운 기술과 재료 개발의 속도가 빠르고 또 일반적인 경제력의 향상으로 안목까지 견고하고 아름답다. 하다못해 서민용 아파트도 연대를 단박 알아보고 다른 값을 매길 수 있을 만큼 그 향상의 흔적이 그대로 눈에 띈다. 다만 공립학교 건물만은 이런 발전의 속도에서 제외된 채여서 그 초라함과 부실함이 더욱 눈에 띈다.

10년 전에 지은 것이나 새로 지은 것이나 마찬가지로 허술한 것도 아마 학교 건물뿐일 것이다. 예전 구옥의 화장실도 수세식으로 고치길 권장하는 추세 속에 홀로 학교 화장실은 분뇨 푸는 뒷간인 채고 쇼핑을 위한 백화점, 슈퍼마켓까지도 한여름에 더위를 모르게 전력을 펑펑 쓰는 풍요를 누리는데 학교는 여름 더위는커녕 겨울 추위를 면할 시설조차 돼 있지를 않다.

조개탄이나 분탄을 땔 수 있는 구식 무쇠난로가 아직도 애용되고 있는 고장이 학교 말고 또 있기나 있는지 모르겠다. 그나마 넉넉히 땔 수나 있으면 얼마나 좋으랴. 첫추위에 벌써 아이들이 동상이 걸리고 추위가 계속되면 방학을 연장하는 사태까지 생긴다. 학교 시설이 경제 발전의 첨단을 가야 한다고까지 기대하진 못해도 그 중간쯤은 가야 하지 않을까?

아이들은 교과서나 선생님 말씀에서만 배우는 게 아니라 환경에서 영향받는 바도 크다. 아이들이 그들의 배움터가 그들이 사는 집이나 평상시 이용하고 보고 듣는 각종 공공시설보다 유난히 허술하고 뒤떨어진다고 판단했을 때 받는 교육적인 영향은 어떤 것일까? 가정적으로는 기대를 많이 받는 어린이가 잘된다고 한다. 사회적인 기대도 마찬가지일 테고 아이들에게 거는 사회적인 기대의 표현은 사회적인 우대로 전달될 수밖에 없으리라.

이번 신영순 교사의 희생이 아이들에 대한 우리의 전반적인 하대下待를 반성하고 시정할 수 있는 어떤 계기가 될 수 있었으면 하고 바라면서 삼가 그분의 명복을 빈다.

쉰 살의 문턱에서

　요새처럼 세월이 빠르게 흐른다는 걸 의식하면서 산 적도 없는 것 같다.

　새해 들어 쉰 살이 됐기 때문일까. 어릴 적에 생각던 쉰 살이란 얼마나 아득한 먼 훗날이고도 추악한 늙음이었을까. 마흔도 많은 것 같아 서른아홉까지만 살고 죽기를 간절히 소망한 적도 있었다. 그런 철없던 시절이 바로 엊그제 같은데 마흔은커녕 쉰이 되어 있다. 왜 어린 날에 생각하는 늙음이란 생전 도달할 것 같지 않게 머나먼데, 늙어서 돌아다보는 어린 날은 그동안 산 자취도 없이 까맣기만 한가.

　쉰 살이 된 날, 그 엄청난 오차가 문득 한없이 서글프다.

　아이들은 나한테 말한다. 만으로 따지라고. 나이는 만으로 따지는 게 훨씬 합리적일뿐더러 1, 2년을 더 늙으니 얼마나 이익이냐고.

나 역시 합리적인 걸 좋아하고 손해보다 이익을 좋아하는 건 아이들과 다르지 않다.

그러나 왠지 1, 2년 늦게 늙기 위해 나이를 만으로 따지는 일만은 하기가 싫다. 서른이면 모를까. 그까짓 마흔 자에 1, 2년 더 빌붙으려고 안달을 하는 게 치사한 생각이 든다. 그리고 1, 2년이란 또 얼마나 쉽게 지나갈 것인가 하는 데 대한 공포감마저 없지 않아 있다. 그러니 차라리 쉰 자에 느긋하게 안주하고 싶은 건지도 모르겠다. 느긋하게 안주해봤댔자 10년 동안이겠지만.

아이들은 또 쉰 살이 된 걸 심란해하는 엄마를 위로하기 위해 요새 부쩍 연장된 평균수명이란 걸 들기도 한다. 평균수명이 머지않아 80세는 되리란다. 평균수명은 어디까지나 평균수명이니까 그때 가선 백 살 살기도 문제없을 거라는 것이다. 그 이치는 학교에서 반 평균의 성적이 60점이더라도 저희들은 적어도 80점, 90점은 받았던 것하고 같다나. 나는 그만 실소를 터뜨린다.

실상 내가 두려워하는 건 죽음이라기보다는 늙음이다.

참으로 두려운 건 늙어서 죽는 게 아니라, 늙고 나서도 안 죽는 거다.

앞으로 얼마를 더 살 수 있느냐가 문제가 아니라, 앞으로 얼마를 내가 내 생활의 주인일 수 있느냐가 문제인 것이다. 생활의 주인으로서의 나의 수명은 길어야 앞으로 10년 정도가 아닌가 싶다. 그후는 싫든 좋든 생활의 주도권을 자식에게 넘기게 될 테고 경제력도 자식이나 사회에 의존적인 것이 될 수밖에 없으리라.

또 물러날 땐 물러나야지 그걸 어떡하든 더 오래 쥐고 있으려고 해봤댔자 노추밖에 안 되리라.

노추 부리지 않고 깨끗이 물러나기 위해서라도 생활의 주인으로서의 마지막 10년 동안이 알차고 찬란했으면 싶다.

어린 날, 쉰 살 먹은 사람도 이 세상 살 재미란 게 있을까 하고 의심한 쉰 살이건만, 나는 지금 나의 오십대에 가장 찬란한 기대를 걸려고 하고 있다.

민들레꽃을 선물받은 날

딸네가 가까이 살아서 외손자를 자주 보게 된다. 매일 봐도 즐거운 것은 매일 달라지기 때문이다. 두 돌이 막 지난 녀석은 요즘 말을 배우느라 한창이다.

일전에는 녀석이 "선물 선물, 민들레 민들레" 하면서 들어오더니 나에게 민들레꽃 한 송이를 주었다. 녀석의 '민들레'란 발음은 독특해서 저절로 웃음이 났다. 또 오랜만에 민들레를 봐서 반갑고, 주위의 인공적인 녹지대에서 민들레가 핀다는 것도 반가웠다.

아주 작은 민들레였다. 나는 그걸 내 옷 단춧구멍에다 꽂았다. 문득 아들애가 중학교에 들어갔을 때의 일이 생각났다. 집에서 너무 먼 변두리 중학에 배정이 돼 아침저녁 만원 버스에 시달리느라 자주 단추를 떼어먹고 왔다. 손자한테 선물받은 민들레도 꼭 그 교복 단추만했다. 크기도 빛깔도.

나는 중고등학교의 교복을 별로 좋아하지 않았건만 손자한테 민들레꽃을 받고 나서 그 노란 단추가 반짝이는 교복에 가슴이 아릿한 그리움을 느꼈다. 곧 사라져갈 것에 대한 애수인지도 모르지만.

손자는 내가 민들레꽃을 단춧구멍에 꽂은 것만 갖고는 흡족하지 않은 모양이었다. 낑낑대더니 그걸 빼서 자꾸만 내 코에다 갖다댔다. 냄새를 맡으란 소리 같았다. 녀석이 꽃을 보고 좋아할 때마다 가까이 데리고 가 냄새를 맡게 해주었더니 그걸 나에게 다시 갚으려는 것 같았다.

민들레꽃은 워낙 냄새가 없는 것인지, 그 꽃이 빈약해서인지 아무 냄새도 안 났다. 그래도 나는 눈을 가느스름히 뜨고 황홀한 시늉을 했다. 녀석도 나와 이마를 부딪치며 달려들어 같이 꿀내음을 맡으려고 했다. 하도 열심히 냄새를 맡았더니 풀내음 비슷한, 깊고 구수한 내음도 풍겨왔다. 아무리 작아도 꿀샘은 있다는 듯이 달짝지근한 내음도 났다. 달짝지근한 것은 어쩌면 나와 이마를 맞댄 손자의 살갗에서 풍겨오는지도 몰랐다.

손자와 함께 맡는 민들레꽃 내음은 참으로 좋았다. 그 조그만 게 피어나기 위해 악착같이 뿌리내린 흙의 저 깊은 속살의 꿋꿋함과 그 조그만 것까지 골고루 사랑한 봄바람의 어질고 부드러운 마음까지를 맡을 수 있을 것 같았다.

내 외손자로부터 조그만 민들레꽃을 선물받은 날 창밖의 봄은 참으로 아름다웠다. 햇빛은 반짝이고 공기는 감미로웠고 수양버들은 신선한 녹색으로 푸르러 더할 나위 없이 유연한 몸짓으로 살랑거렸다.

녀석도 기억할까? 만 두 살 적의 어느 황홀한 봄날을. 그의 볼과 머리털에 머물렀던 할미의 눈길을.

손자야, 너는 애써 그것을 기억할 필요는 없으리라.

흔히 외손자를 귀여워하느니 방아깨비를 귀여워하란 말들을 한다. 아무리 귀여워해봤댔자 남이란 소리도 되겠고, 혹은 사랑에 비해 돌아올 보답이 없음을 말함이기도 하리라.

그럼 보답이란 뭘까? 살았을 적의 봉양이나 방문일까. 죽은 후의 봉제사일까.

나는 이런 보답의 기대로부터 자유로울 수 있는 외손자 사랑이 좋다.

손자야, 너는 이 할미가 너에게 쏟은 정성과 사랑을 갚아야 할 은공으로 새겨둘 필요가 없다. 어느 화창한 봄날 어떤 늙은 여자와 함께 단추만한 민들레꽃 내음을 맡은 일을 기억

하고 있을 필요도 없다. 그건 아주 하찮은 일이다.

　나는 손자에게 쏟는 나의 사랑과 정성이 갚아야 될 은공으로 기억되기보다는 아름다운 정서로 남아 있길 바랄 뿐이다. 나 또한 사랑했을 뿐 손톱만큼도 책임을 느끼지 않았으므로.

　내가 불태운 것만큼의 정열, 내가 잠 못 이룬 밤만큼의 잠 못 이루는 밤으로 갚아지길 바란 이성과의 사랑, 너무도 두렵고 무거운 책임감에 짓눌려 본능적인 사랑 또한 억제해야 했던 자식 사랑…… 이런 고달픈 사랑의 행로 끝에 도달한, 책임도 없고 그 대신 보답의 기대도 없는 허심한 사랑의 경지는 이 아니 노후의 축복인가.

종이배에서 호화여객선까지

내 생애 최초의 배는 종이배였다. 나 어렸을 때의 시골 산골에선 종이도 귀했다. 나보다 먼저 서울 가서 학교에 다니는 오빠가 다 쓴 공책 장을 뜯어서 종이배를 만들어 개울에 띄우는 놀이는 대여섯 살 먹은 계집애에겐 아주 신나는 놀이였던 것 같다.

뒤꼍엔 장독대가 있고, 짚으로 된 터줏자리가 있고 개나리로 울타리가 쳐져 있었는데, 매우 허술해서 나 같은 계집애는 자유롭게 드나들 수가 있었다. 시월에 고사 지낼 때도 터줏자리에다 큰 떡시루를 통째로 갖다놓았었는데, 어느 해인지는 그 큰 떡시루가 감쪽같이 없어진 사건이 있었던 걸 보면 나 아닌 장정도 얼마든지 드나들 수 있었지 않나 싶다.

대문을 마다하고 그리로 드나들었던 것은 대문밖이 바로 사랑 마당이어서 중풍으로 들어앉아 계신 할아버지가 여름이면 마루에서, 겨울이면 방에서 미닫이에 붙인 손바닥만한 유리로 내다보거나 나만 보면 큰 소리로 불러들이셔서 걸음걸이로부터 옷 입는 것까지 일일이 잔소리를 끝도 없이 하셨기 때문이다.

개나리 울타리 밖엔 텃밭이 있고 텃밭을 휘돌아 개울이 흐르고 있었는데, 그 개울은 우리집을 휘돌아 뒷간 모퉁이를 지나 뽕나무가 끝없이 서 있는 둔덕 아래를 지날 때까지 졸졸졸 순하게 흐르다가 윗마을에서 흘러온 좀더 큰 개울과 만나면서 물살이 세졌다.

개나리 울타리를 뚫고 나가 개울물에 종이배를 띄우고 종이배의 흐름을 따라 둔덕을 뛰던 나는 거기쯤에서 그만 숨이 차고 종이배도 난파 직전에 이른다. 그때 나는 엄마와 떨어져 조부모님과 살 때여서 어린 계집애답지 않게 공상을 많이 했다.

종이배가 물에 젖어 풀어지면서 다시 한 장의 종잇장이 되는 지점을 가지고 나는 속으로 여러 가지 점을 쳤다. 뒷간 모퉁이에서 종이배가 풀어지면 엄마는 한 달 후에야 오시고, 뽕나무 둔덕 아래서 못 쓰게 되면 열 밤을 자면 오시고, 여울목까지 가면 세 밤, 여울목을 무사히 지나 시냇물까지 가면 오늘밤에 엄마가 오실 거라는 식으로 말이다.

엄마가 오실 날짜를 걸고 흘러가는 종이배를 따라 종종머리를 맨 빨간 헝겊을 휘날리며 뛰는 계집애의 가슴은 늘 새가슴처럼 불안하게 할딱일 수밖에 없었다. 재수 나쁜 날은 종이배는 뒷간 모퉁이에서 풀어졌다. 몇 번 거듭해도 마찬가지면 나는 터줏자리가 있는 데로 돌아와 퍼더버리고 앉아서 '우리엄마가 오늘밤에 오시려면 내 엄지손가락이 가운뎃손가락에 척척 붙어라' 하는 손가락 점으로 막막한 슬픔을 달랬다.

엄마와 떨어져 사는 아이의 이런 종이배 장난은 드디어 오빠 공책을 다 없애고 삼촌이 읽는 책장을 야금야금 뜯어내기에까지 이르렀다.

삼촌은 나를 야단치는 대신 읍내에 가면 색색가지 종이를 사다주마 말했고, 그동안 종이배 대신 나뭇잎에 돛대를 세우고 돛을 다는 새로운 배 만들기를 가르쳐주었다.

그 나뭇잎 배는 아무리 센 물살을 만나도 난파하지 않아서 나를 즐겁게 했다. 그 대신 점을 칠 재미도 없어졌다. 여울목에서도 난파하지 않고, 내 뜀박질로는 쫓아갈 수 없는 속도로 시냇물 따라 어디론지 흘러가도 그날 밤 엄마가 돌아오시진 않았기 때문이다.

엄마가 보고 싶은 간절한 소원을 건 종이배나 나뭇잎 배 말고 정말 사람이 탈 수 있는 배를 본 것은 엄마 따라 서울 와서였다.

내가 자란 시골엔 배를 타고 건널 만한 강이 없었고 시냇물에 걸린 외나무다리가 장마에 떠내려가면 정강이 걷어올리고 긴 막대기를 짚고 깊이를 봐가며 건너면 되는 그런 궁벽한 고장이었다.

서울 왔다고 단박 배를 본 건 아니었다. 서울 온 이듬해 여름 친척의 사십구재(齋)에 가서는 어머니를 따라 봉은사에 가는데 뚝섬에서 배를 탔다.

그때의 무서웠던 일은 지금까지도 생생하게 생각난다. 배라는 걸 보기도 처음이요 보자마자 타긴 탔는데, 어찌나 무섭든지 어머니의 모시치마를 꽉 움켜쥐고도 꼼짝을 못했다.

어린 마음에도 막연히 정원定員에 대한 의식이 있었던지 뱃사공이 작은 배에 사람을 자꾸만 태우는 게 속으로 여간 못마땅하지 않았다. 많은 사람을 태운 배는 뱃전에 찰랑찰랑한 채 강기슭을 떠났다.

내 기억 속의 그때의 한강은 망망대해였다. 뱃사공의 구릿빛 팔뚝이 불끈불끈 솟으며 힘차게 노를 저을 때마다 삐거덕 소리가 날 뿐, 배는 제자리에서 맴도는 것처럼 건너편 강언덕은 아득하기만 했다.

그러나 돌아다보니 웬걸, 떠나온 강기슭 역시 아득하게 멀어져 있었다. 마침내 강 가운데 와 있다는 생각이 오줌을 지릴 만큼 무서웠다.

사람들은 배 속에서도 웃고 떠들고 참외를 깎아서 나누어 먹느라 이리저리 왔다갔다하기도 했다. 퍼렇던 강물이 한가운데부터는 바위의 돋은 이끼 같은 짙은 녹색으로 변했다. 나는 어려서 내 손으로 만들어 띄운 종이배가 여울목을 못 넘고 난파한 것처럼 그 배가 그 이끼 빛으로 깊은 강 한가운데를 무사히 못 넘을 것 같아 제정신이 아니었다. 나에게 참외를 먹으라고 주는 어른도 있었지만 엄마의 치마를 움켜쥔 손을 옴짝달싹할 용기도 없었다.

어린 마음에도 속으로 열심히 비는 것밖에 수가 없었다. 드디어 배가 강기슭에 닿았다. 어떤 어른이 나를 안아서 내려주고 엄마도 땅을 디뎠다. 땅을 디딘다는 게 그렇게 기쁠 수가 없었다. 엄마는 내가 움켜쥔 자리가 두 군데 뚜렷이 난 모시치마 자락을 자꾸만 손바닥으로 쓰다듬어서 펴려고 했지만 잘 안 됐다.

아이를 데리고 나들이 나오면 옷 모양 볼 생각은 말아야 된다고 누군가가 어머니를 위로했다. 그날 봉은사 절에서 올린 사십구재가 어떠했는지는 통 생각나지 않는다. 집에 갈 때도 또 배를 타야 되느냐고 몇 번이나 물어서 어머니를 귀찮게 해드린 생각이 나는 걸 보면 아마 그 걱정 때문에 사십구재 구경엔 관심도 없었지 않나 싶다. 필시 돌아올 때도 배를 탔으련만 그 기억도 전혀 안 난다.

강남에 사니 시내에 나올 때마다 배를 타고는 아니지만 한강을 건너게 된다. 차창으로 내다보는 한강은 내 기억 속의 한강과는 얼토당토않은 작고 보잘것없는 강이다. 올여름처럼 한창 가물 때는 한강은 하상이 거의 다 드러나 시골서 개울물 건널 때처럼 정강이만 잠깐 걷으면 첨벙첨벙 걸어서 건널 수 있을 것만 같아 보인다.

가도 가도 가없고, 수심이 이끼 빛으로 깊던 내 어린 날의 한강은 어디로 갔나?

어려서 그다지도 크던 게 어른이 되어 그 실상을 보니 보잘것없이 작아진 게 어찌 한강뿐일까? 그동안에 이 지구가 좁아진 건 한강이 좁아진 것에 델 것도 아닌 것 같다. 일본이 두 시간 미만이요, 미국·구라파 등지를 고향 나들이보다 더 자주, 더 쉽게 하는 사람들도 이젠 특수한 부유층이나 특권층이 아니라 갓 취직한 내 아들 내 조카고, 엊그저께 내 집 담장을 쌓아주던 미장공을 오늘 찾으니 사우디에 돈벌이 갔다기가 일쑤다. 그러고 보니 지구가 작아지는 속도도 국력이 신장하는 속도와 관계가 있는 것 같다.

우리의 조선술이 급격히 발달하고 향상해서 우리 기술로 된 배가 오대양을 누비게 된—즉 정복하고 길들일 만하다고 여기게 된 원인일 것이다.

그러나 항해는 항공과 달라서 단순히 목적지끼리를 빠르게 연결만 시켜주는 게 아니라, 그 과정까지를 즐기게 하는 낭만이 있음직하다. 언젠가 우리 기술로 된 호화 여객선을 타고 세계를 두루 돌며 낭만이 깃든 항해일지를 쓰리라.

아름다운 것들은 무엇을 남길까

    건망증이 날로 심해 식구들을 애먹이는 일이 잦다. 비누·휴지·치약 등 제때제때 갖춰놓아야 할 일용품을 떨어진 지 며칠이 지나도 사오기를 잊어버려 식구들을 불편하게 하거나 공과금 낼 날을 잊어버려 과태료를 내는 정도는 다반사다. 식구들이 흘려놓은 것 중 좀 중요하다 싶은 건 깊이 챙겨두긴 하는데 정작 필요할 때는 어디 뒀는지 깜깜히 되고 만다. 이젠 아이들이 뭘 찾다가도 엄마가 잘 뒀다는 말만 하면 좋아하기는커녕 숫제 찾던 손을 멈추고 미리 절망적인 얼굴을 한다. 아이들의 절망적인 얼굴을 보면 나도 덩달아 막막해지면서 자신이 싫어진다. 왜 잘 챙겼다는 사실은 기억이 나면서 정작 그게 어디라는 건 생각나지 않는지 내 일이건만 참으로 딱하다.

이렇게 최근의 기억이 형편없이 희미해지는 반면 오래된 젊은 날의 기억은 변함없이 생생하고, 어린 날의 기억 중에는 미세한 부분까지 놀랄 만큼 선명하게 떠오르는 것도 있어서 때로는 그게 정말 있었던 일일까, 상상력이 만들어낸 환상일까 의심스러울 적도 있다.

얼마 전 설악산에서의 일이다. 설악산 관광을 위해 간 게 아니라, 강릉까지 볼일이 있어 갔다가 잠깐 들렀었는데 마침 단풍철이었다. 많은 사람들이 설악산 단풍을 절경으로 꼽아 시월 한 달은 설악산이 그 어느 때보다도 사람에게 시달리는 달이지만 그곳 단풍이 그 아름다움의 절정에 이르러 오는 사람이 절로 '앗' 하는 탄성을 지르게 하는 동안은 불과 하루 이틀이라고 누구한텐가 들은 적이 있다. 나는 그때까지 설악산이 네번째였고 가을에만도 세번째였는데 골짜기마다 다만 '앗' 하는 탄성 외엔 말문이 막히게 황홀했던 건 그때가 처음이었다. 나는 뜻하지 않게 내가 그 짧은 절정의 순간과 만나고 있음을 느꼈다.

땅은 얼마나 위대한가? 일용할 양식과 함께, 그 아름다운 조락凋落을 만들어낸 땅에 겸허하게 엎드려 경배드리고 싶은 충동과 아울러 형언할 수 없는 비애를 느꼈다. 요새 나의 감동은 이상하게도 슬픈 느낌과 상통하고 있다. 하다못해 깔끔하고 입에 맞는 음식을 먹고 나서도 문득 슬퍼진다.

그때였다. 군계일학처럼 만산홍엽 중에서도 뛰어나게 고운 빛깔로 눈길을 끄는 단풍나무가 있었다. 깎아지른 듯한 벼랑에 홀로 비상할 것처럼 활짝 핀 그의 자지러지게 고운 날개엔 마침 석양이 머물고 있었다. 처절했다. 나는 앗! 하는 탄성을 안으로 삼키면서 그 빛깔은 바로 어려서 할머니 등에 업혀서 바라본 저녁노을 빛깔이라고 생각했다. 그러나 그게 실제의 기억인지, 그 순간의 상상인지, 그 두 가지의 혼동인지는 아직까지도 아리송하다.

나는 어려서 대단한 울보였던 모양으로 너무 울어서 어른을 애먹인 에피소드가 다양한데 그중엔 노을이 유난히 붉던 날, 할머니 등에 업혀서 그걸 손가락질하며 몹시 울었다는 얘기도 있다. 등에 업혀 다닐 만큼 어릴 적 일이니까 그걸 보고 왜 울었는지 생각날 리는 없고, 아마 강렬한 빛깔에 대한 공포이었겠지 정도로 짐작하고 있었는데 그때 느닷없이 그게 생생하게 되살아난 것이다.

그건 이미 단풍이 아니었다. 고향 마을의 청결한 공기, 낮고 부드러운 능선, 그 위에 머물러 있던 몇 송이 구름의 짧고 찬란한 연소의 순간이 거기 있었다.

어쩌면 그건 기억도 상상도, 그 두 가지의 혼동도 아닌 이

해가 아니었을까? 나의 어릴 적의 그 울음은 자연의 신비에 대한 나의 최초의 감동과 경외였다는 걸 살날보다 산 날이 훨씬 더 많은 이 초로의 나이에 비로소 이해할 수 있게 된 건지도 모르겠다.

이 세상에 태어나서 여태껏 만난 수많은 아름다운 것들은 나에게 무엇이 되어 남아 있는 것일까? 어릴 적엔 어른이 되면 무엇이 되고 어떻게 살 것인가를 공상했지만 살날보다 산 날이 훨씬 더 많은 이 서글픈 나이엔 어릴 적을 공상한다.

이 서글픈 시기를 그렇게 곱디곱게 채색할 수 있는 것이야말로 내가 만난 아름다운 것들이 남기고 간 축복이 아닐까?

예사로운 아름다움도 살날보다 산 날이 많은 어느 시기와 만나면 깜짝 놀랄 빼어남으로 빛날 수 있다는 신기한 발견을 올해의 행운으로 꼽으며 1982년이여 안녕.

1931년   10월 20일 경기도 개풍군 청교면 묵송리 박적골에서 출생.
         아버지 박영노朴泳魯, 어머니 홍기숙洪己宿. 열 살 위인 오빠
         있음.

1934년   아버지 별세. 어머니는 오빠만 데리고 서울로 떠남. 조부모
         와 숙부모 밑에서 어린 시절을 보냄.

1938년   서울로 와서 살게 됨. 매동국민학교 입학.

1944년   숙명여고 입학.

1945년   소개령疎開令이 내려져 개성으로 이사, 호수돈여고로 전학.
         고향에서 해방을 맞음. 서울로 와 학교를 계속 다님. 여중
         5학년 때 담임을 맡은 소설가 박노갑 선생에게서 많은 영
         향을 받음.

1950년   서울대학교 문리대 국문과 입학. 6월 초순에 입학식이 있
         어서 학교를 다닌 기간은 며칠 되지 않음. 전쟁으로 오빠와
         숙부가 죽고 대가족의 생계를 책임지게 됨. 미군 부대에 취
         직, 미8군 PX(동화백화점, 곧 지금의 신세계백화점 자리)의
         초상화부에 근무. 거기서 박수근 화백을 알게 됨.

1953년   호영진扈榮鎭과 결혼, 이후 1남 4녀의 자녀를 둠(1954년 원
         숙, 1955년 원순, 1958년 원경, 1960년 원균, 1963년 원태).

1970년   「나목」으로 『여성동아』 여류장편소설 공모에 당선.

1975년   남편이 사기사건에 연루되어 옥바라지를 함. 「도시의 흉년」을 『문학사상』에 연재.

1976년   첫 창작집 『부끄러움을 가르칩니다』(일지사) 출간. 「휘청거리는 오후」를 동아일보에 연재.

1977년   남편의 옥바라지 체험을 바탕으로 전해에 발표했던 단편 「조그만 체험기」에 얽힌 기사가 일간지에 실렸는데, 개인의 명예를 생각하지 않고 검찰측의 입장만 밝혀서 문제가 됨. 『휘청거리는 오후』(창작과비평사, 전2권), 중편집 『창 밖은 봄』(열화당), 산문집 『꼴찌에게 보내는 갈채』(평민사), 『혼자 부르는 합창』(진문출판사) 출간.

1978년   창작집 『배반의 여름』(창작과비평사), 장편 『목마른 계절』(원제 『한발기』, 수문서관), 산문집 『여자와 남자가 있는 풍경』(한길사) 출간.

1979년   『도시의 흉년』 완간(문학사상사, 전3권), 『욕망의 응달』(수문서관. 이 책은 1985년 같은 출판사에서 『인간의 꽃』으로, 1989년 원제대로 우리문학사에서 재출간), 창작동화 『달걀은 달걀로 갚으렴』 출간(샘터, 『마지막 임금님』으로 재출간).

1980년   「그 가을의 사흘 동안」으로 한국문학작가상 수상. 전해부터 동아일보에 연재했던 『살아 있는 날의 시작』(전예원) 출간. 「오만과 몽상」을 『한국문학』에 연재.

1981년   「엄마의 말뚝 2」로 제5회 이상문학상 수상. 제5회 이상문학상 수상작품집 『엄마의 말뚝 2』 출간. 『도둑맞은 가난』(민음사, 「나목」이 재수록되어 있음), 콩트집 『이민가는 맷

돌』(심설당) 출간. 20년간 살던 보문동 한옥을 떠나 강남의 아파트로 이사.

1982년   10월, 11월 문공부 주최 문인해외연수에 참가하여 유럽과 인도를 다녀옴. 단편집『엄마의 말뚝』(일월서각), 장편『오만과 몽상』(한국문학사, 1985년 고려원에서 재출간), 산문집『살아 있는 날의 소망』(주우) 출간.「그해 겨울은 따뜻했네」를 한국일보에 연재.

1984년   7월 1일 영세 받음. 풍자소설집『서울 사람들』(글수레) 출간.

1985년   11월에 '일본 국제기금재단'의 초청으로 일본을 여행함. 장편『서 있는 여자』(학원사,『떠도는 결혼』과 동일 작품), 작품선집『그 가을의 사흘 동안』(나남) 출간.

1986년   산문집『서 있는 여자의 갈등』(나남), 창작집『꽃을 찾아서』(창작사, 1982년에서 1986년 사이에 창작한 중·단편을 수록) 출간.

1988년   남편과 아들을 연이어 잃음. 서울을 떠나는 일이 많아짐. 미국 여행을 다녀옴.『문학사상』에 연재하던「미망」을 10월부터 다음해 6월까지 쉼.

1989년   「그대 아직도 꿈꾸고 있는가」를 여성신문에 연재. 장편『그대 아직도 꿈꾸고 있는가』(삼진기획) 출간.

1990년   『미망』(문학사상사, 전3권) 출간. 이 작품으로 대한민국문학상 우수상을 수상. 산문집『나는 왜 작은 일에만 분개하는가』(햇빛출판사) 출간.『그대 아직도 꿈꾸고 있는가』의 성공으로 출판사 주최 성지순례 해외여행을 다녀옴.

1991년   회갑 기념 소설집『저문 날의 삽화』(문학과지성사), 콩트집
        『나의 아름다운 이웃』(작가정신) 출간. 장편『미망』으로
        제3회 이산문학상 수상 .

1992년   『그 많던 싱아는 누가 다 먹었을까』(웅진출판사), 『박완서
        문학앨범』(웅진출판사) 출간.

1993년   「꿈꾸는 인큐베이터」(『현대문학』1월호)로 제38회 현대문
        학상 수상. 제38회 현대문학상 수상작품집『꿈꾸는 인큐베
        이터』(현대문학사) 출간. 제19회 중앙문화대상(예술 부문)
        수상. 장편『휘청거리는 오후』를 제1권으로『박완서 소설
        전집』(세계사) 출간 시작. 소설전집 제2·3·4·5권으로 장
        편『도시의 흉년』(상·하), 『살아 있는 날의 시작』『욕망의
        응달』출간.

1994년   「나의 가장 나종 지니인 것」(『상상』창간호, 1993)으로 제25회
        동인문학상 수상. 제25회 동인문학상 수상작품집『나의 가
        장 나종 지니인 것』(조선일보사), 창작집『한 말씀만 하소
        서』(솔), 창작동화『부숭이의 땅힘』(한양출판사), 소설전집
        제6·7·8·9권으로 장편『목마른 계절』, 소설집『엄마의 말
        뚝』, 장편『오만과 몽상』『그해 겨울은 따뜻했네』출간.

1995년   장편『그 산이 정말 거기 있었을까』(웅진출판사), 산문집
        『한 길 사람 속』(작가정신) 출간. 「환각의 나비」(『문학동네』
        봄호)로 제1회 한무숙문학상 수상. 소설전집 제10·11권으
        로 장편『나목』『서 있는 여자』출간.

1996년   소설전집 제12·13권으로 장편『미망』(상·하) 출간.

1997년   티베트, 네팔 여행기 『모독冒瀆』(학고재), 동화집 『속삭임』
        (샘터) 출간. 장편 『그 산이 정말 거기 있었을까』로 제5회
        대산문학상 수상.

1998년   산문집 『어른 노릇 사람 노릇』(작가정신) 출간. 보관문화훈
        장(문화관광부) 받음. 소설집 『너무도 쓸쓸한 당신』(창작과
        비평사) 출간.

1999년   묵상집 『님이여, 그 숲을 떠나지 마오』(여백) 출간. 『너무도
        쓸쓸한 당신』으로 제14회 만해문학상 수상. 『박완서 단편
        소설 전집』(문학동네, 전5권) 출간.

2000년   장편소설 『아주 오래된 농담』(실천문학사) 출간. 제14회 인
        촌상 수상.

2001년   단편소설 「그리움을 위하여」로 제1회 황순원문학상 수상.

2005년   기행산문집 『잃어버린 여행가방』(실천문학사) 출간.

2006년   『박완서 단편소설 전집』 개정판(문학동네, 전6권) 출간. 서울
        대학교 명예문학박사학위 수여. 제16회 호암상 예술상 수상.

2007년   산문집 『호미』(열림원), 소설집 『친절한 복희씨』(문학과지
        성사) 출간.

2009년   『세 가지 소원』(마음산책), 『이 세상에 태어나길 참 잘했다』
        (어린이작가정신) 출간. 『문학동네』 가을호에 단편소설 「빨
        갱이 바이러스」 발표.

2010년   산문집 『못 가본 길이 더 아름답다』(현대문학) 출간.

2011년   1월 22일, 담낭암 투병중 향년 81세를 일기로 별세. 1월
        24일, 정부로부터 '금관문화훈장'을 추서받았다.

2012년   산문집『세상에 예쁜 것』(마음산책), 소설집『기나긴 하루』
        (문학동네) 출간.

2013년   『박완서 단편소설 전집』개정판(문학동네, 전7권) 출간. 짧
        은 소설집『노란집』(열림원) 출간.

2014년   티베트, 네팔 여행기『모독』, 산문집『호미』개정판(열림원)
        출간. 그림동화『엄마 아빠 기다리신다』(어린이작가정신)
        출간.

2015년   『박완서 산문집』(문학동네, 전7권), 그림동화『이 세상에서
        제일 예쁜 못난이』『7년 동안의 잠』(어린이작가정신) 출간.

2016년   대담집『우리가 참 아끼던 사람』(달) 출간.

2017년   소설집『꿈을 찍는 사진사』(열림원), 그림동화『노인과 소
        년』(어린이작가정신) 출간.

2018년   박완서 산문집『한 길 사람 속』『나를 닮은 목소리로』(문학
        동네), 대담집『박완서의 말』(마음산책) 출간.

2020년   『프롤로그 에필로그 박완서의 모든 책』(작가정신) 출간.

박완서(1931~2011)

1931년 경기도 개풍 출생. 1970년 불혹의 나이에 『나목裸木』으로 『여성동아』 장편소설 공모에 당선되어 문단에 나온 이래 2011년 영면에 들기까지 40여 년간 수많은 걸작들을 선보였다. 『부끄러움을 가르칩니다』 『배반의 여름』 『엄마의 말뚝』 『그해 겨울은 따뜻했네』 『그 많던 싱아는 누가 다 먹었을까』 『그 산이 정말 거기 있었을까』 『친절한 복희씨』 『기나긴 하루』 등 다수의 작품이 있고, 한국문학작가상 이상문학상 대한민국문학상 이산문학상 중앙문화대상 현대문학상 동인문학상 한무숙문학상 대산문학상 만해문학상 인촌상 황순원문학상 호암상 등을 수상했다. 2006년, 서울대 명예문학박사학위를 받았다.

박완서 산문집 4
살아 있는 날의 소망
ⓒ 박완서 2015

1판 1쇄 2015년 1월 20일
1판 6쇄 2022년 8월 12일

지은이 박완서
책임편집 김필균 | **편집** 곽유경 김형균 이경록 | **디자인** 김현우 최미영
마케팅 정민호 이숙재 박치우 한민아 이민경 박지영 안남영 김수현 정경주
브랜딩 함유지 함근아 김희숙 박민재 박진희 정승민
제작 강신은 김동욱 임현식 | **제작처** 한영문화사(인쇄) 경일제책사(제본)

펴낸곳 (주)문학동네 | **펴낸이** 김소영
출판등록 1993년 10월 22일 제2003-000045호
주소 10881 경기도 파주시 회동길 210
전자우편 editor@munhak.com | **대표전화** 031) 955-8888 | **팩스** 031) 955-8855
문의전화 031) 955-3578(마케팅) 031) 955-8864(편집)
문학동네카페 http://cafe.naver.com/mhdn
인스타그램 @munhakdongne | **트위터** @munhakdongne
북클럽문학동네 http://bookclubmunhak.com

ISBN 978-89-546-3456-4 04810
      978-89-546-3452-6 (세트)

www.munhak.com